D1868191

Edition die Donau hinunter

niederösterreich kultur

WIEN KULTUR

Für Marianne und Hubert,
Gerda und Sepp
und ihre Nachkommen

Irene Wondratsch

Ein Haus eine Spur ein Roman

Der vorliegende Roman ist als "Faction" konzipiert, einer Mischung aus Fakten und Fiktion.

Die in Teil I zitierten Textstellen aus "Ein junges Volk steht auf, zum Sturm bereit" stammen aus dem gleichnamigen unveröffentlichten Manuskript von Sepp Tessar und sind grafisch gekennzeichnet. Ein kleiner Ausschnitt daraus wurde bereits in "St. Pölten 1945 - 1955. Geschichte(n) einer Stadt, Kulturjahrbuch 2005, veröffentlicht.

Für die Gedichte von Sepp Tessar in Teil II und III findet sich ein Quellennachweis im Anhang.

Impressum

© Edition die Donau hinunter Wien und St. Peter am Wimberg 2006
© Titelgestaltung: Ulrike Selinger-Fleischmann
(Technische Ausführung: Philip Fleischmann)
Herstellung: REMAprint, 1160 Wien
ISBN 3-901233-30-X
1. Auflage

Teil I

1)

„Am Tag als der Regen auf meinen Text fiel, ihn fortspülte , saß ich auf der Terrasse unter dem roten Sonnenschirm, das Haus im Rücken, dahinter der Wald, seitlich die Hänge, am Horizont die Hügelkette und unten die Donau, träge fließend, gestaut. Aus meinem Faserschreiber floss ein blaues Rinnsal auf das weiße Papier, DIN A4, von meiner Schreibhand zu Krakeln geformt. Es strömte und quoll und stockte und staute, ich schrieb und strich und schrieb und strich und die weißen Wolken wurden grau und schoben sich zu einer Decke zusammen, die sich über den blauen Himmel legte.

Die ersten Tropfen habe ich nicht gehört, ich war versunken in meinen Wörtern, ich suchte nach Worten und die Wolken wurden schwer und nass und hingen tief. Du kamst aus dem Haus und spanntest den Sonnenschirm ab. Bei dir hat alles seine Ordnung: Bei Regen kein Sonnenschirm. So gabst du mich und meine Wörter dem Wasser preis. Die Wörter zerflossen zu Pfützen, blaue Schlieren überzogen das weiße Papier. Sie tropften zu Boden, flossen die Steinstufen hinunter, über den Steilhang, bis sie die Donau erreichten. Mag sein, dass die Schwächsten, die Zaghaftesten in den Ritzen zwischen den Steinplatten auf der Terrasse versiegten und die Mauerblümchen speisten, sich mit ihnen verbanden, andere wieder sich in den Grashalmen am Hang verfingen.

Wie ist es sonst zu erklären, dass die Wörter aus den Ritzen quellen? Wenn du vor dem Haus sitzt und in die Stille hinein lauschst, hörst du sie raunen und zischeln, wispern und kichern. Und am Hang die Wörter wie Ostereier in Nestern aus Gras verborgen, wo sich die Heuhüpfer und die Grillen tummeln.

Aber die meisten haben den Strom erreicht, sind mit den Fischen und den Schiffen flussabwärts gezogen, die Donau hinunter. Und ich wünsche mir, dass wenigstens eines das

Delta zum Schwarzen Meer erreicht hat. Nein, ich wünsche es nicht nur, ich weiß es. Ich weiß nur nicht welches. War es LACHEN oder war es WEINEN? War es HEISS oder war es KALT? War es LIEBE oder war es KUMMER, war es WIRKLICH oder MÖGLICH?

Vielleicht fegte auch ein Windstoß diese Wörter von meinem Blatt und verblies sie und sie schweben zwischen Himmel und Erde, während die Tage vergehen und die Nächte und ich in der Sonne döse und im Mondlicht laufe."

Monika legte das Blatt mit dem Text beiseite, den ihre Freundin Edith zurückgelassen hatte. Letztes Wochenende war sie zu Besuch gewesen. Genau hier war sie gesessen. "Ein Ort zum Bücher Schreiben", hatte sie gesagt und zum Stift gegriffen. Wie Monika sie um diese Begabung beneidete.
"Probier es doch einfach auch einmal", empfahl ihr Edith immer, wenn sie die Rede darauf brachte.

Monika schob diesen Gedanken wieder weg und sah auf die Uhr. Eigentlich Zeit für ein Mittagessen, aber sie verspürte noch keinen Hunger. Sie lehnte sich in ihrem Gartensessel zurück und blickte auf. Wohin immer sie auch schaute, konnte sie ins Grün eintauchen. Zu ihrer Linken die steil bis zum Horizont ansteigende Wiese, zu ihrer Rechten der abschüssige Hang, auf dem Fichten gesetzt worden waren. Ihrer Höhe nach zu schließen musste das vor etwa 20 Jahren geschehen sein. Wenige der Jungfichten hatten braune Wipfel, die meisten gediehen. Ob man diesen Wald roden musste? Die Bäume standen dicht beisammen. Sie würde Herrn Kriener fragen, der auch das Brennholz lieferte. Als Waldbesitzer war er ein wohlhabender Landwirt, viele aber waren Nebenerwerbsbauern. Die alte Frau Kriener hatte erzählt, dass es eine arme Gegend gewesen war. Dass, wenn die Bauernkinder auf die Welt kamen, die verknotete Nabelschnur in Spiritus aufbewahrt wurde. Kamen sie ins Volksschulalter, so durften nur diejenigen die Schule besuchen, die imstande waren diesen Knoten zu lösen. Die ande-

ren wurden als Arbeitskräfte zur Haus- und Landwirtschaft herangezogen.
Monika sieht Anna bloßfüßig in der Küche stehen. Sie soll die verknotete Nabelschnur nehmen. Diese hat einen scharfen Geruch und fühlt sich bestimmt so grauslich an wie sie ausschaut. Sie traut sich kaum sie anzufassen. Annas Zehen spreizen sich auf dem grauen Bretterboden und rollen sich dann ein, ihre mageren Füße sehen wie Hühnerkrallen aus. Sie setzt sich auf die Küchenbank und legt die Nabelschnur in ihren Schoß. Die Eltern schimpfen schon und drohen. Jetzt muss sie den Knopf aufmachen. Ihre Finger sind zu dick. Der Knopf ist zu fest. Wie soll sie ihn aufkriegen? Sie beißt sich vor Anstrengung auf die Lippen. Sie muss den Knopf aufkriegen. Sie will in die Schule gehen. Sie will lesen können so wie der Hans. Der Hans hat auch ohne Nabelschnur in die Schule gehen dürfen. Sein Vater ist ein reicher Bauer. Annas Finger nesteln an dem Knoten. Er gibt kein bisschen nach. Anna weint. Die Eltern schimpfen und Anna zieht den Rotz auf. Sie wird heute Nacht nicht schlafen gehen. Sie muss die blöde Schnur aufkriegen. Wenn die Eltern eingeschlafen sind, wird sie eine Stricknadel zu Hilfe nehmen. Jetzt nimmt ihr der Vater die Nabelschnur weg. Anna schreit wie am Spieß. Das Baby wacht auf und brüllt. Zur Strafe sperrt der Vater Anna in den Stall.

Monika erhob sich aus ihrem Gartensessel und rückte den schweren Steinsockel des Sonnenschirms zurecht. Ihr linker Arm, bis zur Schulter entblößt, war heiß geworden. Die Sonne stand jetzt schon zu hoch über der schattenspendenden Blutbuche. Am Abend würde sie den Alpengarten oder das, was von ihm übrig geblieben war, gießen. In den steilen Hang waren Steinplatten hineingesetzt worden, die diesen Bereich begehbar machten. Glockenblumen hatten sich ohne gärtnerisches Zutun ausgebreitet und eine widerstandsfähige Königskerze hatte überlebt. Monika war froh, dieses Grundstück und Haus noch gefunden und erworben zu haben, bevor es verfiel. Die ersten

Spuren der Unbewohntheit ließen sich noch gut beseitigen und mit neuem, mit ihrem Leben erfüllen.

Dem Gras konnte man beim Wachsen zusehen. Auch zwischen den Steinplatten auf der Terrasse lugten einzelne Grashalme hervor. Wenn man hier nicht auf der Hut war, würde das Grundstück wohl in kürzester Zeit verwalden. Die Steinstufen zum Haus wären bemoost, Farne wucherten, Flechten bedeckten die Mauern, auf denen Schnecken ihre Schleimspur zögen, der Efeu ergriffe von den Fenstern Besitz, kletterte bis ans Dach, dessen Ziegel einen graugrünen Belag ansetzten. Aus dem Schornstein ragte ein Ahornzweig. Der Weg wäre von Buschwerk verwachsen und auf den Hängen breiteten sich Brennnesseln von unglaublicher Höhe aus. Die Fichten wären ineinander verzahnt und bildeten einen undurchdringlichen Filz. Am Grunde eines grünen Teiches könnte es nicht dunkler sein.

Monika begann die Halme aus den Ritzen zu zupfen. Dann setzte sie sich auf die Bank und betrachtete zufrieden ihr Werk.

Dieses Haus war ihr Glück. Sie spürte seine dicken Mauern in ihrem Rücken. Geborgenheit. Wie ein Nest lag es versteckt inmitten üppig wuchernder Natur, aber eingebettet in die lieblich hügelige Landschaft, die mit ihren weichen Rundungen dem Wuchern die Bedrohung nahm.

Wenn sie, von auswärts kommend, das Auto beim Kriener abstellte und von seinem Rauhhaardackel bellend und schwanzwedelnd begrüßt wurde, den Nachbarn Guten Tag sagte, den obligaten Hollerschnaps oder Most zur Begrüßung abwehrte, musste sie ihren Weg zum Haus zu Fuß fortsetzen. Manchmal nahm sie die Einladung auf ein Gläschen auch an und saß, je nach Wetter, in der Küche oder auf der Bank vor dem Haus, plauderte und streichelte die Katzen, bevor sie, mit Rucksack und Taschen bepackt, weiterging. Immer noch war sie jedesmal überrascht, wenn das Haus unvermittelt auf der Waldlichtung auftauchte wie auf einem

Bild von Ivan Generalic, besonders, wenn Tuchent- und Polsterzipfel aus dem geöffneten Fenster hingen und die Wäsche an der zwischen den Telegrafenmasten gespannten Leine trocknete.

Nabegg Nr. 65. Das Hausschild in der grünen Wildnis kam Monika grotesk vor. Es war nicht an der Eingangstür befestigt, sondern lehnte an der Steinmauer, die die aufgeschüttete Erde abstützte, mit der eine ebene Fläche für die kleine Terrasse vor dem Haus geschaffen worden war, erreichbar über eine steinernen Treppe.

Seine Lage, aber auch sein Aussehen gaben dem Haus etwas Verwunschenes. An den Steilhang geschmiegt schien es Teil der Landschaft zu sein, fast zu verschwinden. Seine von wildem Wein und Efeu bewachsenen Steinmauern und kleinen Fenster, die ständig mit der Gartenschere vom Blattwerk befreit werden mussten, trugen das Ihre dazu bei. Der Felsenkeller war in den Hang hinein gebaut. Der Rauchfang stand wie ein Pilz auf den bemoosten Dachschindeln und noch ein kleinerer für den Saunaofen, der mit Holz beheizt wurde. Die Sauna war Monikas besondere Freude. Großzügiger bemessen als üblicherweise eine Heimsauna, ließ sie keine Beengtheit aufkommen und der Gipfel an Luxus war ein Thermofenster, das den Blick in die Landschaft freigab. Den Duft des Holzrauches, das Knistern der Scheiter konnte ein elektrischer Saunaofen nicht bieten. Und wie wunderbar der Schritt ins Freie, wo sie sich unbekleidet an der Luft abkühlte. Und erst im Winter, wenn sie sich mit Schnee abreiben konnte. Im Schnee wälzen wie ein junger Hund.

Man hatte auch nicht mit anderen Öfen gegeizt in dem Haus. Ein Kachelofen in der Bauernstube mit der alten dunklen Holzdecke, dem Jogltisch und der Eckbank und dem bemalten Bauernkasten, ein Herd in der Wohnküche, neben dem ein großer Backofen gemauert worden war, und ein gußeiserner Schwedenofen mit Sichtfenster in der kleineren Stube mit den Bücherregalen und der Sitzgarnitur vor dem Fernseher. Die Räume im Obergeschoß hingegen waren „nur“ mit Zentralheizung versehen, der große Kessel wurde mit Holz beheizt. Bei aller märchenhaften Verwunschenheit war das Haus sehr komfortabel. Es war wohl nur wegen seiner abgeschiedenen Lage erschwinglich gewesen. Diese Einsamkeit und das Fehlen einer Zufahrtsstraße, die Steilheit des Grundstücks waren nicht jedermanns und schon gar nicht jederfraus Sache. Weiter konnte man sich nicht mehr zurückziehen, wenn man Ruhe und Erholung suchte. Fragte man in der Gegend nach Nabegg Nr. 65, erntete man nur Kopfschütteln oder vage Vermutungen. Der Vulgoname lautete nämlich Unterhöllhäusel.

2)

Im Küchenherd knackten die Holzscheiter. Monika hatte gleich nach dem Aufstehen eingeheizt, es war heute ein wenig kühl im Haus. Sie öffnete die Ofentür und sah in das prasselnde Feuer, rüttelte mit dem Schieber, dass die Glut durch den Rost in die Aschenlade fiel. Eine behagliche Wärme hatte sich in der Wohnküche ausgebreitet, während es draußen regnete.

Sie stellte einen Topf mit Wasser auf die Herdplatte und füllte Bohnen in die Kaffeemühle, die sie zusammen mit der Karlsbader Kaffeemaschine aus dem Hausstand der Großmutter übernommen hatte. In Wien hatte sie sich selten Zeit für diese umständliche Art der Kaffeezubereitung genommen, aber hier war sie ihr zum liebgewonnenen Ritual geworden. Sie klemmte die Mühle zwischen die Knie und drehte die Kurbel, spürte, wie dabei ihr Kreislauf in Schwung kam, bis der Widerstand aufhörte und die letzte Umdrehung ins Leere ging. Sie zog die kleine Lade heraus und kippte ihren Inhalt in den Einsatz der Karlsbader, die nichts weniger als einer Maschine glich, sondern vielmehr einem bauchigen russischen Zwiebeltürmchen oder einer weißen Moschee. Noch ein Rippchen Feigenkaffee zischen den Fingern zerbröselt und den gemahlenen Bohnen beigemengt, das machte das Getränk molliger. Dann goss sie mit dem Schöpfer kleine Mengen Wasser auf. Es war wichtig, immer wieder abzusetzen und zu warten, bis es durchgesikkert war, damit sich der Porzellanfilter nicht mit dem aufgebrühten Sud verstopfte. Ein wunderbarer Duft erfüllte den Raum. Die erste Tasse Kaffee am Tag schmeckte immer am besten.

Durch die beiden kleinen Fenster drang bei diesem trüben Wetter nicht allzu viel Licht und Monika zündete eine Kerze an. Sie sah in die Flamme und plötzlich fielen ihr die alten Schriften ein, von denen Herr Schweda gesprochen hatte. Dass der Vorbesitzer sie in der Truhe am Dachboden zurückgelassen habe. Er habe ihn ausforschen wollen, als er sich entschlossen habe, das Haus zu verkaufen und seine Räumung in Angriff nahm, aber er sei unauffindbar gewesen. Ob er die Sachen entsorgen solle. Monika hatte ihm versichert, dass das nicht notwendig sei, da es in dem Haus keinen Platzmangel gäbe. Natürlich war sie auch neugierig gewesen, hatte die Angelegenheit dann aber vergessen. Jetzt aber wollte sie wissen, was sich in der Truhe verbarg. Eine fast kindliche Aufregung befiel sie. Sie legte ein Holzscheit in den Ofen nach und ging dann über die schmale Holztreppe ins Obergeschoß, wo eine Tür zum Dachboden ging.

Als sie diese öffnete, schlug ihr ein warmer Hauch entgegen. Der geräumige Dachboden hatte die Wärme der letzten Tage noch gespeichert. Hier war es fast heller als in der Küche, da der Raum über vier kleine Fenster verfügte und in der Schräge noch zusätzliche eingelassen waren. Seine Größe und das schöne Gebälk legten nahe, den Dachboden eines Tages als Wohnraum auszubauen. Einstweilen war er nur von einem Siebenschläferpaar bewohnt. Während sie anfänglich noch ängstlich aus ihren runden schwarzen Augen blickten, die übergroßen Stecknadelköpfen glichen, waren sie nun beinahe zutraulich.

Ein Bodenbrett knarrte, als sich Monika der Truhe näherte. Sie war in mattgoldenes Licht getaucht, ein Sonnenstrahl hatte sich durch die Wolken einen Weg gebahnt und beleuchtete die große hölzerne, unbemalte Truhe wie ein Scheinwerfer, vor den ein Lichtdesigner einen weichen Filter geschoben hat. Sie kam sich vor wie die Betrachterin eines alten Gemäldes und meinte selbst zu einer Figur zu werden, die Rembrandt geschaffen hatte, als sie sich bückte, um den Schlüssel anzufassen. Er widerstrebte nicht, sondern ließ sich mühelos umdrehen im Schloss, sodass sie den knarrenden Deckel heben konnte. Sie hielt den Atem an und machte sich diesen Augenblick gewärtig: Eine alte Truhe auf einem Dachboden eines einsam gelegenen Hauses auf einer Waldlichtung. Eines Hauses, deren einzige Bewohnerin derzeit sie war.

Sie fand eine Schachtel mit alten Briefen, eine Art Familienchronik, handgeschrieben und mit Dokumenten und Fotos illustriert und maschingeschriebene Manuskripte, die offenbar von einem Schriftsteller stammten. Monika spürte ihr Herz klopfen. So musste es einer Forscherin ergehen, die eine aufregende Entdeckung machte. Ein Geheimnis lag vor ihr, dem sie auf die Spur kommen wollte. Wie beginnen? Am besten ging sie systematisch vor. Sie klemmte einen Bene-Ordner unter den Arm, ging hinunter in die Küche, wo der Kaffee auf sie wartete und setzte sich an den Küchentisch. Dann klappte sie den Deckel des Ordners auf und begann zu lesen:

Ein junges Volk steht auf, zum Sturm bereit

Düster wirkten die einunddreißig langgezogenen Baracken. In Reih und Glied geordnet lagen sie auf großflächigem, ebenen Wiesengrund. Wohnblöcke aus dunklen Holzwänden, zusammengenagelte Bretter, ungehobelt, karbolineumgestrichen, sonnengebleicht. Die großen Fenster lockerten die Augenfronten weder auf, noch erhellten sie. Eher glichen sie Löchern ins Nichts. Die geteerten, stumpfwinkeligen Dächer drückten die erdgeschoßigen Bauten in den Boden. Lediglich das Grün der Vorgärten vor jeder Wohnung und der Wiesenflächen, die das Barackenviertel auflokkerten, sowie vereinzelt gepflanzte, hochgewachsene Kastanienbäume milderten die Trostlosigkeit der mit Holzplanken abgeschirmten Wohnanlage. Breite, feinschottrig-erdige Geh- und Fahrstreifen zogen blaßgraue Furchen durch das Lager. Selbst sonnendurchfluteter Himmel vermochte nicht den düsteren Eindruck zu verdrängen.

Die kriegsführenden Herrscher der kaiserlichen und königlichen österreichisch-ungarischen

Monarchie hatten 1916 die Baracken als provisorische Zubauten zum Truppenspital der fünfunddreißigtausend Einwohner zählenden Stadt errichten lassen. Die Gemeinde St. Pölten hatte nach dem verlorenen Weltkrieg die Möglichkeit genützt, mit dem Umbau des Notlazarettes in eine Wohnanlage die Wohnungsnot zu lindern und mit geringem Aufwand Raum für ungefähr 200 Familien zu schaffen.

Die meisten Bürger der Stadt, heilfroh, nicht in diesem Viertel leben zu müssen, bemitleideten oder verachteten die Barackinger. Die sozial schwächste Bevölkerungsgruppe hatte ohne zu zögern die Zimmer und Säle der Kriegsverletzten besiedelt. Wer froh sein mußte, überhaupt ein Dach über dem Kopf zu finden, fühlte sich bald in diesem auf der grünen Wiese errichteten Lager heimelig.

Wir Kinder fanden es praktisch, von jedem beliebigen Fenster direkt auf die Wiese klettern zu können. Das Fehlen des in besseren Häusern vorhandenen Wohnkomforts berührte uns nicht. Nur die Erwachsenen hätten sich Wasser, WC und Dusch- oder Baderaum in der Wohnung gewünscht. Aber diesen Luxus gab es zum Trost der Barackinger auch nicht in vielen gemauerten Wohnhäusern.

Ich gehörte zu den glücklichen Kindern der mageren Dreißiger Jahre. Geborgenheit in der Familie sicherte für mich, Sepp, den jüngsten Sohn eines Eisenbahners, zufriedene Kinderjahre. Ich, umsorgtes Nestscheißerl meiner Eltern, vertrug mich gut mit meinen beiden älteren Brüdern Toni und Franz. Sie bemühten sich, sofern ihnen Zeit blieb, stets fürsorglich um mich, den Knirps. Meine Verträglichkeit bewahrte mich vor Schwierigkeiten mit gleichaltrigen Kindern.

Überfluß an feinsten Speisen, an modisch eleganter Kleidung oder teurem Spielzeug waren mir fremd und daher bedeutungslos. Hungern aber mußten meine beiden älteren Brüder und ich nie. Allemal gab es gegen leere Mägen ausreichend Schmalzbrote und Obst. Frieren mußten wir auch nicht. Im Freien schützte uns warme Kleidung und für die Wohnungsbeheizung bezog Vater von der Bundesbahn genügend Deputatskohle.

Sepp. Monika sah ihn vor sich. Ein schmächtiger Knirps mit dünnen Armen und Beinen und schmalem Gesicht. Wie kam es, dass sie hier seine Bekanntschaft machte? Wie war er in dieses Haus gekommen? 1928 geboren, konnte er noch am Leben sein. Aber hätte er seine Aufzeichnungen dann hier zurückgelassen? Sie könnte Herrn Schweda über den Mann ausfragen, von dem er das Haus erworben hatte, bevor er es ihr weiterverkauft hatte. Diesen Mann, der die alten Papiere zurückgelassen hatte und jetzt unauffindbar war. Mysteriös. Doch sie genierte sich, Herrn Schweda deshalb anzurufen. Diese Taktlosigkeit, in fremden Sachen herumzuschnüffeln. Aber hier waren Lebensgeschichten aufbewahrt, auch wenn sich offenbar im Augenblick niemand außer ihr dafür interessierte. "Grabe, wo du stehst!", hatte in den Siebziger Jahren eine Initiative der oberösterreichischen Arbeiterkammer geheißen, als man begann sich auch für Alltagsgeschichte zu interessieren. Das war am Anfang ihres Geschichtsstudiums gewesen. "Oral history" kam in Mode.

Monika wandte sich wieder ihrem Fund zu.

12. Februar 1934

Am Vormittag lockte mich, den bald Sechsjährigen, sonniges, frühlingshaftes Wetter ins Freie. Nichts und niemand störte mich beim Spielen vor der Wohnbaracke. Die Männer arbeiteten bei der Eisenbahn im Tagdienst oder sie schliefen, wie Vater, nach dem Nachtdienst. Die Frauen führten den Haushalt, die Schulkinder hatten Unterricht. Hingebungsvoll ritzte ich mit einer braunen Glasscherbe einer Bierflasche quadratische Felder in den sandigen Weg. Ein sogenannter Tempel entstand. „Tempelhüpfen", ein Gemeinschaftsspiel, erforderte zwar wenigstens zwei Spieler, mich jedoch bekümmerte nicht das Fehlen eines Spielgefährten. Mir bereitete es auch allein Vergnügen. Ich ließ meinen Glasscherben in das erste Tempelquadrat fallen, hüpfte mit einem Bein nach, hob, nur auf dem einen Bein stehend, den Scherben auf, wendete und sprang in die Ausgangsposition vor dem Tempel zurück. Nun warf ich den Scherben in das nächste Feld und holte ihn wiederum nur auf einem Bein hüpfend aus dem Tempel.

Konzentriert warf ich meinen braunen Scherben und hüpfte achtsam von Feld zu Feld. Fehlwürfe und mißglückte Sprünge ärgerten mich zwar, ich versuchte aber niemals, mich über Fehler hinwegzuschwindeln. In diesem einsamen Training war ich mit meiner Leistung zufrieden. Ich hoffte, nachmittags, wenn meine Freunde aus der Schule zurück waren, bei diesem Spiel erfolgreich zu sein.

Während ich wieder einmal im Grätschsprung um 180 Grad wendete, zerriß lautes Knallen die Stille. Ich stürzte beinahe vor Schreck. Bewaffnete Männer drangen ins Barackenlager ein. Blitzschnell rannte ich zum Wohnungs-

eingang. Als meine Mutter besorgt das Küchenfenster aufriß, um nach ihrem Jüngsten zu schauen, stand ich bereits kreidebleich und zitternd bei ihr. Aus dem Schlafzimmer kam hastig Vater. Draußen riefen die Männer:
„Vorhänge auf, weg von den Fenstern, es wird geschossen!"
Bei jedem Knall drückte ich mich zitternd an meine Mutter. Vater packte mich und legte sich mit mir und Mutter unter dem Fenster auf den Boden. Der Barackengang hallte vom Getrampel schwerer Schuhe. Die Tür zur Wohnung flog auf. Drei Männer in graugrünen Uniformen - auf ihren Schirmkappen steckten Hahnenschwanzfedern - drängten mit Gewehren im Hüftanschlag in die Küche.
„Aufstehen und Hände hoch!", schrie einer der drei Bewaffneten.
Eingeschüchtert erhoben sich meine Eltern. Auch ich stand zaghaft auf. Der Schreihals trat näher zu meinem nur mit einem Nachthemd bekleideten Vater und forderte ihn barsch auf mitzukommen.
„So?", fragte Vater.
„Mach keine Spompanadeln, sonst passiert ein Unfall!", herrschte ihn der Hahnenschwanzler an.
Mutter holte eilig Vaters Dienstgewand und seine Arbeitsschuhe. Die Männer forderten Vater auf, sich rasch anzukleiden und drängten ihn aus der Wohnung.
„Die Pratzen hoch!" befahlen sie beim Abgang.
Voller Angst starrte ich Mutter an. Draußen peitschten wieder Schüsse. Die Eindringlinge schossen mit Gewehren durch alle Fenster, deren Vorhänge zugezogen waren. Glasscherben klirrten. In der Ferne ratterte ein Maschinengewehr.

An diesem Tag kam kein Bewohner der Baracken vom Dienst nach Hause. Die einzigen Heimkehrer im Barackenviertel waren die Schüler. Sie durften, als sich nach Mittag die Lage beruhigte, die Schule verlassen und mußten auf dem kürzesten Weg nach Hause gehen. Meine Brüder, der achtjährige Toni und der zwölfjährige Franz, trafen gegen drei Uhr in der Wohnung ein.

In unserer Siedlung sprachen alle aufgeregt über das Ende der Freiheit und der Demokratie. Mit diesen Begriffen wußte ich nicht viel anzufangen. Ich verstand nur, daß die „Schwarzen" die Freiheit und die Demokratie zerstörten und die „Roten" sie verteidigten.

Im Vordergrund meiner Gedanken stand die quälende Frage: „Bringen sie auch Vater um?" Ich haßte die Heimwehrler, ich haßte die Schwarzen.

Armer Sepp! Mitten im Spiel dieser Überfall. Aus dem sprichwörtlich heiteren Himmel. Monika, Bürgerin eines demokratischen Staates, strich ihm voll Mitgefühl über das Haar, das sie sich fein und leicht gewellt vorstellte. Es musste schlimm sein, schon als Kind Gewalt und Willkür zu erfahren.

Sonntagsspaziergang

Am Morgen des ersten Sonntages nach der Aufhebung des Standrechtes und der Ausgangssperren forderte Mutter uns drei Buben auf, die Sonntagsgewänder anzuziehen. Auch sie kleidete sich sonntäglich.

„Wozu diese Aufmachung?", raunzte Franz, „ein Sonntagsspaziergang ohne Vater?"

„Ohne Vater ja, aber vielleicht zu Vater."

„Zu Vater?" Meine Stimme überschlug sich. „Zu Vater ins Gefängnis?" Ungläubig klang meine Frage.

„Nicht ins Gefängnis, zum Gefangenenhaus gehen wir. Vom Rand des Kaiserwaldes können wir hin-

überschauen zu den Fenstern der Gefangenen."
„Da kannst aber niemand erkennen, das ist doch viel zu weit weg", sagte Toni.
„Mit einem Fernglas schon", entgegnete ich.
„Hast eins?"
„Nein", antwortete ich kleinlaut.
„Wißt ihr, es ist nicht so wichtig, daß wir die Gefangenen direkt sehen und daß die Gefangenen jeden von uns erkennen. Wichtig ist, daß sie sehen, daß ihre Frauen und Kinder zu ihnen halten."

Schweigsam verließ Mutter mit uns wie die anderen Frauen und Kinder das Barackenviertel. Keine Wolke war am Himmel. Die Sonne wärmte für diese Jahreszeit ungewöhnlich. Ich ließ mich, Mutters Hand haltend, wie ein Musterknabe führen. Wir gingen in der Herzogenburgerstraße am Eislaufplatz vorbei und überquerten den Mühlbach. Das rasch fließende Wasser, mit dem die Turbinen einiger Mühlen und Fabriken betrieben wurden, zog stets die Kinder an. Im Winter warfen sie Schneebälle ins Wasser. Klatschend und spritzend zerteilten sie die Wasseroberfäche, tauchten ein und verwandelten sich in matschige, dahintreibende Klumpen. Lauthals liefen ihnen die Kinder nach und versuchten sie immer wieder mit weiteren hastig gepreßten Schneebällen zu treffen. In der warmen Jahreszeit ließen Schüler nach dem Unterricht ihre Papierschiffchen um die Wette fahren. Eine johlende Schar begleitete am Bachufer ihre in der Strömung schaukelnde Flotte. Obwohl es verboten war, nutzen manche Buben während der sommerlichen Hitze die Gelegenheit, in den Mühlbach zu springen. Lärmend schwammen sie bis zum nächsten Wehrrechen.

Heute beachtete kein einziges Kind das Gewässer. Auf der Bahnhofsallee stießen noch mehr Frauen und Kinder zu uns und bei der Einbiegung von der Schießstadtpromenade in Richtung Kaiserwald waren wir bereits so viele, daß die Gehsteige nicht mehr für die Fußgänger ausreichten. Die Menge strömte, demonstrativ die gesamte Straßenbreite ausfüllend, dem Kaiserwald zu. Vorbei ging es am fensterlosen Seitengemäuer des Gefangenenhauses bis zum Waldrand auf der Anhöhe, wo wir uns in etwa 200 Meter Entfernung aufstellten. Wir schauten zu den vergitterten Fenstern. Kopf neben Kopf und Kopf über Kopf füllten die Fensterrahmen. Gespenstische Stille herrschte. Einige Frauen schwenkten stumm Tücher.

Plötzlich schrie ein Gefangener: „Freiheit!" Alle Inhaftierten stimmten ein: „Freiheit!" In meinen Ohren klang der Aufschrei wie ein Gebrüll des riesigen grauen Gebäudes, dessen Fenster ich als aufgerissene Mäuler mit Eisenzähnen an festgebissenen Köpfen sah.

März 1934 Die Kirche

Im Zentrum des ehemaligen erweiterten Truppenspitals war eine Küchenbaracke errichtet worden. Nach dem Ende des ersten Weltkrieges hatte die damalige, frei gewählte rote Stadtverwaltung die Küchenbaracke mit geringem Aufwand für den sozialdemokratischen Theaterverein in ein Theater umbauen lassen. Die Aufführungen der Laienschauspieler hatten bei der Bevölkerung großen Zuspruch gefunden. Regelmäßige Aufführungen von Volksstücken und Märchen hatten Unterhaltung für Groß und Klein geboten.

Im Ständestaat wurde der beliebte Theaterverein verboten und diese Baracke neuerlich umgebaut. Der Theatersaal wurde in eine Kirche umgestaltet. An den von Erwachsenen spärlich besuchten Sonntagsmessen mußten alle Schulkinder teilnehmen. Jede Schülerin und jeder Schüler des gottlosen Proletariats erhielt einen namentlich ausgestellten Ausweis. In diesem Dokument schienen die Sonntage mit dem Datum auf. Beim Betreten der Kirche vor der Messe stempelte ein Pfadfinder den jeweiligen Sonntag ab. Werbend wirkte der Einsatz der „Pfaderer" als Kontrollhilfsdienst für ihre Jugendorganisation nicht, im Gegenteil. Von den Barackenkindern verspürte wie bisher keines die geringste Lust, diesem Verein beizutreten. Sicherlich hätten auch die Eltern einem Beitritt ihrer Kinder nicht zugestimmt. Die Kinder starteten eine gewagte Aktion. Einige schnitzten aus rohen Erdäpfeln Stempel mit dem Pfadfindersymbol, das die Kontrollore in die Ausweise einstempelten. Solange nur wenige Schulkinder dem sonntäglichen Gottesdienst fernblieben, funktionierten die Fälschungen. Als aber, vom Erfolg verleitet, immer mehr Schüler dem Gottesdienst fernblieben, flog der Schwindel auf. Es regnete Strafmaßnahmen. Die Ertappten mußten nach dem Unterricht eine Woche hindurch täglich eine Stunde in der Schule nachsitzen. Andere wieder plagten sich in Erweiterung der Hausaufgaben mit religiösen Aufsätzen. Die Eltern bekamen Vorladungen von der Schulbehörde. Der erzürnte Katechet schlug meinen Bruder Franz, der sich weigerte, seine Ausweisfälschungen einzugestehen, windelweich.

Als ich im September 1934 in die Schule kam, begann der Unterricht mit einem Schulgebet und vor dem Nachhause gehen mußte jede Klasse in Zweierreihen stehend „Grüß Gott, Österreich!" im Chor rufen. Dabei hatte jedes Schulkind den rechten Arm abgewinkelt mit den ausgestreckten Schwurfingern zu erheben. Wenige Tage nach der Einführung dieses Grußes spöttelten wir Kinder und Jugendlichen „Grüß Gott, Österreich, du siehst einem Affen gleich."

Monika fiel ihr umgedeutetes „Gotteshaus" ein. Sie hatte nie einen Gottesdienst besuchen müssen. Auch am Religionsunterricht hatte sie nicht teilgenommen. Im Schulzeugnis stand bei „religiösem Bekenntnis" o. B. Wenn sie in der Religionsstunde die Klasse verlassen musste, hätte sie gern gewusst, was sich dort abspielte. Sie erfuhr immer nur aus zweiter Hand, was die Religionslehrerin über den Lieben Gott und das Himmelreich erzählte. Auch über die Hölle, diesen schaurigen Ort, der so beschaffen war, dass es ratsam schien, ein gottesfürchtiges Leben zu führen, gehorsam zu sein und zu beten. Und so schöne Geschichten gab es von Engeln und Wundern. Nur die Heiligenbildchen, die an die besonders Braven und Eifrigen verteilt wurden, gefielen ihr so wenig, dass sie ihr die Sache doch etwas suspekt erschienen ließen. Ihre Eltern sprachen von Hokuspokus und dass die Kirche den Leuten Angst einjage, damit sie fügsam waren.

Du kommst in die Hölle, weil du eine Heidin bist, sagten die MitschülerInnen. Und wenn es nun doch stimmte? Wenn sich ihre Eltern irrten? Dass auch ihre Eltern in die Hölle kommen würden, diese Vorstellung war ihr unerträglich. Sie musste für sie beten. Sicherheitshalber. Aber wie sollte sie in eine Kirche kommen? Von den Schulgottesdiensten war sie ausgeschlossen und allein traute sie sich nicht hinein. Dieses Häuschen hier glich einer Kapelle, wie es sie auf dem Land gab. Sie kniete nieder und faltete die Hände.

Später war die Geschichte, wie Monika vor einem Trafo-Häuschen gebetet hatte, immer wieder in der Familie erzählt worden.

Alltag

Die Tage im Ständestaat verliefen für die Arbeitenden und für die Arbeitslosen ohne Hoffnung auf Verbesserung des Lebensstandards. Das Heer der Arbeitslosen und Ausgesteuerten hatte keine Chance auf einen Arbeitsplatz.

Betätigung in oppositionellen Parteien und Gewerkschaften war nicht möglich. Nicht nur die Sozialdemokratische Partei, auch ihre Kinderfreunde- und Jugendorganisation und ihre zahlreichen Kulturorganisationen waren verboten. Lediglich die Intensivierung katholisch eingefärbter Feste sollte den Bürgern den Ständestaat liebenswert erscheinen lassen. Den Weltfeiertag der Arbeiterklasse, den 1. Mai, funktionierte die Vaterländische Front - die Einheitspartei aller reaktionären Strömungen - zum Tag der ständestaatlichen Verfassung um, der als kirchenähnliches Tingeltangelfest begangen wurde. Das Leben plätscherte dahin...

Das Heer der Arbeitslosen und Ausgesteuerten war Monika zum ersten Mal in ihrer Schulzeit begegnet. In der Geschichtsstunde. Im Geschichtsbuch das bekannte Bild des Mannes, der eine Papptafel an einer Schnur um den Hals gehängt hat: „Suche Arbeit, mache alles“. Sie hatte sich nie entscheiden können, was sie schlimmer fand: „Arbeit suchen“ oder „alles machen“.

Wenn Monika arbeitslos würde, könnte sie hier überleben? Der steile Grund war kaum für die Landwirtschaft geeignet. Höchstens Kartoffel könnte man anbauen. Für die Schafzucht schien das Gelände ideal. Und Kaninchen natürlich, die hatten die Arbeitslosen in der Zwischenkriegszeit in den Schrebergärten gehalten. Und Hühner. Würde sie töten können, wenn der Hunger es gebot? Die Tiere einzufangen und zu fesseln war sicherlich schwierig. Wie führt man ein

Schlachtmesser? Wie häutet man ein Kaninchen oder gar ein Schaf, zerlegt es und nimmt es aus? Vermutlich würde dieses Überlebensprojekt nicht an ihrer Moral, sondern an ihrer Unwissenheit und Ungeschicklichkeit scheitern.

Zum Glück ließ Sepp seine Arbeitslosen jetzt Kreuzerl schupfen, sodass Monika ihre trüben Gedanken loslassen konnte.

Im Barackenviertel herrschte nach der Entlassung der verhafteten Arbeiter weitgehendst Normalität. Vater und die übrigen Eisenbahner verrichteten wieder ihren gewohnten Dienst. Auch die in anderen Unternehmen Beschäftigten arbeiteten weiterhin in ihren Betrieben. Die Arbeitslosen bevölkerten wie eh und je bei Schönwetter die grasbewachsenen Flächen.

Männer und Burschen saßen kartenspielend auf umgedrehten hölzernen Bierkisten. Als Spieltische dienten ebenfalls Bierkisten mit aufgenagelten Brettern. Ein Mitspieler notierte die Spielergebnisse. Selten wurde um einen Einsatz gespielt und wenn, steigerten Streichhölzer oder Ein- und Zweigroschenstücke die Spannung.

Beim Kreuzerschupfen hingegen ging es ausschließlich um Geld. Auf einem graslosen Gehweg wurden ein Abwurfstrich und eine Ziellinie markiert. Der Spieler mußte aus dem Stand eine Münze, meist ein Zweigrochenstück, zum Zielstrich schupfen. Jeder Teilnehmer entwickelte seinen individuellen Wurfstil. Manche Spieler schupften sportlich elegant ihren Groschen zur Ziellinie. Auf ihren Zehenspitzen wippend, den Oberkörper weit vorgebeugt, die groschenhaltende Hand in Zielrichtung ausgeschwungen, verfolgten die Schupfer dem Wurfgroschen nachblickend Flugbahn und Landung. Wer mit seiner Münze dem Zielstrich am nächsten lag, durfte alle Geldstücke aufklauben, zwischen den hohl gehaltenen Handflächen schütteln und in die Höhe werfen.

Dabei hatte er "Kopf" oder "Adler" zu rufen. Die Zahl auf der Münze bedeutete Kopf, die andere Münzseite Adler. Der Wurf in die Höhe mußte immer so erfolgen, daß die Geldstücke sich in der Luft überschlugen. Gelang der Wurf nicht in dieser Art, blieb er ergebnislos. Danach durfte der nächstfolgende Spieler alle Münzen hochwerfen. Bei gelungenem Wurf gehörten dem Schupfer jene Groschenstücke, deren sichtbare Seiten mit dem Kopf- oder Adlerruf übereinstimmten. Die übrig gebliebenen Geldstücke warf der nächstgereihte Mitspieler hoch. Der letzte Spieler durfte die übriggebliebenen Münzen ohne Aufwurf kassieren.

11. März 1938 Gott schütze Österreich

Der Einmarsch deutscher Truppen in Österreich stand unmittelbar bevor. In den Abendstunden saßen und standen die Bewohner der Baracke 11 in der Wohnküche des pensionierten Eisenbahners Seidelhuber um ein primitives Radiogerät versammelt. Weit und breit war der vom Elektriker zusammengebastelte Apparat das einzige Radio. Angespannt lauschte die Wohngemeinschaft auf die Stimme der kreischenden Kiste. Toni und ich saßen mit zwei kleineren Nachbarsbuben stumm verharrend am Fußboden. Franz, ebenfalls anwesend, durfte als Sechzehnjähriger im Kreise der Erwachsenen bereits mitreden.

Gegen 20 Uhr sprach der Bundeskanzler. Im Auftrag des österreichischen Bundespräsidenten teilte er dem österreichischen Volk mit, daß die Bundesregierung der Gewalt weiche und den österreichischen Truppen den Befehl erteilte, sich ohne Widerstand gegen die einmarschierenden deutschen Truppen zurückzuziehen, um Blutvergießen zu vermeiden.

„So verabschiede ich mich in dieser Stunde von

dem Österreichischen Volk mit einem deutschen Wort und einem Herzenswunsch: Gott schütze Österreich."
Aus dem Radio ertönte nur mehr Musik.
„Was sollen wir tun?", fragte eine Nachbarin.
„Vorerst warten wir ab", antwortete Seidlhuber. "Wir warten in unseren Wohnungen und gehen nicht auf die Straße, wenn die deutschen Truppen kommen. Es darf keine Provokationen geben, sonst kommt es zu einer Katastrophe. Morgen sollen die Kinder nicht in die Schule gehen, wir lassen sie zuhause. Übermorgen ist sowieso Sonntag, da kann man dann schon sehen, ob die Besetzung ruhig verläuft. Verläuft sie ohne Zwischenfall, geht das Leben zumindest vorerst normal weiter."

Kurz vor dem Aufbruch der Versammelten in Seidelhubers Wohnung riß ein mit den Eisenbahnern befreundeter junger Arbeitsloser die Wohnungstür auf. Alle blickten erwartungsvoll zu ihm. Eine Stecknadel hätte man fallen hören, ehe er zu sprechen begann:
„Tausende Nazis ziehen mit Fackeln und Fahnen durch die Stadt und feiern begeistert den Rücktritt Schuschniggs. Ich habe noch nie so viele Demonstranten bei uns gesehen, auch nicht bei unseren stärksten Maiaufmärschen. Gruppen der Hitlerjugend singen Nazilieder. Immer wieder brüllen sie Parolen:
‚Der Kuat is fuat, die Mißgebuat, jetzt gehts uns guat!'"
Stille.
„Ich begreife es nicht, wieso unsere Stadt so voller Nazis ist, wieso es auf einmal bei uns nur so von Nazis wimmelt. Ich frage mich, woher die alle kommen."
Nachdenklich verließen die Besucher Seidelhubers Wohnung.
Franz, Toni und ich schliefen lange nicht ein. Wir ahnten, es begann eine neue Zeit.

3)

Mit einem Mal waren die Schatten der Vergangenheit auf dieses idyllische Landhaus gefallen. Aus der Tiefe der Truhe waren sie an die Oberfläche gekommen, hatten sich breit gemacht in der gemütlichen Stube. Bald würden sie säbelrasselnd die Stille stören.

Freilich lag es in Monikas Macht, sie zu bannen, aber zu groß war ihre Neugierde. Wie war es Sepp in diesen finsteren Zeiten ergangen, wie hatte er überlebt? Und wer war er? Wie waren seine Aufzeichnungen hierher geraten?

Monika legte das Manuskript beiseite und trat ins Freie. Wie hell es draußen war und wie friedlich. Sie streckte sich und atmete tief durch. Was für ein Glück, nach dem Krieg geboren zu sein.

Ein Schmetterling ließ sich auf einem der beiden Wollsocken nieder, die sie zum Trocknen auf die Bank gelegt hatte. Der Schweißgeruch lockte immer mehr von seinen Artgenossen an. Zarte Gebilde mit samtenen Flügeln. Ihre Seidenfadenrüssel labten sich am Salz. Das kaum wahrnehmbare Geräusch der Blätter, als der Wind durch die Baumkronen fuhr um sich wieder zu legen. Der Duft von gemähtem Gras, das in der Sonne trocknete. Das Tuten eines Schiffes auf der Donau. Die Vorstellung des gemächlich fließenden Wassers und dass alles seinen Lauf nahm. Dazusitzen und es vorüberziehen zu lassen. Nirgendwo hin zu müssen, weil man schon da war. Das Gefühl zu haben hier richtig zu sein.

Sie konnte sich gar nicht mehr vorstellen, monatelang die Tage und die halben Nächte im Büro verbracht zu haben. Auch die vielen Samstage, an denen sie meist, vom Portier abgesehen, der einzige Mensch in dem großen Gebäude war. Während die anderen daheim lange schliefen, ihre Einkäufe machten, kochten, Gäste erwarteten oder selbst eingeladen waren, in der Sauna entspannten, vielleicht ins Kino gingen oder vor dem Fernseher saßen - wie immer auch Menschen ihre Wochenenden gestalteten - betäubte sie sich mit Arbeit. Wenn der Portier seine Runden machte, schaute er bei ihr vorbei und sie tranken zusammen Kaffee. Zu späterer Stunde kam er mit einer Flasche Rotwein.

Obwohl sie erschöpft ins Bett fiel, erwachte sie doch am Sonntagmorgen viel zu früh. Sie hätte die Zeit nützen können um zu joggen oder mit FreundInnen einen Ausflug zu machen, aber sie konnte sich zu nichts aufraffen, nicht einmal zu ihren Yogaübungen. Das Einzige, was ihr half die Zeit bis zum Montag zu überstehen, war Aufräumen. Diese Verrichtungen beruhigten sie und versetzten sie in einen fast tranceartigen Zustand. So war wenigstens ihre äußere Welt wieder in Ordnung. Sie erinnerte sich, dass sie schon als Kind Trost darin gefunden hatte ihr Spielzeug aufzuräumen, wenn sie unglücklich war.

Zunächst war ihre Arbeitswut nicht weiter aufgefallen, weil sie immer schon fleißig und engagiert gewesen war. Dann begannen die KollegInnen spöttische Bemerkungen zu machen und wollten ihr ein Denkmal als Heldin der Arbeit in Bronze errichten. Die sie besser kannten, wussten jedoch die Hintergründe. Den FreundInnen, die den Kontakt mit ihr suchten, sagte sie, sie hätte derzeit so viel zu tun und vertröstete sie auf später, bis die Anrufe immer seltener wurden.

Als sie eines Tages über das Ärgste hinweg war und damit aufhörte, sich in Selbstvorwürfen zu zerfleischen – schließlich gehörten auch zum Scheitern einer Beziehung immer zwei – , ja sogar überzeugt war, dass es das einzig Richtige gewesen war ihn zu verlassen, hörte sie jedoch auch nicht auf zu viel zu arbeiten. Es war ihr zur Normalität geworden.

Sie zeigte jedoch Krankheitseinsicht, als ihr väterlich wohlwollender Chef von "Workaholismus" sprach und ihr Arzt ein Burn out-Syndrom diagnostizierte. Sie entwarfen einen Stufenplan, um durch eine schrittweise Entwöhnung die Entzugserscheinungen zu mildern. Nach ein paar Tagen Krankenstand, den Monika brauchte, um überhaupt wieder auf die Beine zu kommen, "durfte" sie noch einige Zeit halbtags arbeiten, bevor sie einen langen Urlaub, von dem sie reichlich angehäuft hatte, antrat.

Kieswege in langen Alleen, die es zu durchschreiten galt, taten sich vor Monika auf, Buchhandlungen öffneten ihre Ladentüren zum Stöbern, Kleiderärmel winkten aus den Schaufenstern der Boutiquen, im *Prückel* riefen die Kaffeeschalen "Wer aus mir trinkt, wird ein Mensch", im *Eiles* luden Plüschsessel zum Versinken ein, Jonny Depp erschien verführerisch auf der Kinoleinwand und im *See Me* flirtete Monika bei einem *Latin Kiss* mit dem Barkeeper. Nach einem weiteren Drink war Monika so gestärkt, dass sie ihren Urlaub antrat.

Inzwischen war sie so weit gesundet, dass sie ihr Haus, das einst zum Stolperstein geworden war, auch allein genießen konnte. Er hatte sich darin nicht wohl gefühlt. "Besitz bindet", hatte er gesagt, von einem "Gefängnis" gesprochen und vom Spießertum der Zweithausbesitzer. Es war eine Ironie des Schicksals, dass ausgerechnet er ihr, die von Geldgeschäften nichts verstand, zu diesem Besitz verholfen hatte. Als Meister seines Faches hatte er sie beim An- und Verkauf von Aktien gut beraten. Mit ihrem Erbe allein hätte sie Grundstück und Haus zwar erwerben, aber nicht erhalten können. Trotzdem sollte es nicht zu ihrem Schneckenhaus werden. Ein Bedürfnis nach Geselligkeit begann sich in ihr zu regen. Der Besuch von Edith hatte ihr gut getan. Sie ging zum Telefon um einen alten Freund anzurufen. Hatte er nicht gesagt, dass er bald bei ihr vorbei schauen wollte? Er meldete sich jedoch nicht und auch der Anrufbeantworter war nicht eingeschaltet. Monika beschloss in Sepps Manuskript weiterzulesen.

12. März 1938 Die Deutsche Wehrmacht besetzt Österreich

Vater verließ um halb sechs Uhr morgens die Baracke, seinen Dienst im Heizhaus der Bahn anzutreten. Wir Buben genossen es, an den freien Tagen länger zu schlafen, aber an diesem außergewöhnlichen Tag standen wir bereits unmittelbar nach Vaters Abgang auf. Wortkarg machte Mutter das Frühstück für uns. Auf die Frage von Toni, was wir heute machen würden, antwortete sie:

„Warten."

„Auf was?", fragte Franz.

„Worauf, heißt das", verbesserte Mutter.

„Worauf warten wir?", erneuerte Toni die Frage.

„Wir warten auf die Deutschen", stellte Franz fest. Damit endete das Frühstücksgespräch. Nach dem Verzehr des Kaffees und der Butterbrote zog sich Franz ins Kinderzimmer zurück. Er versuchte, im Freigegenstand Französisch zu lernen. Toni ließ es sich nicht ausreden, vor dem Barackeneingang sitzend die Sonne zu genießen.

Das Warten auf die Deutschen zehrte nicht nur an der Geduld von uns Buben. Die Arbeitslosen blieben wie die Hausfrauen in ihren Wohnungen. Nur wenige Bürger, die erforderliche Einkäufe besorgten, belebten dürftig die Straßen der Stadt.

Der Pensionist Seidelhuber empfing mit seinem Radiogerät außer Marschmusik keine beachtenswerten Nachrichten. Franz, Toni und ich entschlossen uns, die Wartezeit mit Tip-Kick-Fußballspielen zu überbrücken. Allerdings, mit Leidenschaft trugen wir unseren Cupbewerb nicht aus. Die Zeit schien stillzustehen.

13. März 1938 — Deutsche Soldaten

Vater hatte abermals Tagdienst. Wie am Vortag standen wir Buben ebenfalls wieder sehr früh auf. Bisher war im Barackenviertel kein deutscher Soldat aufgetaucht. Das Warten auf die

erste Begegnung mit der Deutschen Wehrmacht ging also weiter. Beim Frühstück mit Mutter sprachen wir angeregt über die gestrige Rundfunkübertragung aus Linz.
„Hoffentlich können wir uns bald einen Radio leisten", wünschte sich Franz.
„Das kommt drauf an", bemerkte Mutter, „ob tatsächlich für uns die Zeiten bald besser werden."
Toni sagte betrübt: "Ich bin sicher, für uns werden sie sehr bald wieder schlechter."
„Wieso?", fragte ich überrascht.
„Weil wir morgen wieder in die Schule gehen müssen."
Franz zog sich wie gestern ins Bubenzimmer zurück und lernte Französisch. Toni folgte dem Beispiel seines größeren Bruders und wiederholte ein Lesestück. Ich begann wieder mit Zündholzschachteln zu bauen. Diesmal sollte eine Festung entstehen.

Gegen neun nahm ich ein bisher noch nie gehörtes Geräusch wahr: fernes dumpfes Brummen, das rasch näher kam und anschwoll zu einem brausenden und dröhnenden Motorenlärm. Ich stürzte zum Fenster. Auch Mutter trat gleich zu mir. Wir blickten zum Himmel. Über die Baracken raste ganz niedrig fliegend ein deutsches Geschwader zweimotoriger Bomber.
„Wusch!", rief ich im abnehmenden Gedröhn respektvoll, „die sind stark."
Mutter wandte sich ab und bestätigte leise: „Ja, die Deutschen sind stark, beängstigend stark."
Ich überhörte diese Äußerung.
Franz und Toni kamen aus dem Kinderzimmer geeilt: „Habt's g'sehn?"
„Klar!"
Nach einem erregten Meinungsaustausch über die Bomber baute ich an der Festung weiter. Als ich mit dem komplizierten Bau fertig war und Appetit

auf ein Jausenbrot bekam, fuhren einige deutsche Militärlastwagen ins Barackenviertel und parkten auf der Spielwiese in unmittelbarer Nähe der elften Baracke. Soldaten nahmen eine Feldküche in Betrieb. Einzelne Deutsche gingen von Baracke zu Baracke und luden die Bewohner zum gemeinsamen Frühschoppen bei der Gulaschkanone ein.
„Die reden ja fast wie wir", sagte Franz zu Mutter.
„Die sind aus Bayern und reden ungefähr wie die Oberösterreicher. Die sind ja Nachbarn."
Mutter versuchte erst gar nicht, ihre neugierigen Buben abzuhalten, die Einladung der Soldaten anzunehmen. Freundliche Soldaten teilten feldgrau lackierte Menageschalen und Aluminiumlöffel aus und begannen mit dem Ausschenken des Essens aus dem großen Feldküchenkessel.
Die Stimmung unter dem schmausenden Volk wechselte von der anfänglich vorsichtigen Neugier in gelöste Freundlichkeit. Bald plauderten und scherzten die Zivilisten mit den Uniformierten. Einige Barackenbewohner holten mit Milchkannen Zusatzverpflegung für die Familien. Die Deutschen schenkten bereitwilligst aus. Auch ich eilte in die Wohnung, nahm, ohne Mutters Fragen zu beantworten, die Milchkanne und dampfte wieder ab. Im Weglaufen rief ich Mutter zu:
„Ich bin gleich wieder da."
Bald kehrte ich mit der gulaschgefüllten Milchkanne und vier Laberln zurück.
„Da", sagte ich etwas atemlos und ein wenig stolz: „Für dich und für Vater, wenn er aus dem Dienst kommt."
Mutter lächelte verlegen. Sie lächelte über ihren gutgelaunten Buben.
„Ja, ja", sagte sie seufzend oder war es Aufatmen? „Ja, ja, mit Speck fängt man Mäuse."

Gegen elf Uhr zog die kleine motorisierte Truppe wieder ab. „Bairischer Hilfszug" stand auf den Fahrzeugen. Die Soldaten winkten. Die Kinder und die meisten Erwachsenen winkten zurück.
„Hab gar nicht gedacht, daß der Eintopf der Piefke so durch und durch österreichisch schmeckt. Die hineingeschnittene herrliche Dürre und die Würze, das entspricht doch durch und durch unserem Geschmack. Hat mir schon lange nicht so gut geschmeckt", äußerte sich anerkennend ein Arbeitsloser.
„He, he", rief eine Frau scherzhaft dazwischen, „willst wohl deine Alte beleidigen?"
„Aber nein, ich freu mich nur, daß im deutschen Militär gut gekocht wird."
„Und die reschen Laberln", rief ein Jugendlicher, "waren die gar nichts?"
„Die waren frisch wie vom Bäckermeister Bürkl persönlich", stimmte jemand zu.
Ein ergrauter Eisenbahner ließ aufhorchen: „Vielleicht sind die Laberln wirklich vom Bürkl. Ich kann mir nicht vorstellen, daß die Bayern das frische Gebäck von München mitgenommen haben."
„Soll das heißen", fragte einer, "daß der Bairische Hilfszug uns mit Waren aus dem armen Österreich verköstigt?"
Plötzlich herrschte wieder Stille in der Runde. Alle warteten auf weiteren Wortwechsel.
„Und wenn schon", schaltete sich ein Jugendlicher ein, „selbst wenn die ganze Verpflegung aus Österreich ist, dann ist es erst recht eine Schande, daß die Deutschen kommen müssen, um uns das zu geben, was uns gehört."
Der Pensionist wollte antworten, rang sich aber nur zu einem Seufzer durch. Die Umstehenden merkten seine Zurückhaltung und forderten ihn auf, zu reden.

„Gustl, sag, was du meinst!"
Der Alte holte tief Luft und begann zögerlich: „Es ist schon wichtig, daß mich überhaupt wer füttert, aber es ist auch wichtig, wer mich füttert. Gänse und Schweine werden gemästet, aber was hat der Mäster mit ihnen vor?"
Alle horchten auf, sogar die Kinder. Die sprichwörtliche Stecknadel fiel nicht, aber jeder spürte ihre Spitze.
„Deutschland", sagte Gustl in die Stille, „frißt Österreich und wird zu Großdeutschland. Großdeutschland wird noch das Sudetenland wollen und Teile von Polen und später die ganze Welt. Der Appetit wächst mit dem Essen."
„Na und?"
„Die Welt wird sich eines Tages nicht alles gefallen lassen", sagte Gustl und schwieg.
Eine Weile war es still, dann sagte jemand: „Gustl, sag so etwas nie wieder, wenn andere, wenn Fremde dabei sind. Sag am besten so etwas überhaupt nicht mehr, denn du weißt nie, wer mithorcht."
Wortlos gingen die Bewohner der Barackensiedlung auseinander.

Nach dem Mittagessen schlug Othmar, mein bester Freund, vor, zum Frachtenbahnhof zu gehen. Dort kamen deutsche Truppen an. Der Vorschlag gefiel meiner Mutter nicht, aber mit welchen Erfolgsaussichten sollte sie unserer Neugierde entgegentreten? Also ließ sie uns bangen Herzens ziehen. Hastig marschierten wir über die Barackenwiesen zur Daniel-Gran-Straße. Bald erreichten wir den Frachtenbahnhof. Othmar und ich sahen zum ersten Mal braun uniformierte SA-Männer. Eifrig und stramm führten die Parteisoldaten ihren Auftrag aus, für störungsfreien Verlauf der Entladung des Militärs zu sorgen. Panzerspähwagen, Schützenpanzer und schwere Kampf-

panzer rollten von den Eisenbahnwaggons und formierten sich zu einer langen Kolonne. Fasziniert schauten wir zu. Gegen drei Uhr nachmittags setzte sich die gepanzerte Einheit in Bewegung. Die Motoren der schweren Panzer brüllten ohrenbetäubend. Mit rasselnden Ketten glitten sie am staunenden Publikum vorbei. Die schräg nach oben gerichteten Kanonen der drehbaren Panzertürme ragten in Fahrtrichtung. Die Panzerkommandanten standen im geöffneten Turm mit ihren Oberkörpern im Freien.
„Toll sehen sie aus mit ihren schwarzen Jacken und ihren schwarzen Mützen!", schrie Othmar mir ins Ohr. Wie angewurzelt schauten wir der davonfahrenden Kolonne nach und harrten aus, bis die Geräusche der abziehenden Einheit in der Ferne verstummten.

Nach Vaters Rückkehr vom Tagdienst war ich beim Abendessen nicht in der Lage, geordnet über den Tagesverlauf zu erzählen. Voll Begeisterung schilderte ich das Verhalten der Soldaten des Bayrischen Hilfszuges. Auffallend aufrecht sitzend sprach ich über die Stärke dieser Armee, über die feschen Uniformen, über die diensteifrigen, strammen braunen Soldaten. Nachhaltig wirkten in meinem Kopf das Dröhnen der Bombergeschwader, das Brüllen der Motore der Panzer und das Rasseln ihrer Fahrwerksketten.

Für Monika waren Männer in Uniform, vor allem wie sie sich in ihnen verhielten, der Inbegriff der Lächerlichkeit. Wenn im Fernsehen eine Militärparade gezeigt wurde, betrachtete sie diese stets mit ungläubigem Staunen, das bald verächtlichem Spott wich. Nach einem äußerst primitiven Ritual bewegten sich die Männer wie Kriegsroboter in gleichförmiger Zackigkeit, einem schnarrenden *Präsentiert das Gewehr!* folgend oder standen unbeweglich wie zu Zinn-

soldaten geronnen und blickten starr und unverwandt in ein Nichts, das ihren Geist aufgesogen hatte. Oder wenn sie gar marschierten: Dieses dumpfe Getrampel von Stiefeln. Schon waren die Soldaten auf dem Fernsehschirm einer Schar von Kampfhähnen gewichen, Hühnerkralle vor Hühnerkralle setzend und mit den Schwanzfedern wippend zum Kikeriki des obersten Hahnes. Seht her, ihr Hennen, sind wir nicht stark, sind wir nicht unwiderstehlich?
Dabei wäre es ganz einfach, den Militarismus zu Fall zu bringen. Walzer statt Marschmusik, Chansons statt Soldatenlieder, bunte Phantasiekleider aus weichen, fließenden Stoffen, von denen nicht eines dem anderen gleichen durfte, Philosphieunterricht statt militärischer Ausbildung.

14. März 1938 Hitler in St. Pölten

Adolf Hitler, Führer und Reichskanzler des Großdeutschen Reiches, fuhr in einem PKW-Konvoi auf der Bundesstraße 1 von Linz Richtung Wien. Entlang der Überlandstraße winkten ihm Erwachsene und Kinder zu. Sie kamen von den Randgebieten seiner Reiseroute aus Ämtern, Betrieben und Schulen. In Ortschaften und Städten hatten die Organisatoren nahezu die gesamte Bevölkerung zur Begrüßung des Triumphators mobilisiert. Alles organisierten, beherrschten sie, die neuen Machthaber, anscheinend sogar das Wetter an diesem herrlichen Frühlingstag. Nur Hausfrauen, Freiberufler und beruflich Unabkömmliche konnten sich dem Auftrieb der Massen entziehen. Auch die Lehrer der Daniel-Gran-Schule führten ihre Schüler in die Linzerstraße, nahe dem Stadtzentrum. Von allen Seiten strömten Menschenmassen zum Empfang des neuen Führers.

In der Linzerstraße sorgten Polizisten und SA-Männer für die Bildung und Absicherung des Spaliers. Die Bevölkerung erwartete links und rechts auf den Bürgersteigen dicht gedrängt die Wagenkolonne mit dem mächtigsten Mann des Großdeutschen Reiches. Die Schuljugend durfte die vorderste Reihe bilden. Die fahnengeschmückten Häuser versetzten die Schüler in Festtagsstimmung. Eine lange Hakenkreuzfahne zierte sogar die Fassade des Klosters der Englischen Fräulein oberhalb des Eingangstores. Über die Straße gespannte Transparente verkündeten *Ein Volk, ein Reich, ein Führer.*

Monika nahm einen Zettel zur Hand. *Ein Volk ein Reich ein Führer* schrieb sie. Die perfide Einprägsamkeit, von einem perfekten Werbefachmann ersonnen, reizte sie.

ein olk ein eich ein ührer
ein ol ein ei ein ühr
Zu melodiös.
ein lk ein ch ein rer
ein k ein h ein r
ein klotz ein kotz ein rotz
Ein Blauäugiger ein Spiegel ein Blender, setzte sie neu an.
Eine Dummheit eine Lüge ein Schwätzer
Eine Geiß eine Kreide ein Wolf
Eine Maus ein Speck eine Falle
Ein Fisch ein Wurm ein Angler
Eine Fliege ein Netz eine Spinne
Ein Ast eine Säge ein Förster
Ein Daumen eine Schraube ein Inquisitor
Eine Herde ein Messer ein Schlächter
Zu poetisch.
Ein Papierl ein Stummerl ein Schmierer
Ein Maul eine Pampe ein Stopfer
Ein Häusl ein Haufen ein Stinker
Zu harmlos.
Nein, dem Volk, dem Reich und dem Führer war so nicht beizukommen.

Marschmusik aus Lautsprechern verkürzten die Wartezeit und stimmte Alt und Jung auf das Ereignis ein. SA-Trupps verteilten an die Bevölkerung Hakenkreuzfähnchen. Die meisten Kinder schwenkten sie sofort, obwohl von der Ankunft des hohen Gastes noch nichts zu bemerken war. Nach längerem Warten kam Ungeduld auf. Plötzlich verstummte die Marschmusik. Die Lautsprecher kündigten das Eintreffen des Führers an der Stadtgrenze an. Ruckartig richteten sich die Wartenden auf. Jeder wollte möglichst viel sehen. Ein motorisiertes Vorkommando der *SS Leibstandarte Adolf Hitler* fuhr rasch an der erwartungsvollen Menge vorbei. Nach wenigen Minuten war es endlich so weit. Sicherheitspersonal der SS-Leibstandarte, ebenfalls auf Motorrädern und in offenen Mannschaftswagen, begleitete die Autokolonne des Führers. In einem offenen, schwarzen Mercedes stand Adolf Hitler. Mit der linken Hand hielt er sich an der Windschutzscheibe des Wagens fest, die rechte streckte er zum Deutschen Gruß fast waagrecht aus. In seiner goldbraunen Parteiuniform mit der gerade aufgesetzten Tellerkappe ähnelte er einer Statue. Aus den Lautsprechern überschlug sich eine Stimme: „Wir grüßen unseren Führer und Reichskanzler Adolf Hitler mit einem dreifachen Sieg Heil, Sieg Heil, Sieg Heil!". Nach jedem „Sieg" hielt die Lautsprecherstimme inne, um der Bevölkerung Zeit zu lassen, in das „Heil" einzufallen. Die Regie funktionierte. In den engen Straßen vereinigten sich die Stimmen zu einem hallenden Gebrüll. Auch ich schrie wie alle Kinder aus voller Kehle mit. Angesichts des Führers erreichte die Begeisterung ihren Höhepunkt. Beeindruckt prägte ich mir das Gesicht und die Haltung Adolf Hitlers ein. Die Rufe der Menge begleiteten ihn wie eine Woge. Als er vorbei war, löste sich das Spalier auf. Marschmusik setzte wieder ein. Othmar und ich marschierten stolz im Gleichschritt heimwärts.

Das Erlebnis in der Masse wirkte nicht nur auf Jugendliche. Es war reserviert eingestellten Bürgern, ja sogar Gegnern der Nazis nicht gelungen, sich dem Taumel der allgemeinen Begeisterung zu entziehen. Eingezwängt in die Schar der Kundgebungsteilnehmer, streckten sie ihre rechte Hand grüßend aus und konnten im Gebrüll von *Sieg Heil*-Rufen ihren Mund nicht geschlossen halten.

Die Sozialdemokraten und die Kommunisten der Baracken wußten bereits zwei Tage nach dem Einmarsch der Deutschen, daß nicht nur die Juden im nationalsozialistischen Reich ungern gesehen waren. Ehemalige angesehene Funktionäre der Arbeiterbewegung wurden bereits während des Einmarsches oder unverzüglich danach verhaftet und verschleppt. Auch Führer und Aktivisten der Vaterländischen Front wurden Opfer der ersten Verhaftungswelle.

Ab sofort diskutierten die Barackinger nicht mehr in der Öffentlichkeit. Zu vertraulichem Meinungsaustausch kam es nur mehr in kleinsten Kreisen. „Klein Moskau", so lautete die Bezeichnung der Baracken in Geheimdienstkreisen, stand unter intensivster politischer Beobachtung. Das wußten auch die Betroffenen. Sie stellten sich darauf ein. Erwachsene vermieden es, ihre Einstellung zu den Ereignissen vor Kindern zu äußern. Auf Fragen gaben sie ausweichende oder falsche Antworten. Sie schickten ihre Kinder, um ja nicht in den Verdacht einer antifaschistischen oder antideutschen Einstellung zu geraten, in die Hitlerjugend. Eine Verweigerung wäre außerdem für längere Zeit nicht möglich gewesen, da im Kreis St. Pölten die Zugehörigkeit zur Hitlerjugend verpfichtend war. Die Buben in meinem Alter, also besonders die Zehnjährigen, fühlten sich in den Mittelpunkt der Politik gestellt. Die Sprüche des Führers und seiner Mitkämpfer und Parolen, wie „Wer die Jugend hat, hat die Zukunft!" oder „Jeder deutsche Junge trägt den Marschallstab im Tornister!", setzten sich in unseren Gehirnen fest.

Im Österreich der Vaterländischen Front hatten wir Arbeiterkinder nur dann Bedeutung gehabt, wenn wir im Falle der Verelendung von der Fürsorge betreut worden waren. Das hatte uns das Gefühl gegeben, minderwertig, bettelnd, nicht erwünscht zu sein. Adolf Hitler hingegen riß uns heraus aus unserer armseligen Vergangenheit und machte aus Almosenempfängern Marschierende einer neuen, einer besseren Welt. Buben und Mädchen erhielten billigst Uniformen. Die braunen Hemden, die schwarzen kurzen Schnürlsamthosen, die breiten schwarzen Riemen und die schlanken Schulterriemen kleideten uns als Angehörige der Armee der Zukunft.

4)

Sieben Einmachgläser waren voll geworden. Monika nahm weiße Klebeetiketten aus einer Küchenlade und beschriftete sie: *Apfelmus 2003*. Den Rest, der nicht mehr für ein ganzes Glas reichte, füllte sie aus der großen Rein in eine Schüssel, die sie in den Kühlschrank stellte. Was von der Ernte noch übrig geblieben und noch zu erwarten war, würde sie in Steigen im Keller lagern, eventuell auch noch zu Apfelspalten verarbeiten und dörren. In Säckchen, Gläser oder Dosen gefüllt, würden sie brauchbare kleine Weihnachtsgeschenke abgeben. In Bioläden zahlte man für so etwas eine beträchtliche Summe und ihre Äpfel waren Bio.

Ob man sie auch ungeschält zu Apfelspalten verarbeiten konnte? Das würde die Sache enorm erleichtern.

Ein Apfel fällt vom Stamm. Alle Äpfel fallen vom Stamm. Ein Apfelbaum ohne Äpfel. Vorüber, vorbei der Sommer. Alle Sommer gehen vorbei. Eine kurze Zeit der Ernte. Ich lege die Äpfel in die Steigen in den Keller. In allen Kellern Steigen voller Äpfel. Meine Mutter verarbeitet sie zu Apfelmus oder Kompott. Alle Mütter fabrizieren Apfelmus und Kompott. Mein Vater dörrt Apfelspalten. Alle Väter dörren Apfelspalten. Und die Tochter und der Sohn? Alle Töchter meiden das Haus. Töchterlos alle Häuser. Alle Söhne fahren Motorrad. Unversöhnt alle Häuser.

Was wird sein, wenn die Töchter Mütter und die Söhne Väter sind? Faulende Äpfel im Gras. Würmer und viele Wespen, leere Steigen im Keller. Leere Einmachgläser. Winter ohne gedörrte Apfelspalten. Diese Vision ist düster. Alle Visionen sind düster. Nein, manche Visionen sind rosarot: Wege ins Paradies. Ein Paradies ist ein Ort, aus dem wir verstoßen wurden. Alle Paradiese sind religiöse Verheißungen. Aber ich, ich glaube nicht an den Gewinn. Gewinne machen immer die anderen. Ich bin ein Stiefkind des

Glücks. Ich bin alle Stiefkinder. Der liebe Gott ist mein Stiefvater.

Das Paradies ist ein Apfelbaumgarten. Weiße Blüten im Frühling, rotbackige Äpfel im Herbst. Fleißige Engelchen, die rütteln und schütteln die Bäumelein. Nur der Baum der Erkenntnis trägt keine Früchte mehr. Josef zimmert die Steigen, die Engelchen blasen die Einmachgläser. Gestapelte Steigen wachsen in den Himmel, alle Regale sind gefüllt. Am Himmelstor stehen die Wächter: "Warst du auch immer häuslich, hast du auch immer Äpfel geschält?" und lassen mich nicht hinein, ein Stiefkind kommt nicht in den Himmel, "fahr doch zur Hölle!"

Die Hölle ist ein einziger Misthaufen mit faulenden Äpfeln, aus denen die Würmer kriechen, und Trauben von Wespen daran. Eine Wespe wird mich stechen. Alle Wespen werden mich stechen. Ich werde Höllenqualen leiden und nirgends ist essigsaure Tonerde zu bekommen oder Kalzium. Nur einen Apfelschäler in die Hand gedrückt. Alle armen Sünder sitzen in der Hölle und schälen Äpfel bis zum Sankt Nimmerleinstag. Das Apfelmus steht ihnen bis zum Hals. Überall Scherben von zerbrochenen Einmachgläsern und keiner kehrt auf und wir sind alle barfuß. Das Jüngste Gericht war ein Scherbengericht. Wir blicken auf die Trümmer unserer irdischen Existenz und verfluchen die Ewigkeit. Alle Teufel fahren Motorrad und machen einen Höllenlärm. Die Teufelsgroßmutter presst die Blausäure aus den Apfelkernen, die kriegen wir morgen zum Frühstück, derweilen die da oben in zehntausend Meter Höhe Apfelmost aus Tonkrügen trinken. Alle Seligen flattern beschwipst zwischen den Wolken, alle Verdammten winden sich in Bauchkrämpfen. Einen Seligen erkennst du an seinen Apfelbäckchen, einen Verdammten an seinen eingefallenen Wangen.

Kein Pilot oder Astronaut hat noch je das Paradies gesehen, kein Geologe oder Höhlenforscher die Hölle entdeckt. Alle Piloten und Astronauten, alle Geologen und Höhlenforscher treten irgendwann einmal aus der Kirche aus oder

werden gar Atheisten. Wenn sie in einen Apfel beißen, denken sie sich gar nichts dabei.
Was einem so durch den Kopf gehen, wenn man mit sich alleine ist und Zeit hat, dachte Monika. Im Arbeitsalltag hatten solche Phantasien selten Gelegenheit sich auszubreiten. Trotzdem wollte sie sich auch dem realen Leben nicht verschließen.

Es kam ihr die Idee zu einem Sommerfest einzuladen. Das Haus war groß genug, um einige BesucherInnen auch über Nacht zu beherbergen. Und es gab auch einige Wirtshäuser mit Gästezimmern in der Umgebung. Sie begann eine Gästeliste anzulegen.

Danach vertiefte sie sich wieder in Sepps Aufzeichnungen. Wo war sie stehengeblieben? – Ach ja, die Deutschen waren in Österreich einmarschiert. Als kleiner Bub konnte Sepp, wie wohl auch viele Erwachsene, das Ausmaß der Tragödie noch nicht erahnen, noch war er ganz verblendet.

Kein grauer Alltag

Wenige Wochen, einige Monate hatten genügt, den Alltag bemerkenswert zu verändern. Noch spielten Kinder und Jugendliche wie eh und je vor den Wohnbaracken, aber immer häufiger lösten militärische Kampfeinsätze der Buben die „Räuber- und Gendarm"-Spiele ab. Stahlhelme aus Papiermaché, Pistolen und Gewehre waren in den Spielzeugläden erschwinglich geworden. Nur wenige Eltern konnten dem Flehen ihres männlichen Nachwuchses nach Ankauf von Kriegsspielzeug und Waffen widerstehen. Unglaublich rasch beherrschten auch die kleinsten Buben die Kommandosprache des Deutschen Militärs.

Im Turnunterricht setzte verstärkt die Ausbildung zu strammer Haltung, zackiger Wendung und exaktem Marschieren ein. Marschieren mit Gesang, diese Pflichtübung ergänzte der Musikunterricht. In Anbetracht der bevorstehenden Volksabstimmung im April ordneten die neuen Machthaber neben der allgemeinen Propaganda Geschichtsstunden zu den Themen „Führer" und "Großdeutschland" an. Der „Schandvertrag" von Versailles nach dem Ersten Weltkrieg löste unter den Schülern heftige Reaktionen aus. Die Empörung wegen des demütigenden Friedensvertrages weckte Rachegefühle gegen Frankreich, England und Amerika.

Die umwälzendste Veränderung im Alltagsleben der Bürger - ab sofort nur mehr Volksgenossinnen und Volksgenossen oder Männer und Frauen der deutschen Volksgemeinschaft genannt - stellte die verpflichtende Einführung des deutschen Grußes „Heil Hitler", dar. Unübersehbare Aushänge mit dem Hinweis „Trittst du hier als Deutscher ein, soll dein Gruß 'Heil Hitler' sein!" prangten an vielen Geschäfts- und Lokaleingängen. Die meisten Erwachsenen taten sich anfänglich mit der Umstellung ihrer gewohnten Grußart schwer. Sie fanden es komisch, statt Guten Morgen, Guten Tag, auf Wiedersehen oder Grüß Gott Heil Hitler zu sagen. Vor allem die Auflage, gleichzeitig mit dem Grußwort die rechte Hand auszustrecken, hemmte viele.

Im Kino brachte die deutsche Wochenschau eindrucksvolle Bilder über neue Autobahnteilstükke und neue Wasserkraftwerke in herrlicher Landschaft. Riesige moderne Industrieanlagen eröffneten Einblicke in die neue Arbeitswelt. Aufnahmen von Übungen und Paraden der Deutschen Wehrmacht stärkten das Selbstbewußtsein der Kinobesucher. Sport und Kultur standen in der Wochenschau immer in Verbindung mit der Förderung des deutschen Leistungs- und Schöpfungswillens. Ausschnitte aus Veranstaltungen der Partei wiesen darauf hin, von wem die Wandlung der Gesellschaft ausging.

Diese Bilder und Meldungen im Rundfunk über den Ausbau der Reichsautobahn oder über die Planung und Errichtung von Kraftwerken und Industriezentren in der Ostmark aktivierten meine Bautätigkeit mit den Zündholzschachteln. Stundenlang hockte ich in der Wohnküche und baute technisch kühne Autobahnbrücken. In meiner Phantasie beschäftigte ich hunderte Bauarbeiter bei der Fertigung hoher schlanker Brückenpfeiler und beim komplizierten Aufsetzen der Betonfahrbahnen. Nur unter größten Anstrengungen überwanden die Arbeiter im Bau auftretende Schwierigkeiten. Bei der Freigabe des Bauabschnittes für den öffentlichen Verkehr ließ ich das Heer der Bauarbeiter zur feierlichen Eröffnung antreten. Der Bauabschnitt bildete das erste Autobahnteilstück in der Ostmark, daher bat ich den Führer, die Festansprache auf dem würdig beflaggten Versammlungsplatz zu halten.

Mutter, in der Wohnküche beschäftigt, verhielt sich ruhig, während ihr Kleiner Hitlers Festrede hielt. Ihr Bub schien der Realität völlig entrückt zu sein. Mit Begeisterung wies Klein-Hitler auf die großartigen Leistungen der Ingenieure und der Bauarbeiter hin. Zum Schluß der Festlichkeit dankte er als Arbeiter dem Führer:

„Wir Arbeiter hier, weit über tausend, waren in Österreich jahrelang arbeitslos, ausgesteuert. Du, Führer des Großdeutschen Reiches, hast Arbeit in die Ostmark gebracht. Wir arbeiten gern für uns, für unsere Familien, für die Ostmark, für Großdeutschland."

Mutters Nestscheisser beendete seine Veranstaltung mit der Meldung: „Der Großdeutsche Rundfunk übertrug die Eröffnung des ersten Autobahnteilstückes in der Ostmark."

10. Oktober 1938 Eine ernste Warnung

Folgende rot gefärbte Kundmachung war am Morgen an allen Mitteleingängen der Baracken angebracht worden:

Kundmachung.

Der am 29. Juli 1938 vom Volksgerichtshof wegen Vorbereitung zum Hochverrat zum Tode und zum dauernden Verlust der bürgerlichen Ehrenrechte Verurteilte Franz Trunk, 42 Jahre alt aus St. Pölten, ist heute hingerichtet worden.
Berlin, den 9. Oktober 1938.

Der Oberreichsanwalt
beim Volksgerichtshof

Othmar und ich rätselten über das Verbrechen des Herrn Trunk, das ihm das Leben gekostet hatte. Othmars Vater hatte auf Drängen seines Sohnes erklärt, daß Trunk gegen Deutschland gerichtete, verlogene ausländische Radiosendungen gehört und die Hetze gegen Führer und Volk verbreitet hatte.
„Hat das", meinte Othmars Vater, „der Trunk notwendig gehabt? Die Partei befreit uns von der Heimwehr und den Pfaffen, bringt Arbeit und Brot, vereinigt und schützt alle Deutschen Volksgenossen im Großdeutschen Reich und der Trottel muß meckern?"
Ich schwieg. Mir fiel die warnende Bemerkung eines neben Gustl Stehenden vom 12. März ein: „Gustl, sag so etwas nie wieder, wenn Fremde dabei sind."
Mein Schweigen mißfiel Othmar. Er unterstützte die Ansicht seines Vaters: „Haben wir nicht

genug Feinde im Ausland? Da können wir auf inländische Feinde verzichten. Selber Schuld, wer das nicht kapiert!"
„Ja", bestätigte ich kurz und bündig. „Unsere Feinde sind gewarnt!"
Othmar beendete das Gespräch mit des Führers Feststellung: „Wer nicht für uns ist, ist gegen uns!"

Sirenenlärm ließ Monika aufschrecken. Auch ohne diese Lektüre musste sie bei diesem Geräusch immer an Bombenalarm denken, obwohl sie nie einen Krieg miterlebt hatte.
Hier am Land gab es noch die Werkssirene, die am Samstag zwölf Uhr den Beginn der Wochenendruhe verkündete. Die Sirene gehörte zur Zementfabrik jenseits der Donau in Sarmingstein.

Letzte Woche war sie dort gewandert. Sie hatte bei Grein die Donau überquert, war dann nach Sarmingstein gefahren, hatte die steil bergan führende Straße nach Waldhausen genommen und das Auto in Gloxwald abgestellt. An den Teichen bei den Steinbrüchen vorbei war sie eine Forststraße durch den Wald gegangen. Gloxwald. glox glox gloxglox wawa. Der federnde weiche Boden war durch die dicke Schuhsohle der Wanderschuhe und Wollsocken eingedrungen, hatte die nackten Fußsohlen berührt, Wohlgefühl gespendet. Mit ihren Händen hatte sie über die Rinden der Baumstämme gestrichen, ihre Wangen angeschmiegt, die Bäume erst scheu, dann heftig umarmt. Sie war dem Geruch von Pilzen nachgegangen, hatte Eierschwämme und Parasole gefunden, auch Himbeeren, mit denen sie sich den Mund vollgestopft hatte. Der Duft der Pilze und der Geschmack der Beeren waren eine betörende Symbiose eingegangen. Der Wald hatte genug Sonnenwärme gespeichert um ihre nackte Haut auf Armen und Beinen wohlig zu umhüllen.

Am Aussichtspunkt hatte sie den Blick auf das Donautal genossen, die Schlingen der Donau bei Hössgang, die Insel Wörth ausgemacht, mit dem Fernglas ihr Haus gesucht, dessen Dach sie auf der Waldlichtung auszunehmen vermeint hatte. Die Neustadtler Platte, auf der sich ihr Haus befand, gehörte eigentlich noch zum Waldviertel, war jedoch durch die Donau von ihm abgetrennt. Monika mochte das Urgestein, die Granitblöcke und Wackelsteine, die Farne und Moose. Im Schifffahrtsmuseum in Grein hatte sie auf alten Stichen einen wilderen Fluss gesehen, der dem Namen Strudengau entsprach. Heute war der aufgestaute Fluss ein breiter, ruhiger Strom.
Die Sirene hatte zu heulen aufgehört.

Weihnachten 1938

Die Weihnachtsfeiertage fand ich noch nie so schön wie dieses Jahr. In meiner Erinnerung gab es bisher keinen schöneren Weihnachtsbaum als den heurigen. Mutter hatte keine Sorgen mit dem Haushaltsgeld. Sie ergänzte den Baumschmuck und konnte ungleich mehr als jemals zuvor fürs Backen und für Süßigkeiten, für Speise und Trank ausgeben. Vater wiederum plagte nicht der Spargeist beim Einkaufen von Kleidungsstücken und Spielzeug.
„Ja, wie haben sich die Zeiten geändert“, bemerkte Toni erfreut.
„Wir danken unserm Führer“, kam es mir in den Sinn, ich hatte jedoch Hemmungen, den Gedanken auszusprechen.

Armer Sepp, er wusste nicht, was ihm bevorstand! Monika blätterte zu den nächsten Weihnachten weiter.

Weihnachten 1939 Kriegsweihnacht

Dank gut bemessener Lebensmittelrationierung und Sonderzuwendungen konnten die Weihnachtsfeiertage in Deutschlands Haushalten ohne Engpässe vorbereitet werden. In Anbetracht der ruhigen Westfront bekamen viele eingerückte Familienväter und manche Söhne Kurzurlaub. Sie standen im Mittelpunkt aller Familienfeiern. Die üblichen Schenkereien verloren bereits im ersten Kriegsjahr ihre Bedeutung.

Meine Familie verbrachte die Feiertage noch vollzählig vereint. Franz mußte seine Einberufung zum RAD (Reichsarbeitsdienst) frühestens im nächsten Jahr nach Erreichen seines achtzehnten Lebensjahres im Februar erwarten. Vater war auf Grund seiner kriegswichtigen Verwendung bei der Deutschen Reichsbahn und unter Berücksichtigung seines Alters vom Wehrdienst enthoben worden. Glücklich, aber doch auch beeindruckt von der Tatsache, das Fest der Liebe und des Friedens im Krieg feiern zu müssen, saß unsere fünfköpfige Familie beim festlich gedeckten Küchentisch. Die Speisen ließen keinen Schluß auf schlechte Zeiten zu.

Vater schaltete das Radio ein. Der Großdeutsche Rundfunk übertrug eine Weihnachtsfeier an der ruhigen Westfront. In einem Bunker des Westwalles herrschte unter den Soldaten gute Laune. Der Sender schaltete zu einer Weihnachtsfeier auf einem U-Boot im Eismeer um. Die Matrosen sangen „Stille Nacht, heilige Nacht". Im Gespräch mit dem Reporter äußerten sie ihre Zuversicht, spätestens nächste Weihnachten siegreich daheim zu sein. Die nächste Reportage

kam von einem Flugplatz im Nordwesten des Reiches. Die Männer einer Jagdstaffel feierten fröhlich das Weihnachtsfest und versprachen, den Himmel über Deutschland feindfrei zu halten. Nach der Sendung seufzte Mutter:
„Hoffentlich sind wir auch nächste Weihnachten noch alle beisammen".
Weder Vater, noch Toni, noch Franz sagten etwas dazu. Ihr Schweigen verunsicherte mich. Ich schluckte und blieb stumm. Nachbarn klopften. Der alljährliche Gegenseitigkeitsbesuch aller Familien der Baracke begann. Freude und Fröhlichkeit kamen nicht auf. Die Zusammenkünfte dauerten nur kurz. Prognosen über die Zeit bis zur nächsten Weihnacht wagte niemand anzustellen.

Diese Weihnachten waren also bereits vom Krieg überschattet. Die einstweilen noch gute Versorgungslage hatte den Preis des Fronteinsatzes.

Monika war fasziniert von der Überlegung, dass man die Zuspitzung und Verschlechterung der Lage im Spiegel eines immer wiederkehrenden Jahresfestes ablesen konnte und blätterte weiter.

Weihnachten 1940 Keine stillen Nächte

Franz bekam keinen Urlaub. Deprimiert meinte Mutter: "Ich glaube, ein rascher Sieg, ein baldiger Frieden ist nicht in Sicht. Stille und heilige Nächte wird es immer weniger geben."
Auch mich bedrückten die Luftangriffe der Engländer auf deutsche Städte. Ich schämte mich, daß es trotz großer Worte Görings der Luftwaffe nicht mehr gelang, wirksam feindliche Bomber am Überfliegen Deutschlands zu hindern. Schweren Herzens gestand ich ein, daß der Feldmarschall zu Recht von Gegnern als Großmaul bezeichnet wurde. Trotzdem, Grund war das kei-

ner, an der deutschen Kriegsführung zu zweifeln. Alle Fronten lagen fern der Heimat. Die Ausgangsposition für eine erfolgreiche Fortführung und siegreiche Beendigung des Krieges war für mich, den gläubigen Jungen, ausgezeichnet.

Unsere Eltern schmückten im Gegensatz zu den bisherigen Gepflogenheiten die Wohnung nicht mehr festlich, also gab es auch keinen Weihnachtsbaum. Lediglich das Essen schmeckte uns, den beiden Buben, wie immer ausgezeichnet. Die Lebensmittelversorgung für die Bevölkerung funktionierte zufriedenstellend.

Weihnachten 1941

erlebte die Bevölkerung erstmals völlig vom Krieg geprägt. Es fehlte zwar nicht an Gütern des täglichen Bedarfs, aber es fehlten in vielen Familien Väter und Söhne. Weihnachtsurlaub für Soldaten gab es in diesem Winter nicht. Geschenke wie Wäsche und Pullover gingen an die Front. Den Schmerz über den Verlust von Angehörigen konnte auch das Bewußtsein „gefallen für das Vaterland", nicht lindern.

Vater, Mutter, Toni und ich hörten die Weihnachtsrundschaltungen des Großdeutschen Rundfunks zu den fernsten und geographisch unterschiedlichsten Stellungen der Wehrmacht. Franz kämpfte im Raum Welikije-Luki gegen schier endlos anstürmende russische Infanterie - wenn er noch kämpfte!

24.Dezember 1942 Generalangriff der Roten Armee

In den Abendstunden setzte an der gesamten Front der eingeschlossenen 6. Armee der Generalangriff der Sowjets ein. Die aussichtslose Lage an der Stalingradfront prägte die Weihnachtsstimmung in der Heimat.

In unserer Baracke wohnten die Eltern eines Sohnes, der in Stalingrad kämpfte. Verzweifelt verbrachten sie den Abend bei uns. In den beiden Restfamilien gab es, wie bei den meisten Bewohnern des Barackenviertels, keinen Weihnachtsbaum. Von Franz war seit vier Wochen kein Feldpostbrief mehr zuhause eingelangt. Solange die Briefträgerin keine Vermißtenanzeige oder gar eine Todesnachricht überbrachte, bestand noch Hoffnung. Toni und ich wollten die Weihnachtsrundsendung des Großdeutschen Rundfunkes von allen Fronten hören, aber die Erwachsenen lehnte es ab, das Radio einzuschalten. Sie hatten genug von den Durchhalteparolen im aussichtslosen Kampf um Stalingrad. Bedrückt und schweigsam aßen wir zu fünft Mohnstrudel und tranken Tee. Die Gewißheit, daß Toni im kommenden Frühjahr seine Einberufung zum Reichsarbeitsdienst zu erwarten hatte, belastete zusätzlich die weihnachtliche Stimmung.

Monika zählte: Sepp, Toni, die Mutter, die beiden Nachbarn – das waren fünf. Wo war Sepps Vater hingekommen? Sie blätterte zurück.

29. Mai 1942 Vaters Abschied

Trotz der allgemeinen Begeisterung über die neuerlichen Erfolge an der Ostfront erreichte die Stimmung bei meinen Eltern einen kritischen Punkt. Vaters Abschied stand fest. Er mußte mit anderen Eisenbahnern die Fahrt nach Saporoshje südlich von Dnjepropetrowsk antreten. Ihr neuer Aufgabenbereich umfaßte den Transport des Nachschubs für die Wehrmacht im südlich besetzten Teil der Sowjetunion.

Niedergeschlagen sagte Mutter nach der Verabschiedung am Heimweg vom Bahnhof zu Toni und mir: „Jetzt hab ich nur noch euch zwei und wer weiß wie lange noch."

„Aber Mutter", sagte Toni, ich bin sechzehn und Sepp ist vierzehn. Bis ich einrücken muß, vergehen noch mindestens zwei Jahre."

„Ich weiß, aber ich hab halt Angst."

29. Juli 1942 Die Nachricht

Die Briefträgerin überbrachte am frühen Nachmittag einen Feldpostbrief. Mutter erkannte sofort an der maschinegeschriebenen Anschrift, daß der Brief weder von Franz noch von ihrem Mann geschrieben worden war. Toni und ich sahen, wie Mutter erblaßte. Sie setzte sich zum Küchentisch und öffnete zittrig den Brief. Als sie las, sackte sie schluchzend zusammen. Ihr Kopf lag, mit den Händen das Gesicht verdeckend auf der Tischplatte. Ihr Körper zuckte in haltlosem Weinen. Ich hob vom Fußboden das Mutter entglittene Schreiben und las vor, daß Vater am 21. Juli 1942 im Kampf für Großdeutschland bei einem Angriff sowjetischer Jagdbomber gefallen ist. Er wurde am 22. Juli 1942 mit militärischen Ehren am Heldenfriedhof von Saporoshje begraben. Mutter stammelte: „Dieser verfluchte Krieg."

Monika stellte sich vor, wie die Familie immer mehr schrumpfte. Die Männer nach und nach eingezogen wurden. Eingezogen? Abgezogen. Aus dem Leben gerissen. Dem Krieg zum Fraß vorgeworfen. Kanonenfutter. Ja, das Wort war es, das ihr zum Krieg immer als erstes einfiel. Zum Tode verurteilt und zum Töten. Sie hatte nie verstanden, warum das Morden im Frieden verboten, im Krieg aber erlaubt war. Erlaubt? Befohlen. Unter Todesstrafe bei Verweigerung. Das große Schlachten. Die sinnlose Opferung.

Weihnacht 1943

Mutter und ich waren allein. Wie bereits im Vorjahr hatten wir keinen Christbaum gekauft und die Wohnung nicht festlich geschmückt. Im Gegensatz zu Weihnachten 1942 hörten wir aber die Rundrufsendung des Großdeutschen Rundfunks. Frohbotschaften wurden nicht mehr verkündet.

Franz kämpfte an der Ostfront. Toni war beim Reichsarbeitsdienst in Brünn eingesetzt und wurde bereits militärisch ausgebildet. Seine Einbeziehung in die Wehrmacht konnte jederzeit erfolgen.

„Wird es noch einen Kriegswinter geben?", fragte Mutter bange.

Ich antwortete nicht. Ich seufzte und dachte, dass ich nächste Weihnachten sicher auch nicht mehr zuhause sein würde.

24. Dezember 1944 Aussichtslos

Nun stand auch mein Abschied unmittelbar bevor, nachdem die Briefträgerin am 13. November meine

Einberufung zur Wehrausbildung im Reichsarbeitsdienst überbracht hatte. Ich mußte mich am 31. Dezember 1944 nachmittags bei der Wehrmachtssammelstelle beim Franz-Josefs-Bahnhof in Wien melden. In welchem Ort die Ausbildung erfolgen würde, war dem Einberufungsbefehl nicht zu entnehmen.

„Du kommst sicher in die Tschechei", stellte Mutter betrübt fest. „Dorthin führt die Strecke der Franz-Josefs-Bahn."

„Das muß nicht unbedingt sein. Es kommt auch der Truppenübungsplatz in Döllersheim in Frage."

„Ach Sepp, das beruhigt mich auch nicht. Wohin immer du mit der Franz-Josefs-Bahn fährst, du bleibst im Osten. Mir wäre lieber, sie hätten dich nach Linz oder gar nach Salzburg einberufen."

Ich wußte, woran Mutter dachte. Auch ich hätte den Westen bevorzugt, aber niemand mehr konnte sich für eine Waffengattung, für eine Einheit oder gar für eine Kaserne melden.

„Den Herrschaften", setzte Mutter fort, "gehts ja nur mehr um die Verlängerung ihrer Tage. Der Krieg ist schon längst verloren und die Wunderwaffen sind reine Märchen."

„Es geht nicht nur um die Herrschaften, es geht auch um uns."

„So? Es geht um uns? Was kann uns die Zukunft bringen? Jeder Tag länger Krieg bedeutet jeden Tag mehr Tote. Die Toten haben keine Zukunft. Genügt es nicht, daß Vater tot ist, daß Franz vermißt ist und Toni in Ostpreußen kämpft? Sollst auch du noch deinen Kopf für den Führer hinhalten?"

„Anderenfalls ist unsere Zukunft Unterdrückung, Sklaverei."

„Nach Not und Elend kann es wieder besser werden, Sepp, aber nach dem Tod?"

5)

Taktak taktak taktaktaktak taktak taktak. Tickte da eine Uhr? Ein Gedanke kroch aus dem Polsterfedernnest an die Oberfläche. Flatterte suchend im Raum. Nein. Konnte nicht sein. Monika verbannte doch alle Uhren aus ihrem Schlafzimmer. Taktak taktak taktaktak-tack. Ach so. Das kam von draußen. Ein Specht.

Der Gedanke kreiste über der Schlafenden, die eingerollt im „Roten Kisterl" lag. So pflegte Monika das rot gestrichene kastenartige Holzbett zu bezeichnen. Begrenzt von einem Bücherregal zur Türseite des Raumes hin als Raumteiler und Paravent, der ungebetene Gäste abschirmte: Quälgeister aus der großen Verwandtschaft des Gedankens und böse Träume. Im Bücherregal standen nicht nur Bücher. Da lagen Zeitungen und Zeitschriften. "Ohne Falter geht die Moni nie ins Bett" summte der Gedanke leise. Rücksichtsvoll. Er könnte ja auch trällern, aber die Moni sollte doch von selber aufwachen, damit sie ausgeschlafen war und es ein guter Tag für sie würde. Da stand auch eine Kerze auf einem bemalten hölzernen Ständer im Regal, da lag ein Päckchen feh Papiertaschentücher. Schrieb sich die feh nicht Fee? Der Gedanke runzelt die Stirn. Aber jetzt nur nicht in Grübeleien versinken. Er benetzte seine Fühler mit dem Inhalt des Wasserglases, das ebenfalls im Bücherregal stand. Köstliches Nass. Monika bewegte sich, fuhr mit dem Zeigefinger über den Nasenrücken. Hatte er gespritzt? Der Gedanke gab dem schwedischen Lampenschirm, der an einem an der Wand montierten Arm hing, einen Schubs, dass er sanft zu schaukeln begann und ließ sich auf ihm nieder. Das verursachte ihm ein wohliges Gefühl in der Magengrube. Er holte mehr Schwung, wurde übermütig. Der Lampenschirm ächzte. Monika blinzelte. Der Gedanke hob ab und zog den rot-beige-gestreiften Vorhang zur Seite, dabei klapperten die Holzringe an der Vorhangstange. Sonnenstrahlen bahnten sich ihren Weg durch das Geäst des Birnbaums vor dem

Fenster ins Zimmer. Monika setzte sich auf und schaute. Wie man so langsam schauen kann, dachte der Gedanke, und so gedankenverloren. Gleichzeitig befielen ihn Schuldgefühle. Er sollte in ihren Kopf zurückkehren, von wo er entflohen war, als sie geschlafen hatte. Vielleicht brauchte sie ihn noch. Was für ein Morgen, dachte Monika. Na also. Der heimgekehrte Gedanke war zufrieden. Monika stand auf und trat zum Fenster. Sonniger Tag. Am Himmel grasten weiße Schafe. Bilderbuchwetter. Bilderbuchlandschaft. Blumenwiesen mit Obst- und Nussbäumen, Haselnusssträuchern und Hollerstauden. Der Wald als Grenze. Monika streckte sich. Schlüpfte in ihre Birkenstocksandalen. Ging die steile Holztreppe hinunter, die in den Vorraum zur Wohnküche mündete. Zog auch dort die Vorhänge auf und ging durch das Vorzimmer aufs Klo.

Im Badezimmer grüßten die Fichten vom Waldrand durch das große Fenster. Monika stellte sich zur Waschmuschel und betrachtete sich im Spiegel. Die frische Landluft und der ausreichende Schlaf schienen ihrem Teint gut zu tun. Natürlich würden die Fältchen um Augen und Mund nie mehr verschwinden, aber sie kamen ihr nun weniger scharf vor, gruben sich zumindest nicht tiefer ein. Die zu ihrem Kummer tief liegenden Augen strahlten und schienen dadurch mehr hervorzutreten. "Grüne Augen Froschnatur, von der Liebe keine Spur", sagte sie zu ihrem Spiegelbild und zeigte ihm die Zunge. Sogar ihr Kinn erschien ihr nun weniger spitz. Hatte sie zugenommen? Sie stieg auf die Waage, die jedoch das seit vielen Jahren unveränderte Gewicht von 60 Kilo anzeigte. Mit ihrer Figur konnte sie wirklich zufrieden sein. Ihr Gesicht jedoch fand sie nicht besonders hübsch. Es war ein wenig zu schmal geraten, was ja noch ginge, wenn sie dazu - so wie ihre Schwester - die hohen Backenknochen ihrer Mutter geerbt hätte. Aber sie und ihr Bruder waren in dieser Hinsicht leer ausgegangen. Allerdings genügte es ja, dass andere sie hübsch fanden, was Monika wiederum ihren Verstellungskünsten zuschrieb. Sie hatte entdeckt, dass, wenn sie so tat, als wäre sie hübsch, die anderen es glaubten. Dass ihr alle versicherten, sie sähe jünger aus, konnte auch Schmeichelei sein. Ob sie an ihrem 50. Geburtstag auch so deprimiert sein würde wie bei ihrem Vierziger? Na ja, noch hatte sie Drei Jahre Zeit.

Sie griff zur Haarbürste um ihre Struwelnester zu entwirren. Dann schüttelte sie den Kopf und sah zu, wie sich die Haare in Kringel legten. Das einfallende Sonnenlicht verstärkte den rotblonden Schimmer ihrer Haare. Sollte sie sie schneiden oder wachsen lassen? Kurzer Lockenkopf oder wallende Mähne? Kobold oder Nixe? Wie unglücklich sie als junges Mädchen über ihre Naturwellen gewesen war, die sich nie dem Diktat einer bestimmten Frisur unterworfen hatten. Wie sie ihre Schwester um ihre glatten Haare beneidet hatte. Alle trugen damals die Haare lang und glatt mit Mittelscheitel oder Stirnfransen. Juliette Greco, Joan Baez. Dann kamen die rund geschnittenen Pagenköpfe à la Mireille Mathieu. Erst in den Siebziger Jahren kam mit der Mode der luftgetrockneten Dauerwellen, der künstlichen Wuschelköpfe, endlich ihre Zeit.

Die Zähne putzte Monika draußen am hölzernen Brunnentrog, der vom Überlauf gespeist wurde. Es war bereits so schön warm, dass sie die Sandalen abstreifte und ihre Fußwäsche dem Tau auf den Gräsern anvertraute. Sie ging den Weg zum Bach entlang. Die Zauntür ließ sie offen, sie würde gleich zurückkehren. Die blauweiß-karierten Geschirrtücher an der Wäscheleine winkten ihr.

Da vorne, mitten am Weg! Sie hatte Besuch heute Morgen. Die schwarze Katze verhielt sich reglos. Dann ein Satz und sie verschwand lautlos im hohen Gras. Komm doch mit, lockte Monika, sei mein Gast, du kannst mit mir frühstücken. Das wäre nett, eine Katze, die ihr beim Kaffee Kochen um die Beine strich und dann, während sie auf der Terrasse ihr Frühstück zelebrierte, eingerollt neben ihr auf der Bank läge. Eine Katze im Haus wäre auch gut für die Mäuse. Nein, schlecht für die Mäuse, aber gut für sie, korrigierte sie sich.

Die Katze ließ sich nicht mehr blicken und Monika kehrte allein zum Haus zurück. Allein? Der Bach begleitete sie. Mit seinem Murmeln. Mit seiner tiefen Stimme erzählte er ihr alte Geschichten. Aus der Zeit, als hier noch kein Haus gestanden war. Nur eine Köhlerhütte ein Stück weiter oberhalb. Als die Pferde noch am Treppelweg entlang der Donau die beladenen Holzflöße und andere Schiffslasten zogen. Als der Strom noch nicht aufgestaut war. Als Sepp noch ein kleiner Bub war und die Schulferien im Strudengau auf dem Bauerhof seines Onkels verbrachte. Sein Taschengeld damit vermehrte, dass er mit der Zille Leute von einem Ufer der Donau zum anderen übersetzte. Als es eine Kunst war, die Zille durch die starke Strömung mit ihren gefährlichen Strudeln zu manövrieren. Und es noch viel gefährlicher war, den Fluss schwimmend zu durchqueren, was sich der Bub trotzdem oder gerade deshalb nicht nehmen ließ.

1. August 1943 Sommerferien

Othmar und ich radelten frühmorgens mit unserem gemeinsamen Freund Kurt in den Strudengau. Nach mehrstündiger Fahrt über Melk, Pöchlarn und Ybbs traten wir bei meinem Onkel, dessen Bauernhof auf der rechten Donauseite gegenüber von Sarmingstein lag, ein. Hier hatte ich mit meinen Eltern und meinen Brüdern immer die Schulferien verbracht. Heuer arbeitete Mutter kriegsbedingt in einer Textilfabrik. Onkel Franz, seine Frau und zwei Cousinen begrüßten mich und meine Freunde herzlich. Zwei Cousins fehlten im Kreis der sechsköpfigen Familie. Beide waren eingerückt. Der ältere versah Kriegsdienst auf einem Schlachtschiff, der jüngere kämpfte an der Ostfront.

Das sättigende Mittagessen stärkte den Wunsch von Othmar, Kurt und mir nach einer erholsamen Pause. Unweit vom Bauerhof sonnten wir uns auf einer Sandbank des Stromes. Wir badeten nicht lange, da wir in der starken Strömung unsere ganze Kraft hätten einsetzen müssen, um nicht allzuweit abgetrieben zu werden. Allerdings, als ein stromaufwärtsfahrender Raddampfer mit vier beladenen Schleppkähnen die Sandbank passierte, sprangen wir in die Fluten, die schaukelnden Wellen zu genießen. Am späten Nachmittag brachen wir zur Weiterfahrt auf. Vorher jausneten wir ausgiebig. Onkel und Tante ergänzten unseren Proviant für die nächsten Tage reichlich mit Schmalz, Speck, Butter, Eiern und Mehl. Besonders freuten wir uns über einen großen Kranz Dauerwurst. Zusätzlich nahm jeder von uns eine Zweiliterflasche Quellwasser mit. Ohne Hast fuhren wir am Treppelweg unserem Ziel stromaufwärts entgegen. Ungefähr sieben Kilometer betrug die Wegstrecke zur Insel Wörth im Hößgang.

Als die Schiffe noch nicht mit Maschinen betrieben worden waren, hatten lange Pferdegespanne die Schleppkähne gegen die Strömung westwärts gezogen. Für die Schiffahrt war der Strudengau vor der Donauregulierung eine besonders gefährliche und daher gefürchtete Strecke gewesen. Vor undenklichen Zeiten hatte sich der Strom zwischen Ardagger und Grein ein Bett durch das Granitgestein des südlichen Waldviertels gebahnt.

Othmar und Kurt rätselten über den Zeitraum, den das Wasser zur Abtrennung der Neustadtler Platte vom Waldviertel benötigt hatte. Die steile Ufer- und Hügellandschaft beiderseits der Donau konnte doch nur, vermuteten die Betrachter, durch stetige, millimeterweise Eintiefung des Strombettes entstanden sein.

Nach zwanzigminütiger Fahrt sahen wir die Ostspitze der Insel Wörth keilförmig wie den Bug eines großen Schiffes aus dem Wasser der Donau ragen. Wir näherten uns der ungefähr 600 Meter länglichen Inselseite, die nur eine knietiefe und 20 Meter breite Wasserrinne vom südlichen Stromufer trennte. Wir zogen die Schuhe und Stutzen aus, banden sie auf die Rucksäcke und schulterten die Räder. Dann wateten wir zur Insel. Ich ging voran. Auf der Insel gab es keine angelegten oder ausgetretenen Wege, daher schoben wir die Räder durch hohes Gras und Gestrüpp. Bereits vor Jahren hatte ich mit Vater die Insel erforscht.

Unser erstes Ziel war der Hügel, auf dessen Höhe einst in einer Granithöhle Räuberhauptmann Grasl Zuflucht gefunden haben soll. Je höher wir den etwa 30 Meter hohen Hang erklommen, umso stärker veränderte sich die buschreiche Au in einen ausgelichteten, bunten Mischwald. Bei mächtigen Felsen angelangt, umrundeten wir sorgfältig spähend die Kuppe. Es war nicht schwer, den immer schmäler werdenden Zugang zu den im Zentrum überlagerten riesigen Felsblöcken zu finden. Wir erkannten an der engsten Stelle eine keilförmige Einstiegsöffnung. Kurt nahm drei Fackeln aus dem Rucksack und zündete sie an. Er trat ganz nahe zum Felsspalt und leuchtete in die Öffnung.

„Scheint sich zu einer geräumigen Höhle zu weiten", sagte er, bückte sich und schlüpfte hinein. Wir folgten ihm. Nach wenigen Metern konnten wir bereits aufrecht stehen. Die Flamme unserer Fackeln leuchtete eine kreisförmige, nach oben verjüngte Höhle von der Größe einer Kammer aus. Die Wände wiesen vertikale Sprünge auf.

„Keine Spuren, die auf einen Aufenthalt eines Menschen schließen lassen, weder eine Feuerstelle, noch eine Wandzeichnung", sagte Kurt.

„Aber andere Bewohner sehe ich kommen", sagte Othmar gedämpft.
„Wo?", fragten Kurt und ich gleichzeitig.
Othmar ging mit seiner Fackel zu einer Spalte, richtete die Flamme auf einige haselnußgroße, langbeinige schwarze Spinnen und verbrannte sie. Brutzelnd fielen sie zu Boden. Damit war jedoch die gruselige Entdeckung nicht vorbei. Aus anderen Spalten und Ritzen tauchten weitere Spinnen auf. Hastig fackelten wir die ekelhaften Kriecher ab, es schien jedoch, als würden trotz unseres tödlichen Wütens immer mehr Spinnen die Wände bevölkern. Kurt erkannte als Erster die Erfolglosigkeit der Bekämpfung der Spinneninvasion.
„Rückzug!", schrie er und flüchtete rücklings, von uns dicht gefolgt aus der Höhle. Entsetzt atmeten wir im Freien durch und starrten dabei auf die Öffnung des Felsengewölbes. Erst nach längerem Warten, als keine Spinne auftauchte, löschten wir unsere Fackeln und marschierten völlig verdattert weiter, bis wir das Nordufer ereichten. Hier lag vor uns eine Lichtung am Rande eines kleinen Teiches, den ein schmaler Steindamm seit der Donauregulierung im vorigen Jahrhundert vom reißenden, rauschenden Strom trennte. Hier schlugen wir das Zelt auf. Oftmals bei der Hitlerjugend geübt, stand das Viermannzelt im Handumdrehen.

Nachdem das Gepäck und die Schlafsäcke verstaut waren, bildeten wir Insulaner mit Steinen eine Feuerstelle. In der verwilderten Au gab es viel dürres Geäst. Bald knisterte das Lagerfeuer. Kurt bereitete mit Hilfe eines militärischen Menagegeschirrs und mitgeschleppter Wasservorräte Packerlsuppe zu. Zufrieden löffelten wir die mit alten Semmelbröckerln angereicherte Suppe. Das Rauschen des Stromes begleitete die Stille. Neuerlich betätigte sich Kurt als Koch. Er hängte einen frischen Menagetopf über das Feuer und erhitzte Teewasser. In das siedende Wasser gab er getrocknete Apfelschalen und Erdbeerblätter.

Bei Einbruch der Dunkelheit lagerten Kurt, Othmar und ich Tee nippend wortkarg bei der Feuerstelle. Ab und zu legte einer Holz in die Glut. Aufflammender Feuerschein erhellte unsere Gesichter. Grauer Rauch stieg zum sternenklaren Himmel und löste sich mit zunehmender Höhe als zarter werdender Schleier auf.

„Wann werden wir wieder einmal so beisammen sein?", fragte ich.

Othmar legte einige Holzstücke auf die Glut. Die Zweige fingen knisternd Feuer.

„Wer kann heute schon sagen, was morgen ist?", sinnierte ich, „aber ein bisserl möcht ich schon in die Zukunft schauen können."

„Zukunft? Haben wir überhaupt noch eine?", fragte Kurt.

„Siehst du so schwarz?", fragte Othmar.

Monika sah auf die Uhr. Sie sollte sich mehr bewegen, nicht immer nur lesen. Sie legte das Manuskript zur Seite. Aber die Verlockung würde zu groß sein. Sie musste das Haus verlassen. Sie wollte den schönen Tag nützen und zu den Badeteichen im Hößgang zum Schwimmen fahren, am besten mit dem Fahrrad. Es war ein Wochentag und sie würde daher relativ ungestört sein.

Sie packte den Rucksack und ging den Forstweg bergan. Er war so steil, dass sie jedesmal ins Keuchen kam. Die zehn Minuten, die sie brauchte, um auf die Hochfläche zu gelangen, brachten konditionell sicher so viel wie eine halbe Stunde Dauerlauf.

Warme Luft umfing sie. An den Himbeersträuchern am Wegrand, wo sie erst vor wenigen Tagen gründlich geerntet hatte um Marmelade einzukochen, waren schon wieder Beeren nachgereift. Monika blieb immer wieder stehen, pflückte einige Beeren in die hohle Hand und schob sie in den Mund. Diese dunkelrote Süße, wenn die Zunge sie zerquetschte.

Sie holte ihr Fahrrad, das sie beim Kriener in der Garage eingestellt hatte, und stieg auf. Die kaum befahrene Straße mäanderte bergauf, bergab, von Blumenwiesen mit Baumgruppen gesäumt. Gehöfte lagen verstreut. Sie musste ganz schön in die Pedale treten. Dann ging es steil bergab. An manchen Stellen hatte man einen wunderbaren Blick auf die Donau. Hier stieg sie ab und betrachtete die Windungen des Stromes zwischen den hohen Hügeln an seinen Ufern. Das letzte Straßenstück führte durch eine dicht verbaute Siedlung mit typischen Zweithäusern. Monika war froh, dass ihr Haus so einsam lag, wenn es auch ein wenig beschwerlich zu erreichen war.

Am ersten der drei Badeteiche, die künstlich durch einen Steindamm vom Donaustrom getrennt waren, breitet sie ihr großes Handtuch aus. Von diesem Platz aus sah sie auch auf die Insel Wörth in der Donau. Hier hatten Sepp und seine Freunde die Sommerferien verbracht.

Ein Stück von ihr entfernt saß ein Hund am Rand des Teiches, der etwas im Wasser fixierte. Monika folgte seinem Blick: eine Schwimmerin mit einer weißen Badekappe. Sie zerteilte mit Armen und Beinen die schilfgrüne, weidenumsäumte Wasserfläche, lange und ausdauernd.

Die Schwimmerin war von Seerosen umgeben, die alle weiße Badehauben trugen. Monika lachte. Ein Schiff tutete. Monika hörte, wie die Wellen an die großen Steine am Ufer schlugen, blickte zum Strom, sah einen Schlepper, der sein Tempo verlangsamte und am Ufer zum Stillstand kam. Dreimal ertönte das Schiffshorn. Ein kirgisenäugiger Matrose warf die Seilschlinge um den Poller am Ufer. Die Schiffsbrücke wurde angelegt. Die Schwimmerin löste sich aus den Seerosen, erreichte mit einigen kräftigen Zügen das

Ufer. Der Hund erhob sich. Sie nahm die Badekappe ab, unter der eine Flut von rotblonden Haaren hervorquoll. Unvorstellbar, dass sie darunter Platz gehabt hatten. Ihr nackter Körper war reichlich mit Schlangen tätowiert. Sie schüttelte die Wassertropfen aus den Haaren und strich sie von der Haut ab, bevor sie in den schwarzen Badeanzug schlüpfte.
„Akinom!“, rief der kirgisenäugige Matrose.
Sie winkte. Ein roter Läufer wurde auf der Schiffsbrücke ausgerollt, über die Akinom, von ihrem Hund gefolgt, schritt. Die Schiffer hatten sich auf dem Deck zu einem Chor formiert und stimmten „Euchnem“ an. Das war Monika zu kitschig.
„Halt!“, schrie sie, „haltet ein!“
Sofort verstummten sie, starrten sie schweigend an. Auch sie stand wie angewurzelt da. Dass sie doch nie ihren Mund halten konnte! Die Schwimmerin drehte sich nach ihr um, winkte ihr, ihr aufs Schiff zu folgen.
„Wie heißen Sie?“, fragte sie.
„Monika“. Plötzlich wurde ihr bewusst, dass das Akinom verkehrt gesprochen war.
Ein Raunen ging durch die Schiffsmannschaft, ein „Ah“ und „Oh“ und „Jöh“. Akinom schloss sie verzückt in die Arme. „Monika, meine Schwester“, sagte sie, „du musst mit uns kommen!“
Sie zögerte. „Wohin geht die Fahrt?“
„Zum Roten Meer.“
„Dann seid ihr falsch, die Donau fließt ins Schwarze Meer.“ Akinom zuckte die Schultern. „Schwarzes Meer“, sagte sie, „kein Problem, wir schütten rote Tinte hinein, in den Fässern ist rote Tinte gelagert, es ist ein Tintenschiff.“ Sie klatschte in die Hände. „Captain, einen Begrüßungscocktail für Monika!“ Ein Fass mit roter Tinte wurde angezapft und in Schnapsgläser gefüllt. „Nastrowje, nastrowje!“

Akinom fand, dass Monika tätowiert werden musste, sie sähe so blass aus. Ihr Protest nützte ihr nichts, aber sie durfte sich in einem dicken Tatoo-Buch die Motive aussuchen. Die Schiffer berieten sie dabei, empfahlen Totenköpfe, Drachenköpfe, Medusenhäupter, Fledermäuse... Monika entschied sich für eine Mondsichel auf ihrem linken Schulterblatt und eine Sonne auf ihrem Bauch. Um den Schmerz zu lindern, flößte ihr Akinom während der Prozedur rote Tinte ein. Als das Kunstwerk vollendet war, wurde sie gebührend bewundert.

Zum Captains Dinner gab es russischen Kaviar und Krimsekt. Monika durfte sich von der Schiffskapelle etwas wünschen.

„Samba?“, sagte sie ein wenig zaghaft, „Salsa, Rumba, Cha-Cha-Cha? Ist das sehr vermessen?“

"Keineswegs." Die Schiffer kräuselten sich die Haare mit Zuckerwasser und schwärzten sich die Gesichter, begannen zu trommeln. Sie tanzten wild und ausgelassen, bis das Schiff schlingerte. Der Schweiß quoll Monika aus allen Poren, überzog ihre schönen neuen Tatoos. Vorsichtig fuhr sie mit der Hand darüber. Sie verwischten sich zum Glück nicht. Das Schiff bebte und schlingerte immer heftiger.

„Vorsicht Eskimorolle!“, rief der Kapitän übermütig, „Luft anhalten!“

Sie wusste nicht mehr, wie sie wieder an die Wasseroberfläche gekommen war, es war so schnell gegangen, eine Turbulenz, Enge und Dunkelheit, dann Befreiung, Luft über dem Wasser. Ein Schwan schwamm mit gespreiztem Gefieder auf sie zu, bot ihr an, auf ihm Platz zu nehmen.

„Dich schickt der Himmel“, sagte sie.

„Das Wasser“, korrigierte er.

„Ich bin ein wenig verwirrt“, erklärte sie ihm, „ich habe soeben Schiffbruch erlitten.“

Um Gottes Willen, wo war das Schiff, es war nicht wieder aufgetaucht. Nur eine rote Tintenspur im Wasser. Wo waren die anderen? Monika rief, klagte, weinte. „Akinom, Akinom!“

Das Wasser hat sie ihr alle genommen. Geblieben waren ihr nur die Sonne auf ihrem Bauch und der Mond auf ihrem linken Schulterblatt.

Der Schwan glitt sacht auf dem Wasser. Am Ortsanfang von Hössgang setzte er sie am Ufer ab.

Monika erwachte. Wie lange hatte sie geschlafen? Um ihre Schlaftrunkenheit abzuschütteln, ging sie ausgiebig schwimmen. Die Frau mit der weißen Badehaube und dem Hund sah sie nicht mehr.

Nach dem Bad brach Monika auf. Wieder daheim, ließ sie sich mit Sepps Manuskript auf der Terrasse nieder.

1. August 1944 Eine Woche im Strudengau

Ich fuhr allein für eine Woche zu Onkel Franz in den Strudengau. Meine beiden Freunde Othmar und Kurt waren bereits im Mai eingezogen worden und Mutter war noch immer in der Textilfabrik bei der Produktion von Fallschirmen unabkömmlich.

Ich mochte meinen Onkel. Ihm vertraute ich. Der große, kräftige Bauer hielt in seiner Familie an einem religiösen Alltag fest. Wir hatten uns daran gewöhnt. Onkel Franz bekannte sich in aller Offenheit zu Gott. Sein Führer war Gott. Ihm und nur ihm fühlte er sich verpflichtet. Er habe schon viele Führer erlebt: den Kaiser, Renner, Miklas, Seipel, Dollfuß, Schuschnigg. Sie seien gekommen und gegangen und auch Hitler werde gehen, aber Gott werde bleiben. Vermutlich war es dieses bedingungslose Bekennen, das mich faszinierte. Es war ein Bekenntnis, das keinen sichtbaren Vorteil im irdischen Dasein brachte.

Noch am gleichen Tag, als ich im Bauernhaus an der Donau eintraf, verlautbarte der Rundfunk

eine Meldung über einen Aufstand der Polen in Warschau. Ich empörte mich über die Hinterhältigkeit der Polen im Rücken der schwer kämpfenden Wehrmacht.
„Lieber Sepp, Hitlerjunge Sepp, ich glaube, du siehst da einiges falsch", entgegnete mein Onkel.
„Wieso?"
„Wieso? Wir sind in Polen einmarschiert, wir haben die Polen besiegt, wir haben sie zu Untermenschen erklärt und zur Ausrottung bestimmt. Und jetzt sehen die Polen eine Chance, sich mit Hilfe der Russen gegen ihre Peiniger zu wehren, sich zu rächen."
„Die Russen haben doch auch gegen die Polen Krieg geführt."
„Ja, das stimmt, aber wir haben auch die Russen zu Untermenschen degradiert. Damit haben wir Polen und Russen zwangsläufig zu Verbündeten gemacht."
Die Tante und die Cousinen hörten dem Gespräch interessiert zu. Ich schwieg wieder einmal.
„Sepp, wenn du mir versprichst, mit niemandem darüber zu reden, außer mit deiner Mutter, zeige ich dir morgen etwas."

2. August 1944 Mauthausen

Um fünf Uhr weckte mich mein Onkel. Meine Tante richtete rasch das Frühstück. Ich genoß das im Bauernhaus gebackene herbe Brot mit dick aufgestrichener Butter. Auch den milchigen lauwarmen Feigenkaffee trank ich gern. Onkel Franz blieb wortkarg, obwohl er mir die Neugierde anmerkte. Gleich nach dem Frühstück verließen wir das Haus. Die Sonne kam über die Hügel der Donaulandschaft.

Nach ungefähr 25 Metern erreichten wir die zwei Zillen der Überfuhr des Onkels. Die kleinere kettete Onkel Franz los und wir stiegen ein.
„Willst du fahren, Sepp?"
Natürlich wollte ich, gehörte doch während der Ferien das Übersetzen von Nachbarn oder Gästen ans andere Ufer zu meiner Lieblingsbeschäftigung. Ich ging nach hinten ans Bootsende, ergriff mit der linken Hand das Steuerruder und mit der rechten das seitliche Heckruder. Während ich mit dem Seitenruder die Zille gegen die Strömung führte, hielt ich mit dem Steuerruder den Bootskurs knapp am Ufer. Gleichzeitig stand Onkel Franz am Bug und half mit einer Hakenstange, die Zille entlang des Ufers in Fahrtrichtung anzutauchen. Ungefähr 70 Meter glitten wir stromaufwärts, dann setzte sich Onkel Franz zum Bugruder, das an der gegenüberliegenden Seite zum Heckruder montiert war. Bevor ich das Boot schräg in den Strom steuerte, vergewisserte ich mich, ob nicht ein Fracht- oder Linienschiff die Überquerung der Donau beeinträchtigte. Es gab keine Behinderung. Gleichmäßig setzten wir kräftig die Ruder ein und erreichten die Anlegestelle am Sarmingsteiner Ufer. Nachdem wir die Zille angekettet hatten, gingen wir zum Fleischhacker, aus dessen Hof der Onkel sein Motorrad holte. Ich strahlte vor Begeisterung.
„Wo fahren wir hin?"
„Nicht weit, ein Stück ins Mühlviertel."
Knatternd fuhren wir auf Sandstraßen in Richtung Nordwest. Die Hundertfünfundzwanziger Maschine plagte sich auf die steil ansteigenden Hügel. Bergab flitzte das Motorrad dahin. Ich genoß die Berg- und Talfahrt. Zwar fröstelte mich vom kühlen Fahrtwind der Morgenluft, aber das dämpfte mein Vergnügen nicht. Nach etwa

einer halben Stunde bogen wir langsam auf einen schmalen Wiesenpfad ein und fuhren noch cirka 100 Meter bergauf bis zu einem Waldrand. Onkel Franz hielt an, schaltete den Motor ab und wir stiegen ab. Wir parkten das Motorrad knapp neben dem Weg. Auf diesem nicht besiedelten Hügel gingen wir weiterhin ansteigend. Nach einiger Zeit erreichten wir zur linken Hand eine abgeholzte breite Waldschneise, die einen prächtigen Ausblick ins hügelige Mühlviertel bot. Sanft berührte der hellblaue Himmel am Horizont das Land. Auf grünen Hängen ruhten gemächlich weithin sichtbar große Vierkanthöfe aus weißen, mit graubraunen Granitsteinen und -blöcken durchzogenen Gemäuer. "Höfe mit Gugerschecken", bezeichnete ich sie.
„So schön, so friedlich. Hier merkt man nichts vom Krieg. Warum kann es nicht überall so friedlich sein?"
„So friedlich ist es hier gar nicht", entgegnete Onkel Franz.
„Wieso?"
„Siehst du dort, fast am Horizont", der Onkel zeigte mit seiner rechten Hand die Richtung, "den Rauch aufsteigen?"
„Ja, zwei schwache Rauchsäulen. Ist da hinten irgendwo ein Betrieb, eine Fabrik?"
Er antwortete nicht.
„Was ist, Onkel Franz?"
„Ich weiß nicht, wie ich dir das sagen soll, es ist so unfaßbar, so unglaublich."
Ich sah ihn beunruhigt an.
„Der Rauch dort steigt Tag und Nacht auf. Du hast mich gestern gefragt, was wir Böses getan haben. Dort, wo der Rauch aufsteigt, dort verbrennen wir Menschen, Tag und Nacht."
Ich erstarrte.
„Nein", sagte ich entsetzt.

"Komm, setzen wir uns." Onkel Franz zeigte auf Baumstümpfe. Wir setzten uns und blickten zum Rauch.
„Da drüben, am Rande von Mauthausen, ist ein Konzentrationslager."
„So was gibt es doch in Deutschland nicht! Solche Lager haben die Engländer im Burenkrieg gehabt."
„Glaubst du, Sepp, daß ich was Falsches erzähle, daß ich dich anlüge? Glaubst du, daß ich im Dienste der Feinde Schauermärchen erzähle?"
„Ich kann das nicht glauben, aber ich weiß auch, daß du mich nicht anlügst."
„Wenn du zweifelst, daß ich die Wahrheit sage, mußt du mich nur beim nächsten Parteigenossen anzeigen, und du wirst sehen, wie rasch ich verschwinde. Höchstwahrscheinlich lande ich dann im KZ. Dort aber kannst du mich sicher nicht besuchen."
„Onkel, ich habe dir versprochen, mit niemandem zu reden und dabei bleibt es, auch wenn ich das alles nicht glauben kann. Wieso weißt du, daß da drüben ein Konzentrationslager ist?"
„Früher war dort ein Granitsteinbruch der Gemeinde Wien. Bereits 1938/39 haben die Deutschen im Bereich des Steinbruches ein Lager für Strafgefangene errichtet. Anfangs waren dort vielleicht wirklich nur Kriminelle eingesperrt, bald aber sind zu ihnen tausende politische Häftlinge gekommen, Leute, die angeblich was Falsches gesagt haben, oder Leute, die Feindsender gehört haben. Es sind auch viele Kriegsgefangene im Lager, Polen, Franzosen, Jugoslawen, Engländer, Amerikaner und viele Russen."
„Und wieso weißt du, daß dort Tag und Nacht Menschen verbrannt werden?"
„Mir hat das ein naher Verwandter, der dort Transporte von Arbeitskolonnen bewachen muß,

streng vertraulich erzählt. Ich sage dir, Sepp, wenn du die Häftlinge vom Lager zum Arbeitseinsatz marschieren siehst, dann kannst du dir vorstellen, was mit den Ausgeschundenen passiert, wenn sie nicht mehr können."
Ich war fassungslos.
„Tag und Nacht Menschen verbrennen, das ist ja eine Todesfabrik."
„Ja, das Böse ist nicht nur bei den anderen."
„Wenn das der Führer wüßte!"
„Er weiß es."
„Wieso?"
„Weil nichts in Großdeutschland passiert, was der Führer nicht befiehlt. Der Führer befiehlt und wir folgen ihm."
Onkel Franz brachte meine bereits wankende Welt zum Einsturz.
„Wenn das so ist, dann will ich dem Führer nicht mehr folgen."
„Und was glaubst du, was mit dir dann passiert, wenn du nicht mehr gehorchst?"
Mit einem Mal empfand ich die Stille der Landschaft als beklemmend. Ich, der Hitlerjunge, näherte mich unaufhaltsam der Verzweiflung. Woran sollte ich noch glauben, an das Gute, an die Befreiung der Ausgebeuteten und Unterdrückten, an Gerechtigkeit und Freiheit, an Wunderwaffen, an den Endsieg?

Nach meiner Heimkehr vom Onkel fiel Mutter mein verändertes Verhalten sofort auf. Seit längerer Zeit bedrückte mich die Verschlechterung der Lage an den Fronten. Nun kam ich ihr noch betrübter und verschlossener vor.

Wie anders hörte ich jetzt die Meldungen des Großdeutschen Rundfunks und ließ jede leidenschaftliche Parteinahme vermissen. Gott sei Dank verzichtete Mutter auf bohrende Fragen.

Als sie mich jedoch beim Abhören der Stimme Österreichs aus London überraschte, schrie sie auf: „Um Gottes Willen, Bub, willst, daß sie dich einsperren? Warum machst du das?"
Nun konnte ich mein Wissen nicht mehr länger für mich allein behalten:„Der Führer läßt Menschen verbrennen. Nicht einen, nicht einige, Tausende."
„Was sagst du da?"
„Der Führer läßt in Konzentrationslagern Menschen verbrennen."
„Ich bitte dich, hör auf damit. Du weißt nicht, was du sagst."
Ausführlich schilderte ich meiner Mutter nun den Ausflug mit Onkel Franz.
„Ich weiß", sagte Mutter, „daß Gegner der Partei eingesperrt und manche wegen Hochverrats hingerichtet werden, aber das Menschen massenhaft getötet werden, das ist unfassbar."
„Ja, sie werden ermordet. Und das Schlimmste ist, ich war stolz auf diese Bewegung."
„Du darfst niemanden davon erzählen, du musst weiterhin in der Hitlerjugend bleiben", beschwor mich Mutter ängstlich.
„Ich verstehe schon Mutter, ich muss weiterhin die Uniform stolz tragen und der Fahne nachlaufen. In unserer Sprache heißt das Maul halten und weiter dienen. Ich darf nicht einmal meinen Freunden etwas sagen."

Monika legte das Manuskript zur Seite. Sie verspürte das dringende Bedürfnis nach frischer Luft. Sie trat vors Haus. Prüfend betrachtete sie den Himmel. Sollte sie die Blumen gießen oder würde es ohnehin regnen? Sie berührte mit ihrer Hand die Erde um zu prüfen, ob der Boden schon sehr ausgetrocknet sei. Dabei fiel ihr Blick auf die Walderdbeeren. Rot leuchtende Tupfen, eingesprenkelt ins Blattgrün. Gut versteckt, verriet sie nur ihre Farbe. Monika kannte keine andere Frucht, die so klein war und dabei so intensiv schmeckte. Zwischen Daumen und Zeigefinger führte sie sie einzelnen an die Lippen. Eine kleine wilde Rauheit auf der Zunge. Sie schloss die Augen, als sie in ihrer Mundhöhle vergingen, verströmten.

Sie stieg den Steilhang hinauf und gelangte auf den schmalen Weg, der an der oberen Grundstücksgrenze entlang führte. Dort stand ein Nussbaum mit einer Bank, von der man einen wunderschönen Blick ins Land hatte. Auch die Donau war von hier aus sichtbar. Die Bank war schon recht verwittert. Als sie Platz nahm, hatte sie das Gefühl, auf einem Floß in einem Meer aus Gräsern und Halmen zu sitzen, gezimmert aus klobigen Brettern, angegraut von den Wettern und veralgt. Noch gab sie ihr Halt, doch spürte sie sie schon morschen, sah den Rost an den Schrauben, die sie zusammenhielten. Die sanfte Brise würde bald von der Gischt vertrieben, die grau vom Himmel spritzte und sie aufweichte. Zersplittertes Treibholz würde bleiben von ihr, bis auch das sich auflöste im Nass. Als die ersten Tropfen fielen, ging Monika ins Haus zurück und vertiefte sich wieder in ihre Lektüre.

In welche Gewissensnöte musste ein Mensch geraten, dessen Moral im Widerspruch zu seinem Tun stand. Zumal ein zuwider Handeln mit dem Leben bezahlt wurde. Nach der schonungslosen Enthüllung seines Onkels war Sepp wohl geheilt vom Nationalsozialismus. Monika war erleichtert. Aber für Sepp war es dadurch schwerer geworden. Unwissend und gläubig dem Führer zu folgen, war einfacher gewesen.

September 1944 In der Schule

Vor einigen Tagen hatte nach den Sommerferien die Schule wieder begonnen.

Hinter mir saß Helga, das gescheiteste und hübscheste Mädchen der Klasse. Ihr dunkelbraunes, glänzendes Haar umrahmte ihr ovales, meist freundliches Gesicht. Ihre gleich den Haaren dunkelbraunen Augen empfand ich als Aufforderung, sich zu verschauen. Längeren Blickkontakten wich ich jedoch aus. Im Gedränge um Helga war ich nie zu finden. Ich fühlte mich chancenlos, ihre Zuneigung zu gewinnen.

Vorne an der Tafel hielt der Direktor einen Vortrag über wirtschaftspolitische Probleme. Mühsam folgten wir den trockenen Ausführungen. Ein schwacher Druck im unteren Rückenteil lenkte mich vom Thema ab. Unauffällig tastete ich mit meiner linken Hand nach hinten. Ich spürte Helgas Fuß. Zart stupste sie mich mit ihren Zehen. Ihre Berührungen erfolgten im Takt von Morsezeichen, die ich wie die meisten Jungs in der Hitlerjugend übte. Ich errötete. Nach einigen Wiederholungen des Morsetextes zog Helga ihren Fuß zurück. Ich wagte nicht mich umzudrehen. Zu Beginn der Pause blieb ich nach vorn gewandt sitzen, während die meisten Schüler aufstanden, sich bewegten, miteinander redeten. Helga beugte sich zu mir vor. Ihre linke Wange berührte fast meine rechte.

„Sepp, ich habe dir etwas gemorst. Hast du den Funkspruch verstanden?"

Ich drehte mich um. Sie lachte mich an und nicht aus. Das machte mich noch verlegener.

„Ich weiß nicht genau, ob ich die Zeichen richtig verstanden habe."

„Schäm dich, Sepp. Jedes Kind kennt in Deutschland den Text vom Lied der Funker, und du willst mir einreden, du hättest den Funkspruch nicht verstanden? Noch dazu hab ich mich bemüht, unmißverständlich zu funken."

Das gemorste Textstück im Lied der Funker lautete: und alle Mädchen hören mit, di da di dit, di da di dit, und alle Mädchen singen mit, ich liebe dich, ich liebe dich.

Ich sah Helga an, brachte aber kein Wort heraus. Meine Wangen glühten.

„Ist dir das unangenehm?", fragte sie mich leise.
„Unangenehm? Wenn du mich nicht pflanzt, ich meine, wenn du mit mir ..."
„Sepp, meinen Funkspruch hab ich ehrlich gemeint. Ich hab mir das vorher lange überlegt und dann meinen ganzen Mut zusammengenommen."
Ein Klassenkamerad drängte sich zu Helga, sie etwas zu fragen und beendete damit den Dialog.

Sehnlichst wünschte ich den Schluß des Unterrichts herbei. Helga blieb bis zum letzten Läuten mein einziger Gedanke. Ich begleitete sie zum Bahnhof. Es war leichter, die anderen Weggefährten los zu werden, als ich mir das vorgestellt hatte.
„Ich bin froh, daß du gefunkt hast."
„Und was wäre, lachte sie, „wenn ich es nicht getan hätte?"
„Ach Helga!"
„Ja, du wärst wahrscheinlich nie draufgekommen, daß ich in dich verschossen bin, auch wenn ich dich noch so angehimmelt hätte!"
„Ist das ein Vorwurf?"
„Jetzt nicht mehr", Helga lachte, „du Spätzünder!"
„Nett von dir, daß du mich wenigstens nicht als Blindgänger beschimpfst."
Am Bahnhof verabschiedeten wir uns mit dem üblichen Händedruck, der aber ein wenig länger ausfiel. Ich blieb am Bahnsteig stehen, Helga beugte sich aus dem Waggonfenster. Der Zug fuhr ab, wir winkten. Gänzlich verändert, glücklich ging ich nach Hause. Die Aussicht, Helga bereits morgen wieder zu begegnen, machte mich froh. Aufgaben machen, Lernen fiel mir im Gegensatz zu früher schwer. Ich war Gefangener der ersten großen Liebe.

Monika seufzte. Die erste Liebe. Sie sah sich wieder in der 3. Klasse Volksschule sitzen mit dem Objekt ihrer Begierde, einem rotblonden, sommersprossigen Buben namens Christian. Seine Aufgewecktheit und Redegewandtheit hatten ihr imponiert. Sie spürte nach fast vierzig Jahren wieder dieses Ziehen im Bauch, wenn sie an die "Feuerprobe" dachte. In einer Pause, als die Lehrerin die Klasse in den Schulhof schickte, belauschte sie Christian und seinen Freund Andy. Christian regte an, dass Andy den Eingang ins Schulgebäude blockieren sollte, wenn ein Mädchen aus der Klasse passieren wollte. Wenn Christian das Mädchen gefiel, wollte er Beifall klatschen, andernfalls aber pfeifen, bevor die Passage freigegeben würde.
Moni erwog kurz noch rasch unbemerkt ins Schulgebäude zu schlüpfen, ehe sich die Burschen organisierten, aber dann wollte sie es genau wissen. Das Gefühl in ihrem Bauch, das sich bei diesem Entschluss einstellte, war ähnlich dem vor jeder Rechenschularbeit, jedoch von einer zusätzlichen Qualität begleitet, einer sehnsuchtsvollen Erregung, die die Angst mit Süße anreicherte.

Inzwischen hatte sich Andy mit gegrätschten Beinen und ausgebreiteten Armen in den Türrahmen gestellt. Unvergesslich das Glücksgefühl, als sie unter Christians kräftigem Applaus das Schultor passierte. Sie schwebte ins Schulgebäude ohne sich umzudrehen, ohne zu verweilen und zu schauen, welche Konkurrentinnen noch aus dem Feld zu schlagen wären.
"Hast einen Einser bekommen?" Die Schulwartin auf dem Gang sah ihr das Glück offenbar an.
"Ja, einen römischen."

Fortan war die Schule schön und spannend. Moni, ein in sich gekehrtes, stilles Kind war mit einem Mal gesprächig und lebhaft. Wachgeküsst. Mehr passierte in diesem Lebensalter natürlich nicht. Wenn die Turnstunde in der warmen Jahreszeit im Freien stattfand, veranstaltete die Lehrerin mit ihnen Wettläufe. Sie starteten paarweise und der

Langsamere schied aus, bis nur noch zwei übrig blieben. Das waren fast immer Christian und sie. Wie froh war sie, ihm auf diese Weise imponieren zu können. Das schnellste Mädchen der Klasse. Manchmal besiegte er sie, oft war es aber auch umgekehrt. Wie prickelnd fühlte es sich an, wenn er und sein Freund sich in ihrem Beisein ordinäre Witze erzählten oder Schmudellieder von *Banane und Zitrone* sangen. Welch wohliger Schauer der Vorahnung.

Ihre erste Liebe endete abrupt mit der vierten Klasse Volksschule. Da sie nicht in der Nachbarschaft, sondern entfernt wohnten, verliefen ihre Wege fortan getrennt. Etwa fünfzehn Jahre später trafen sie sich in der Cafeteria der Universität zufällig wieder.

"Moni"? Er erkannte sie sofort. Sie brauchte ein paar Sekunden länger dazu. Ob sie noch ihren blauen Wintermantel habe. Dieser absurden Frage folgte ein spätes Geständnis. Er sei ihr einmal nach der Schule heimlich nach Hause gefolgt, um zu sehen, wo sie wohne. Dann erzählten sie sich, wie sie lebten. Beide waren sie zu dieser Zeit verheiratet, beide befanden sie sich in einer Ehekrise. Sie war ihm gegenüber merkwürdig beklommen, von einer Angst beseelt, er könnte enttäuscht sein, was aus ihr geworden oder vielmehr nicht geworden war. Er erschien ihr so selbstsicher, so bewundernswert. Und welche Erfolge hatte denn sie vorzuweisen? Sie fühlte sich seltsam klein und steif. Er hätte sie zum zweiten Mal wach küssen müssen.

Wann war ihre nächste Liebe gekommen? Und wann schließlich die große? War die erste große Liebe die, die den ersten Beischlaf einleitete? Oder die, wo die Sehnsucht danach am größten war ungeachtet ihrer Erfüllung? Wo man sich einmal im Jahr in der Sommerfrische im Beisein der Eltern traf und sich noch nicht richtig traute. Nur händchenhaltend am Heuboden lag. Rückblickend war es ein Wunder gewesen, dass sich das Heu nicht entzündet hatte. Wie viele Berge hatte sie mit ihm bestiegen, war mit ihm losgezogen im Morgengrauen, stets war ihr übel gewesen, bis sie den

Kreislauf in Schwung gebracht hatte, atemlos hechelnd sein Tempo mithalten wollend. Den Schwindel bei schwierigen Passagen hatte sie nicht vortäuschen müssen, um nach seiner hilfreichen Hand zu greifen.

Helgas Funkspruch hatte mich montags erreicht. Zeit zur Begegnung außerhalb der Klasse blieb uns nur während des Weges zum Bahnhof. Wir schmiedeten Pläne für einen gemeinsamen Sonntagsausflug. Für Helga gab es keine Probleme, am Sonntag allein in die Schulstadt zu fahren, um mit einer Freundin den Nachmittag zu verbringen. Auch für mich gab es keine Schwierigkeiten, am Sonntag nach dem Essen die Wohnung zu verlassen. Bis dahin aber schien die Woche unendlich langsam zu vergehen. Am Donnerstag überraschte mich Helga:
"Sepp, ich habe gestern meiner Mutter gesagt, daß ich heute Nachmittag in der Stadt bei einer Freundin bleibe und mit ihr lerne."
„Schade daß nicht ich die Freundin bin."
„Ich aber bin froh, daß du nicht meine Freundin bist."
Wir lachten überglücklich.

Nach dem Unterricht ging Helga ins Städtische Speisehaus. Ich eilte heim und verschlang hastig das Mittagessen.
„Ich habe die Aufgaben schon in einer Freistunde gemacht", sagte ich zu Mutter. "Jetzt gehe ich mit Freunden in die Au."
„Und sonst hast du nichts zu lernen?"
„Nein, nicht viel", schummelte ich, leicht errötend.
„Ist Othmars Bruder dabei?"
„Nein, ich glaube nicht."
„Du, Kleiner, stell nichts an."
„Was soll ich anstellen?", fragte ich unschuldig.

„Ich weiß nicht recht. Du bist seit einigen Tagen zwar nicht mehr so bedrückt, aber du bist noch schweigsamer geworden."
Mir wurde warm. Höchste Zeit, sich zu verdrükken.
„Kein Grund zur Aufregung", rief ich im Weggehen. „Ich stell schon nichts an."
Außer Sichtweite atmete ich kräftig durch. Daß einer Mutter gleich die geringste Veränderung auffällt.- Na ja, gering war die Veränderung ja wirklich nicht. Ich eilte Helga entgegen. Bald kam sie auf mich zu.
„Ich faß es nicht, daß ich mit dir jetzt allein sein kann", gestand ich.
„Daß wir schon heute für uns mehr Zeit haben, hast du mir zu verdanken, aber wo wir den Nachmittag verbringen, das mußt du entscheiden", stellte Helga klar.
„Wenn du nichts dagegen hast, gehen wir zum Fluß. Ich hole aus der Schrebergartenhütte meines Freundes eine Decke, und dann gehen wir in die Au, einverstanden?"
„Gern. Ich freue mich, mit dir in der Sonne zu liegen."
Die Antwort beschleunigte meinen Puls. Nach der Schrebergartenanlage gingen wir, solange die Wegbreite der Au dies ermöglichte, Hand in Hand. Hier kannte ich mich aus. Nach einer halben Stunde erreichten wir eine kleine Wiese.

Monika sah die Wiese vor sich. Eine Wiese mit Klee und Sauerampfer, Löwenzahn und Sumpfdotterblumen. Auch Disteln. Eine Wiese, bevölkert mit Raupen, Schmetterlingen, Heuhüpfern und Ameisen. Auch einem Hirschkäfer. Eine Wiese, in der eine Decke die Halme niederdrückte. Eine Decke mit einem Liebespaar. Ein Mädchen, dem ein Bursch ein Gänseblümchen ins Knopfloch der Bluse steckte. Er liebte sie vom Herzen. Noch ohne Schmerzen. Das Gänseblümchen durfte noch all seine kleinen weißen Blütenblätter behalten. Ein Frauenkäfer ließ sich auf der Hand des Buben nieder, in der die Hand des Mädchens lag.

Ausflug in den Dunkelsteinerwald

Der folgende Sonntagnachmittag gehörte Helga und mir. Das spätsommerliche Wetter meinte es gut mit uns. Glücklich radelten wir in die hügelige Landschaft des Dunkelsteinerwaldes. In diesem dünn besiedelten Gebiet fanden wir bald eine uneinsehbare Waldwiese. Helga wählte am oberen Rand der abwärts geneigten Lichtung ein waagrechtes Fleckchen neben einem Jagdstand. Erstaunt fragte ich:
„Hier? Und wenn ein Sonntagsjäger kommt?"
„Es ist ganz gut, wenn wir damit rechnen müssen."
Ich breitete die Decke aus. Helga legte sich rücklings darauf und beobachtete einige kleine, gleichmäßig dahin ziehende Wolken. Ich legte mich zu ihr und betrachtete ihr Gesicht.
„Hab ich ein Glück. Ich habe nicht nur das beste, ich hab auch das schönste Mädchen."
Helga lachte.
"Daß ich nicht häßlich bin, weiß ich, aber Schneewittchen bin ich sicher nicht."
„Kannst du auch gar nicht sein."
„Warum nicht? *So rot wie Blut, so weiß wie Schnee, so schwarz wie Ebenholz.*"
„Hatte Schneewittchen nicht goldblondes Haar?"
„Du verwechselst das mit der Gänseliesl."
"Egal, du bist jedenfalls märchenhaft."
"Und du bist vollkommen verwirrt."
Ich nahm Helgas Kopf in beide Hände.
„Ich seh dich nicht nur gern, ich hab dich auch zum Fressen gern."

„Dann tu's doch!"
Ich hauchte ihr Küsse auf Stirn und Wangen, knabberte an ihrem Hals, wollte ihre Lippen.
„Hallo, du frißt mich ja wirklich! Ich glaube es wird Zeit, daß ein Jäger kommt."
„Ich werde sowieso schon gejagt", seufzte ich.
„Von wem?", fragte Helga.
Ich schwieg.
Was meinst du damit?"
„Helmut hat mir gesagt, daß sein Vater von der Kreisleitung erfahren hat, daß unser Jahrgang noch heuer einberufen wird."
Helga sah mich einige Zeit stumm an und sagte dann:
„Du lieber Gott, das kann ja nicht mehr lange dauern. Spätestens in drei Monaten ist das Jahr um. Da bleibt uns nicht mehr viel Zeit."
„Ja Helga, so ist es."
„Und nichts können wir machen. Du mußt gehen. Du mußt in die Kaserne und an die Front."
„Zur letzten, entscheidenden Schlacht."
"Die nicht mehr zu gewinnen ist."
„Ja."
Schwermütig traten wir den Heimweg an.

6)

Monika tastete nach dem Lichtschalter. Sie sah auf die Uhr. Erst hatte sie lange nicht einschlafen können und dann einen Albtraum gehabt.

Sepp war mit Helga auf einer Decke in der Wiese gelegen und eine schwarze Wolke hatte sich vor die Sonne geschoben. Gleichzeitig war ein kalter Wind aufgekommen. Helga fror und klapperte mit den Zähnen. Sepp umarmte sie, drückte sie fest an sich und rieb dann mit seinen Händen ihren Körper warm. Dabei gingen erst ihr Kleid samt Unterwäsche und dann ihre Haut in Fetzen. Sepp musste hilflos zusehen, wie sich ihr Fleisch von den Knochen löste und ihr Skelett zu Staub zerfiel. Er schlug die Hände vors Gesicht und stieß einen herzzerreißenden Schrei aus, der einen großen schwarzen Vogel anlockte. Mit seinen scharfen Krallen packte er ihn und stieg mit ihm in die Lüfte, wo er sich in eine Formation von Kampfbombern einordnete. Hilflos zappelnd sah Sepp die verwaiste Decke unter sich, in die ein Schwarm Motten Löcher fraß.

Zwischen Monikas Brüsten hatten sich Schweißperlen gebildet. Sie zog ihr Nachthemd aus und löschte das Licht wieder. Durch das offene Fenster schwebte ein weißer Schleier zu Monikas Bett und fächelte ihr Kühlung zu. Es war ihr Seidentuch, das sich von der Wäscheleine vor dem Haus gelöst hatte.

„Schön“, sagte das Nachthemd und begann mit seinen Ärmeln zu flattern, bis es aufstieg.

„Darf ich bitten“, knickste es vor dem Schleier und machte eine graziöse Drehung.

Der Schleier umschlang die Taille des Nachthemds und so drehten sie sich miteinander im Kreis.

„Bravo, Bravo!“ Monikas Birkenstocksandalen klatschten und klopften den Takt.

"Pst, nicht so laut!, rügte sie das Nachthemd, „sie ist wieder eingeschlafen.“

Aber die Sandalen waren von derber Art und nicht zu bremsen. Immer wilder stampften sie den Boden, bis es dem Bettvorleger zu bunt wurde und er eine Levitation einleitete. Ganz fliegender Teppich entwich er mit den verdutzten Sandalen ins Freie. Dem Nachthemd war inzwischen so schwindlig, dass es sich neben die Schläferin bettete und das Seidentuch war so naßgeschwitzt, dass es sich wieder an die Wäscheleine hängte.

Monika lächelte im Schlaf. Sie träumte jetzt, dass sie als Braut mit wehendem Schleier über der Stadt Paris schwebte.

Am Morgen fühlte sie sich etwas benommen. Sie beschloss, noch eine Weile liegen zu bleiben und ein wenig zu lesen.

31. Dezember 1944 Abschied

Mutter, Helga und ich verließen am frühen Nachmittag die 11. Baracke. Ich trug einen fast leeren Koffer, der nach Ausfassung der Uniform zur Aufbewahrung der Zivilkleider dienen sollte. Bewußt betrachtete ich die Umgebung. Die schneebedeckten Dächer milderten den düsteren Eindruck der dunklen Baracken. Auch die verschneiten Bäume, Sträucher, Gärten und Wiesen hellten das Barackenviertel auf. Jetzt, da ich spätestens in zwei Tagen selbst einen Waffenrock tragen würde, kam mir der Überfall der uniformierten Heimwehrler auf die Bewohner der Baracken im Februar 1934 in den Sinn. Durch mein Gedächtnis huschten Bilder von kartenspielenden Arbeitslosen, von hitzigen Fußballspielen und vom Bayerischen Hilfszug. Als ich die Planken der Gärtnerei gegenüber sah, dachte ich an die Mißhandlung eines zwangsverpflichteten Polen durch den brutalen Gärtner. Wortkarg passierten wir am Anfang der Herzogenburgerstraße den unbenützten Eislaufplatz. Nach dem Mühlbach verließen wir den gewohnten Schulweg und bogen in die Bahnhofsallee ein. Hier war ich einst mit Mutter, Toni und Franz zum Kaiserwald marschiert, die Verbundenheit mit den eingesperrten Sozialdemokraten und Kommunisten zu beweisen.

Rasch erreichten wir den Bahnhof. Viele junge Männer in meinem Alter warteten in Begleitung von Angehörigen auf dem Bahnsteig auf den Personenzug von Amstetten. Die Menge verharrte in gedrückter Stimmung. Beim Einfahren des Zuges konnten Mutter und Helga ihre Tränen nicht mehr zurückhalten. Ich bemühte mich, gefaßt zu bleiben.

„Ich komme wieder", täuschte ich Zuversicht vor, aber meine Stimme verriet Unsicherheit, den fehlenden Glauben, meine Schwäche. Mit zittrigen Knien bestieg ich den nächsten Waggon. Es gelang mir, einen Fensterplatz zu erreichen und ich öffnete das Fenster. Mit anderen Kameraden winkte ich den Zurückbleibenden, bis sie außer Sichtweite waren. Ich setzte mich im Abteil neben die Tür und lehnte mich ins Eck.

Abschied. Wenn es ein endgültiger war oder ein Wiedersehen zumindest ungewiss, gehörte es zu dem Schwersten, was ein Mensch zu bewältigen hatte.

„Was macht mein Kind, was macht mein Reh? Einmal komm ich noch, dann komm ich nimmer meh“, hatte sich Monikas Mutter manchmal von ihr, als sie noch ein Kind im Märchenalter gewesen war, verabschiedet, wenn sie abends fortgegangen war. Sie war erschauert bei der Vorstellung, dass die Mutter nur noch einmal wiederkäme. Ohnedies war sie traumatisiert gewesen durch einen Kinobesuch mit ihrer Schwester. Das Rehkitz Bambi hatte seine Mutter verloren, weil ein Jäger sie getötet hatte. Nie wieder später hatte Monika bei einem Film so bitterlich geweint.

Nach Jahrzehnten war dann der Tag gekommen, an dem die Mutter für immer fortgegangen war. Ein paar Jahre später war auch der Vater gestorben. Danach hatte sie seine Sachen aus dem Krankenhaus abgeholt, die die Schwestern in einen schwarzen Müllsack gestopft hatten: Seine Zahnbürste, einen Nagelzwicker, die kleine ovale Haarbürste aus Plastik, den Pyjama, den Schlafrock und die Hausschuhe. Trotz des verhältnismäßig geringen Gewichtes hatte Monika noch nie zuvor so schwer an etwas getragen.

Nach einem sättigenden Eintopf in der Heeressammelstelle beim Franz-Josefs-Bahnhof führte ein Unteroffizier die 'Frischgefangenen' in einen riesigen Schlafsaal. Er war der umfunktionierte Festsaal eines Hotels. Für cirka 60 Rekruten standen dreistöckige, frisch überzogene Matratzenbetten mit Wolldecken bereit. Ich wählte ein Bett in oberster Lage. Pünktlich um 22 Uhr reduzierte ein Hotelbediensteter das Licht im Saal auf Notbeleuchtung. Die aus Massivholz gezimmerten Bettgestelle hielten der Belastung schwach schwankend stand und knarrten nur wenig. Von den Einrückenden kannte ich niemanden. Einige Burschen führten leise Gespräche, aber auch die verstummten bald. Die letzte Stunde des 31. Dezembers 1944 war angebrochen. Viele Kameraden veränderten unruhig ihre Lage. Plötzlich rief einer:
"Verdammt, T-34 greifen uns an!" Er meinte damit aktiv werdende Wanzen. Jemand schaltete das Saallicht gänzlich ein und kommandierte: "Panzerjäger an die Front!"
Die angehenden Wehrmänner suchten in ihren Betten nach den lästigen „Haustieren". Ich sah zum ersten Mal Wanzen. Mich ekelte, als mich aber einige Bisse stark juckten, begann auch ich, die rötlichen Angreifer zu zerquetschen.
"Jungs mal herhören", sagte einer, "es ist Mitternacht. Alles Gute im Neuen Jahr!"

Der weitere Transport von uns insgesamt 220 in der Sammelstelle eingetroffenen jungen Männern kam aus unerklärlichen Gründen erst in den späten Nachmittagsstunden vom Franz-Josefs-Bahnhof nach Gmünd zustande. Übernächtig von der „Panzerjagd" und zusätzlich ermüdet von Bummeleien im Wiener Bahnhofsbezirk, verhielten wir uns in den Waggons ruhig. Die meisten schlummerten im rhythmischen Stampfen und Rütteln des Zuges bald ein. Außerdem bot die frühzeitig anbrechende Dunkelheit keinen Anreiz, die Landschaft zu betrachten. Dichte Wolken ließen das Licht des Mondes und der Sterne nicht durch. Die Hügel erhoben sich schemenhaft in der Landschaft, die Ortschaften waren nur als dunkle Flecken zu erahnen. Die Fahrt des Transportzuges endete in Gmünd. In nahezu vollkommener Finsternis marschierten wir in einer Kolonne durch die gespenstisch wirkende, an der ehemaligen österreichisch-tschechischen Grenze liegende Kleinstadt.

Am Stadtrand erreichten wir ein Lager des Reichsarbeitsdienstes. Wir wurden in die Küchen- und Speisesaalbaracke eingewiesen. Nach einem dürftigen Abendessen forderte ein Unteroffizier uns auf, es uns so bequem wie möglich zur Nachtruhe einzurichten und verließ den Barackensaal. Wir konnten lange nicht begreifen, daß wir ohne Betten, ohne Strohsäcke und Decken im rasch abkühlenden Saal die Nacht verbringen sollten. Mißmutig, fluchend versuchten einige auf den Bänken sitzend, Oberkörper und Köpfe auf den Tischen abgestützt, eine Schlafstellung zu finden. Bald jedoch legten sich viele gänzlich auf die Tische. Als kein Tischplatz mehr frei war, legten sich die restlichen müden „Krieger“ auf den ölbehandelten und von Schuhen verunreinigten Fußboden. Ich kauerte im Mantel frierend am Boden. Das fängt ja gut an, dachte ich.

Gegen 6 Uhr morgens kam Bewegung in die Baracke. Die Küchenmannschaft bereitete das Frühstück, während drei Männer in Arbeitsdienstuniform die drei großen Saalherde mit Holz beheizten. Traumwandlern gleichend folgten wir dem Aufruf, uns um Kaffee und Brot anzustellen. Das schwarze dampfende Getränk belebte uns. Auch zwei dicke Butterbrote hoben merklich die Stimmung. Um halb sieben marschierten wir, eine eher Flüchtlingen als jungen Wehrmännern ähnelnde Kolonne, aus dem Lager zur Bahn. Beim Passieren des Tores sprang ein Wachposten auf mich zu und sprach mich an:

"Mensch, Sepp, wenn ich das gewußt hätte. Du hättest in meiner Bude in meinem Bett schlafen können!"

Es war ein Nachbar aus der Baracke 17 in St. Pölten.

"Fritz, du hier?" Weitermarschierend rief ich: "Wie geht es dir?"

"Danke gut. Ich wünsche dir alles Gute, Sepp!"

2. Jänner 1945

In den vorgewärmten Waggons ließen wir uns behaglich zur nördlichen Weiterfahrt nieder. Ich saß im Winkel eines Fensterplatzes. Es fing an zu schneien. Bald setzte starkes Schneetreiben ein und verhinderte die Sicht aus dem Fenster. Der Zug rollte an und überfuhr nach einigen hundert Metern die Grenze. Zum ersten Mal passierte ich die Grenze meiner Heimat. Zum ersten Mal kam ich in ein anderes, in ein fremdes Land.

Monika erinnerte sich, wie sie mit neun Jahren zum ersten Mal eine Landesgrenze, ebenfalls in einer Eisenbahn, passiert hatte. Italienurlaub mit den Eltern, der großen Schwester und dem kleinen Bruder. Sie hatte aus dem Fenster gesehen, Stunde um Stunde Wiesen, Bäume, Hügel und Dörfer ungeduldig betrachtet, ob nicht endlich erste Anzeichen einer Fremdheit das andere Land ankündigten. Italien kannte sie von „Hatschi Bratschi Luftballon". Im Bilderbuch war der Heißluftballon über einem tiefblauen Meer mit Palmen am Strand geschwebt. Die leuchtenden Farben hatten Fröhlichkeit verbreitet. In den Wellen hatten sich Delphine getummelt.

Als sie endlich die Grenze erreichten, schluckte sie schwer an ihrer Enttäuschung. Die gleichen Wiesen, die gleichen Bäume. Wo waren die Palmen? Und noch kein Meer in Sicht. Wenigstens „Cabinetti „ und „Gelati" auf Schildern gelesen, das klang schön. Aber wieso war die Frau auf dem Plakat, die das Eis schleckte, blond? Die Italienerinnen hatten doch schwarze Locken. Die Italiener stehen auf Blond, erklärte die große Schwester, weil das bei ihnen so selten ist. Monika konnte das nicht verstehen, schwarze Haare waren doch viel schöner. Dann kam die Dunkelheit und dann der Schlaf, erst in der Eisenbahn und später im Bungalow, der fremd roch und doch wieder vertraut nach feuchtem Keller. Am nächsten Tag sofort zum Strand, sie wollte das Meer sehen, endlich das Meer. Da weinte sie fast. Eine bedrükkend graue Wasserfläche, die sich kaum vom grauen Himmel und vom farblosen Sand abhob. Sie war betrogen worden. Entweder von ihren Eltern oder von Franz Karl Ginzkey. Die italienischen Frauen sprachen furchtbar laut und schnell, als schimpften sie die ganze Zeit. Aber die jungen Männer, die ihrer Schwester nachpfiffen, hatten Wuschelköpfe und schwarze Augen mit dichten langen Wimpern. Delphine hatte sie keine gesehen, nur eine tote Ratte unter ihrer Matratze.

Eigenartig, dachte ich, wie eine Grenze auf einmal alles ändert. In Wirklichkeit verändert so eine Grenzziehung die Landschaft, die Natur nicht im Geringsten. Wieso muß überhaupt eine Grenze gezogen werden? Kann der Übergang von einem Volk zu einem anderen nicht genauso unauffällig erfolgen wie die Landschaften der Länder unmerklich ineinander übergehen? Die Natur begrenzt nur mit Küsten, Flüssen und Gebirgen oder mit Wüsten, der Mensch aber greift willkürlich in die Natur ein und zieht Grenzen, befestigt sie, stürmt sie, verteidigt sie. Grenzen schaffen Feinde, fördern Neid und Haß. Ich verstrickte mich in meinen Gedankengängen und schlief ein.

In Monikas Erinnerung tauchte ein Buchcover mit einem blauen Globus auf, in den mit roten Lettern „Das ist die Welt" eingeschrieben war. Drei Kinder und ein Hund betrachteten diesen Globus.

Sie stand auf und ging die Treppen hinunter zum Bücherregal im Wohnzimmer. Sie hatte einen Teil ihrer Bibliothek hierher übersiedelt, da die Regale in der Stadtwohnung zum Bersten voll waren. Sie fand das Buch, das sie zusammen mit den meisten anderen ihrer Kinderbücher aufbewahrt hatte, auf Anhieb. Sie klappte es auf und traf auf eine stilisierte Landkarte, über die Kinder verstreut waren. Links unten ritt ein Bub mit einem Sombrero auf einem Esel, ein Stück oberhalb schwang ein kleiner Cowboy sein Lasso. Hinter ihm ragten spitze Nadelbäume und hohe Berge in den Himmel, rechts standen Wolkenkratzer am Meer. Noch ein Stück weiter oben lag eine Robbe zu Füßen eines Eskimomädchens mit Pelzmütze und Fäustlingen am Eis, dann wieder das Meer und ganz rechts ein Bub und ein Mädchen vor einem Haus auf einer Wiese mit Bäumen. Darunter, auf der anderen Seite des Wassers, hockte ein Kamel vor einer Palme, auf die ein Negerlein kletterte. Als sie umblätterte, kam eine Seite, auf der abermals „Das ist die Welt“ geschrieben stand und eine Widmung „Meiner lieben Moni von Oma, Weihnachten 1962“. Die Oma hatte ihr dann oft vorlesen müssen von der Erde, die ein wunderbarer Ball ist, auf dem jeder aufrecht steht und keiner herunterfällt. Von den Flugzeugen und den bunten Drachen in der Luft und der Kohle, dem Eisen und den anderen Schätzen, die tief in der Erde verborgen waren, der Sonne, ohne die nichts auf der Erde leben könnte, von den kalten und den warmen Ländern, von den Flüssen, den Seen, den Teichen und den Meeren, den Pflanzen, den Tieren und den Bergen, dem ewigen Eis und dem Urwald, den Dörfern und den Städten und den Menschen, die verschieden aussehen und verschiedene Sprachen sprechen.

Monika blätterte in dem Kinderbuch.

„Kleine gelbe Entchen schwimmen auf dem See. In manchen Ländern nennen die Menschen sie 'canettes' in manchen 'utiata'. Manche Menschen zählen sie 'eins, zwei, drei, vier, fünf'. Manche Menschen zählen sie 'one, two, three, four, five'. Manche Menschen zählen sie 'i, erh, san, ssu, wu“

Alle Menschen auf der Erde haben es gern gemütlich, wenn der kalte Wind bläst und Schnee auf die Erde fällt. Sie sitzen gern in einem hübschen trockenen Haus, wenn es draußen gießt. Sie haben gern ein kühles Dach über dem Kopf, wenn die heiße Sonne auf sie herunter brennt.

Alle Menschen auf der Erde freuen sich, wenn man 'Kommt zum Essen!' ruft. Und sie essen mehr verschiedene Speisen als ihr euch vorstellen könnt. In manchen Ländern füllen die Menschen ihre Schüsseln mit dampfendem Reis und essen ihn mit ihren Eßstäbchen. In manchen Ländern kauen sie ein Stück rohes Seehundfleisch mit Walfischtran als Nachspeise.

Überall auf der Erde wollen die Menschen in Familien zusammenleben. Mit einem Vater und einer Mutter, Großeltern, Onkeln und Tanten und Kindern in verschiedenen Größen und vielleicht auch noch mit einem Hund oder einem rot und grün gefiederten Papagei.

Auf der ganzen Erde ist es lustig Freunde zu haben. Es ist lustig, mit Freunden zu spielen, sie auf dem Schulweg zu treffen und mit ihnen einen Ausflug zu machen.

Überall auf der Erde sind die Menschen beschäftigt, etwas zu arbeiten. Sie fischen im Meer und holen auf dem Bauernhof die Eier aus dem Hühnerstall. Sie legen Gärten an und backen Brot. Sie bohren in der Erde nach Öl. Sie bauen Straßen und Eisenbahnen und machen Autos und Spielzeug und Schuhe und Radioapparate, Feuerwehrspritzen und vieles mehr. Ärzte heilen die Kranken, Lehrer unterrichten die Kinder und Kaufleute verkaufen ihre Ware. Menschen schreiben Bücher auf ihrer Schreibmaschine oder sie tauchen ihre Pinsel in Farben um Bilder zu malen.

Wenn die Nacht kommt, fangen die Menschen auf der Erde an zu gähnen und sich zu strecken und sich vor Schlaf die Augen zu reiben. Sie gehen in mehr verschiedene Arten von Betten als ihr euch denken könnt. Wie lustig, daß die Menschen verschieden sind."

Das Bild auf der letzten Seite zeigte Kinder, die sich im Halbkreis an den Händen fassen, ein Mädchen mit Holzschuhen und einer weißen Haube, wie seinerzeit auf dem *Bensdorp Kakao*, neben einem Kind mit Pelzhaube und Fellstiefeln neben einem Buben mit Pumphose und Turban neben einem Mädchen mit schwarzem Haar, wie gelackt, neben einem Buben mit Kraushaar im Baströckchen neben einem Buben in Lederhose neben...Es war Monikas Lieblingsbild gewesen und es war immer wieder aufgetaucht, wenn sie die Augen schloss vor dem Einschlafen oder wenn sie traurig war, weil niemand zum Spielen da war.

“Was für ein herrlicher Tag“, endete das Buch. “Jedesmal, wenn die verschiedenen Arten von Menschen überall auf der großen Erde im Morgenlicht aufwachen, sagen sie "Guten Morgen. Es ist nicht gestern. Es ist nicht morgen. Heute ist da. Und dann können sie gleich anfangen, alle möglichen interessanten Dinge zu tun. Jeder Tag, der kommt, ist ein herrlicher Tag, weil wir auf der riesengroßen, rätselvollen, wunderbaren Erde leben."

Monika stellte das Kinderbuch in das Regal zurück, machte sich ein Frühstück und griff dann wieder nach Sepps Manuskript.

"Alles aussteigen!"
Leise vernahm ich, wie aus einer anderen Welt, die Aufforderung. Verschlafen torkelten wir aus den Waggons. Stürmische, eiskalte Böen peitschten Schnee in unsere Gesichter. Wir zogen unsere Mützen tief ins Gesicht und banden uns die Schals über Mund und Nase.

Ein Unteroffizier der Wehrmacht und ein Truppführer des Reichsarbeitsdienstes erwarteten uns. Sie führten uns in das acht Kilometer entfernte Barackenlager des Arbeitsdienstes. Mühsam stapften wir auf der verwehten Straße durch endlose Wälder. Die Zivilkleidung bot wenig Schutz gegen den heftigen Wintersturm. Bald froren wir, bereits von zwei schlaflosen Nächten geschwächt, erbärmlich. Gar manche befürchteten, ihre Sicht zu den Kameraden zu verlieren. Nach etwa zweieinhalb Stunden tauchten links und rechts der Straße niedrige bäuerliche Häuser auf. Aus ihren Rauchfangstummeln riß der Wind Rauch heraus und wirbelte ihn herum. Am Ende des kleinen, aber weit auseinandergezogenen Straßendorfes bogen wir von der Landstraße ab und erreichten nach einigen hundert Metern das Lager.

7)

Monika hatte in Wien zu tun. Sie musste zur Augenärztin. Auch hatte sie sich mit Edith verabredet. Und sie würde im Büro vorbeischauen und ihren ArbeitskollegInnen einen kurzen Besuch abstatten. Gerade so lange um nicht zu einer lästigen Störung zu werden. Aus eigener Erfahrung wusste sie, in welches Dilemma man geriet, wenn Pensionisten oder Mütter in Karenz mit ihren Babys auf Besuch kamen. Man wollte ja nicht unhöflich sein und natürlich hören, wie es ihnen erging, aber andererseits blieb die Arbeit liegen.

Um die Fahrt zum Lesen nützen zu können, stieg sie in Amstetten vom Auto in den Zug um. Sie fand den Waggon ziemlich voll vor. Auch im nächsten und übernächsten bot sich nicht der erhoffte Freiraum um sich gemütlich ausbreiten zu können. Sie wählte einen Fensterplatz, bereute es aber sofort, als ihr Blick auf den überquellenden Abfallbehälter fiel, der unterhalb des Fensters angebracht war. Ihr grauste, obwohl es nur Papiere waren, in denen sich Essbares befunden hatte und nicht die Essensreste selbst. Vor sich hingammelnde, sich zunehmend braun verfärbende Apfelputzen oder Bananenschalen hätten ihren Ekel noch gesteigert. Schlimm genug die Milch im Tetrapack auf dem Ablagebrett darüber. Wie konnte man nur auf die Idee kommen im Zug Milch zu trinken. Monika betrachtet ihr Gegenüber. Ein nicht unattraktiver Mann. Braune Augen in dem etwas kantigen Gesicht. Dunkel das Haar. Schwarz der gut geschnittene Anzug. Der Mann war mittelgroß, schlank und etwa 50 Jahre alt. Kommunikativ schien er nicht zu sein, was sie von einem Milchtrinker auch nicht erwartete, er blickte eher abweisend. Das Schönste an ihm waren seine Hände, in denen er ein Buch hielt, zum Glück so, dass sie Autor und Titel, wenn auch auf den Kopf gestellt, entziffern konnte. José Saramago, Der Doppelgänger. Das brachte ihm Gutpunkte ein, aber nur so lange, bis er zur Milchpackung griff und trank. Milch! Im Zug! Ein ausgewachsenes Mannsbild! Weiße Milch im schwarzen Anzug. Sie bekämpfte die aufkommende Übelkeit mit Ablenkung und holte Sepps Manuskript aus der Tasche hervor.

Ihr Gegenüber zeigte keine Neugierde, schielte nicht nach einem Hinweis. Schwer verständlich, dass sich ein Leser nicht für den Lesestoff anderer interessierte. Ich-bezogen, unkommunikativ, vergiss ihn, sagte sie sich.

Sie sah aus dem Fenster. Die weichen Hügel im goldenen Licht des zur Neige gehenden Sommernachmittags besänftigten sie. Hin und wieder eine Kirchturmspitze oder ein Gehöft auf der Kuppe. Friedliches Bauernland. Felder und Wiesen, in denen sich der Blick an freistehenden, einzelnen Bäumen verfing.

Sie nahm ihre Lektüre wieder auf und folgte Sepp durch die winterliche Tschechei, als die Stimme des Milchtrinkers sie in den Zug zurückbrachte. Er sprach in sein Handy, angenehm leise, nicht auf Selbstdarstellung vor Zuhörern erpicht. Die angenehme Seite der Introvertiertheit. Gepflegtes Wienerisch. So gepflegt wie seine ganze Erscheinung, die Milchpackung natürlich ausgenommen.

Der Zug habe Verspätung, die er vielleicht noch aufholen würde. Monika fand es ein wenig lächerlich, zehn Minuten Verspätung zu bereden. Andererseits war das ein Indiz für die Dringlichkeit eines Wiedersehens.

Nein, das sei nicht notwendig, er würde die U-Bahn nehmen, das sei das Einfachste. Na ja, vielleicht etwas essen. Ob er Brot besorgen solle. Er freue sich schon auf sie.

Das sagte er so ehrlich und ungekünstelt, dass ihn Monika trotz seiner Trinkgewohnheiten sympathisch fand. Sie stellte sich vor, wie schön es wäre, wenn ein Mann es eilig hätte, sie wiederzusehen. Sich auf sie freute. Ihr Brot brächte. Natürlich vorausgesetzt, er tränke keine Milch. Und auch vorausgesetzt, er... Nein, sie wollte sich gar nicht weiter ausmalen, wie lange die Reihe der Voraussetzungen wäre, um ihre Ansprüche nicht überdenken zu müssen. Lieber ergriff sie die Flucht in die Tschechei.

Unverzüglich durften wir im warm beheizten Speisesaal Platz nehmen und bekamen heißen Früchtetee. Nach einigen erholsamen Minuten erfolgte die Essensausgabe. Das Menü bestand anscheinend zur Feier des ersten Tages im Kasernenleben aus g'schmackiger Erbsensuppe mit Frankfurtern und Brot, Wiener Schnitzeln mit Petersilkartoffeln und Fisolensalat. Gesättigt und durchwärmt warteten wir auf Anweisungen. Ein jugendlicher Truppführer verlas alphabetisch gereiht unsere Namen und teilte uns in zwölf Gruppen zu je 18 Mann ein. Danach ging er mit der ersten Gruppe Uniformen ausfassen. Etwas unbeholfen mit ihren knobeligen Stiefeln, den "Knobelbechern" gehend, kehrten die mit den Uniformen des Reichsarbeitsdienstes Eingekleideten in den Speisesaal zurück. Die Noch-Zivilisten bestaunten schmunzelnd die veränderten Kameraden. Nachdem wir alle uniformiert waren, verlautbarte ein Unteroffizier stimmgewaltig die erste Anordnung:
"Jeder Wehrmann hat sich im Gelände des Lagers während der sechswöchigen Grundausbildungszeit nur im Laufschritt fortzubewegen. Wer sich an diesen Grundsatz nicht hält, den werden wir so auf Trab bringen, daß ihm das Wasser im Arsch kocht!"
Danach befahl er, am Appellplatz der Größe nach anzutreten.
Eiligst formierten wir uns im stürmischen Freien. Der Unteroffizier und zwölf Truppführer teilten uns in 4 Züge ein. Damit endete der kurze Aufenthalt am Appellplatz und die Trupps bezogen mit ihren zugeteilten Truppführern zur weiteren Instruktion die Mannschaftsbaracken. Auch diese auffallend sauberen Räumlichkeiten mit Stockbetten und dazugehörigen Spinden und Hockern wärmte ein großer schwarzer Stahlofen

mit einem bis zur Decke reichenden, dicken Abzugsrohr. Zwei große rechteckige Tische in der Raummitte komplettierten die Einrichtung.

Das Soldatenleben im Ausbildungslager begann. Es konnte nach der Heeressammelstelle in Wien und nach dem kalten und harten Nachtquartier in Gmünd nur noch besser werden. Nach einigen Tagen Haltungs-, Bewegungs- und Marschübungen setzte sofort die Ausbildung im Gebrauch der Waffen ein. Bereits nach einer Woche ging's zum Scharfschießen am 16 Kilometer entfernten Truppenübungsplatz. Die Kilometer marschierend zurückzulegen, gehörte zum Ausbildungs- und Leistungsprogramm. Bescheiden verpflegt, bewältigten wir diese Langstreckenmärsche auf den schneebedeckten Straßen bei klirrender Kälte nur mit größter Mühe. Zum Glück hatten die Stürme aufgehört. Die Sonne, obwohl kaum erwärmend, meinte es gut mit uns. Ich bemerkte zwar die Schönheit der hügeligen, bewaldeten Winterlandschaft, aber sich an ihr zu erfreuen, gelang mir nicht. Zu sehr betrübte mich die Aussichtslosigkeit der Ausbildung zum Endkampf.

Nachrichten des Großdeutschen Rundfunks bekamen wir nur ab und zu beim Mittag- oder Abendessen im Speisesaal zu hören. Anscheinend wollte der Lagerkommandant die Wehrertüchtigung seiner jungen Soldaten nicht mit zu vielen deprimierenden Meldungen untergraben.

Ende Jänner 1945 Freizeit

Am Sonntagnachmittag schrieb ich bei meinem Bett am Hocker sitzend Helga. Die Rückseite des auf den Oberschenkeln liegenden Tornisters verwendete ich als Schreibpult:
Heute schien den ganzen Tag die Sonne. Jetzt dämmert es. Vormittags spazierte ich durch die hügelige Landschaft in der Umgebung unseres Lagers, das wir für zwei Stunden ausnahmsweise verlassen durften. Die Kälte hielt mich nicht ab, mit Dir, liebe Helga, zu wandern. Nicht nur die winterfeste Bekleidung, auch die Gedanken an Dich wärmten mich. Ich erinnere mich hier immer wieder an den Dunkelsteinerwald. Wenn alles vorbei und friedlich ist, will ich mit Dir hierher fahren, Dir alle Stellen zu zeigen, an denen ich mich mit Dir unterhalte und von Dir träume.

Als heute vormittag, wie fast täglich, hoch am wolkenlosen, hellblauen Himmel wieder Bombergeschwader nach Süden flogen, bin ich ängstlich geworden. Hier sehen die silberglänzenden Flugzeuge faszinierend, nicht bedrohlich aus. Ihre Motoren sind aus großer Höhe nicht als Gedröhn, eher nur als tiefes, harmloses Brummen zu hören, aber wenn sie über Euch sind, die mörderischen Himmelsformationen, dann bist Du hoffentlich in einem tiefen, sicheren Keller."
Vor Angst setzte ich mit dem Schreiben aus. Da trat der kräftig gebaute Kurt zu mir und flegelte mich an:
„Kleiner, weißt nicht weiter? Ich sage dir, du hast das völlig falsch angefangen. Du hast deine Miezekatze sicher noch nicht gevögelt."
„Und was geht's dich an?"
„Gar nichts geht's mich an, Kamerad, aber ich will dir ja nur helfen. Schau, den Weibern muß

man von Anfang an den Herrn zeigen. Die müssen gleich so drankommen, daß ihnen Hören und Sehen vergeht, daß sie nicht wissen, ob's gut ist oder ob's weh tut."
Kurtl steigerte sich in seine Weisheiten: „Ich muß meiner Kleinen keine Liebesbriefe schreiben. Die weiß, wer ihr Herr ist. Die hab ich fest in der Hand, die läuft mir nach, die läuft dort hin, wo ich hinpisch. Das ist Liebe, Burli, die hält, da fährt die Eisenbahn drüber."
Betont ruhig sagte ich: „Kurtl, du hast deine Art und ich hab meine. Ich mach das halt ganz anders."
Die Stubengemeinschaft bildete einen Halbkreis um uns.
„Da bin ich aber neugierig, wie du das machst. Gib her den Wisch, ich werde vorlesen, was du da verzapfst."
Kurtl wollte den Brief nehmen, da trat Ferdl, ein wortkarger Typ, von Beruf Pflasterer, an ihn heran und forderte ihn auf, den Brief nicht anzurühren. Kurtl wurde zornig und beachtete die Warnung nicht. Er griff neuerlich nach dem Blatt. Noch ehe er es nehmen konnte, schlug Ferdl mit seiner rechten Faust zu. Der Schlag landete als Volltreffer auf Kurtls Kinn. Er fiel steif wie ein Stück Holz um. Einige Kameraden halfen ihm auf. Als er wieder einigermaßen stehen konnte, zog ihn Ferdl an der Oberkleidung ganz nah an sich heran und sagte von Angesicht zu Angesicht: „Kurtl, wenn du noch einmal einem Kameraden auf den Wecker gehst, wird es ganz sicher das letzte Mal gewesen sein. Ich werde dich dann so beruhigen, daß du nicht mehr zu dir kommst."

Ferdl ließ von seinem Opfer ab. Kurtl verzog sich auf sein Bett. An diesem Tag schrieb ich nicht mehr weiter. Die Angst aber über die alltäglichen Feindflüge, die nunmehr verstärkt auch nachts erfolgten, wurde ich nicht los.

2. Februar 1945 Mauthausen

Beim Morgenappell, als der Kommandant das Wort ergriff, überraschte die Angetretenen die ungewöhnliche Anrede des Chefs der Kompanie. Auch der Tonfall entsprach nicht der gewohnten Ausdrucksweise.

„Männer, Soldaten, Kameraden! Die Stunde eurer ersten Bewährung ist gekommen! Heute Nacht sind aus dem Gefangenenlager in Mauthausen im Mühlviertel 570 sowjetische Offiziere ausgebrochen."

Während ich auf die Ausführungen achtete, tauchten in meinen Gedanken Bilder von den rauchenden Schloten des Konzentrationslagers auf.

„Es ist ihnen gelungen", betonte der Kommandant, "ein Waffenlager zu plündern. Sie sind daher mit Gewehren, Maschinenpistolen, Maschinengewehren und Handgranaten bestens ausgerüstet und versuchen nun, sich zur Ostfront durchzuschlagen. Wir sind mit anderen Einheiten der Wehrmacht aufgerufen, den Roten Offizieren den Weg abzuschneiden und den Rücken unserer heldenhaft kämpfenden Frontverbände feindfrei zu halten. Ich werde mit meinem Stab unseren Einsatz besprechen. In ungefähr zwei Stunden muß die Kompanie nach Ausgabe der scharfen Munition und der Verpflegung einsatzbereit sein."

Ich dachte fieberhaft nach: In Mauthausen gibt es kein Gefangenenlager, da existiert doch nur dieses Konzentrationslager. Was mag die armen Schweine dazu getrieben haben, aus dem Lager auszubrechen? Blödsinn, diese Frage. Ihre Zukunft, in Rauch aufgelöst zu werden, hatten sie ständig vor Augen. Was riskierten sie also bei ihrem Ausbruch? Das Wissen über Mauthausen und über das Schicksal der Häftlinge und der Gefangenen belastete mich. Auf sie soll ich schießen? Bleibt mir wohl nichts anders übrig, falls sie uns nicht zuvorkommen. Gern hätte ich mit jemandem gesprochen. Mit wem? Die Ermahnung meines Onkels überdeckte die Frage.

Unteroffizier Korinek, der kriegsversehrte Ausbildner des zweiten Zuges, der von Anfang an viel Verständnis für seine Schützlinge, die er häufig seine "Buben" nannte, aufbrachte, durchstreifte mit dem zweiten Trupp seines Zuges eine acht Kilometer lange Waldstrecke. Die achtzehn Schützen zogen, Gewehr im Anschlag, in Reihen durch den Wald. Von Mann zu Mann hielten wir Abstände von ungefähr je zehn Metern ein. Dadurch überblickten wir in Front marschierend auf einer Länge von 200 Metern unsere Umgebung. Allen war jedoch bewußt, daß hinter Bäumen lauernde Feinde nur schwer rechtzeitig aufgespürt werden konnten. Unteroffizier Korinek ging neben mir. Er sprach mich mit meinem Vornamen an:

„Was glaubst du, Sepp, welche Chancen wir bei einem Gefecht hier im Wald haben?"

„Herr Unteroffizier, wenn sie uns überraschen, sieht's für uns nicht gut aus. Allerdings, im Wald hat keiner ein gutes Schußfeld. Da kommt es auf den Kampf Mann gegen Mann an."

„Richtig, nur, wenn sie wirklich Maschinenpistolen haben, sind sie uns im Nahkampf haushoch überlegen."

"Ja, Herr Unteroffizier."

„Sepp, laß hier den Herrn Unteroffizier weg."

Mich freute der Vorschlag des Vorgesetzten, den ich vom ersten Tag an gut leiden konnte und dem ich vertraute.

„Danke Herr...", ich verschluckte den „Unteroffizier" und sagte nochmals, „danke. Ja, unsere italienischen Stutzen sind wirklich nicht ideal. Da muß halt der erste Schuß gleich sitzen, sonst wird man vom Gegner durchsiebt."

"Junge, ich kann dich aber beruhigen. Ich glaube, die ausgebrochenen Gefangenen haben gar keine Waffen. Sie konnten das Waffenlager der Wachmannschaft in Mauthausen nicht plündern."
Ich war erstaunt.
„Warum", ich formulierte aber meine Frage nicht weiter. "Verstehe."
„Was?"
"Ich verstehe die Darstellung des Kommandanten. Dadurch sind wir beim Durchkämmen des Geländes besonders aufmerksam und einsatzbereit."
„So ist es."
Ich überlegte, ob ich sagen sollte, was ich fragen wollte.
„Was liegt dir auf der Zunge?", fragte Korinek.
„Wir sollen also auf unbewaffnete Flüchtige schießen, möglichst sofort, ohne sie zu warnen, ohne sie neuerlich gefangen zu nehmen."
„Befohlen wurde das nicht."
„Befohlen nicht, aber empfohlen."
„Auch nicht, nicht direkt."
Ich schwieg.
„Junge", sagte der Unteroffizier, „du verstehst, unser Gespräch hat nie stattgefunden. Ich rede mit dir so, weil du mich so stark an meine zwei jüngeren Brüder erinnerst. Sie sind beide an der Ostfront gefallen."
Eine Weile marschierten wir wortlos nebeneinander, ehe ich sagte:
„Mein ältester Bruder ist jetzt im Westen vermißt. Die Hölle von Welikije-Luki hat er überlebt. Der andere, ebenfalls ältere Bruder kämpft wahrscheinlich im Norden an der Oder. Mein Vater hat seinen Einsatz als Eisenbahner auf der Krim nicht überlebt."
Wieder schwiegen wir eine Weile. Korinek sagte:
„Meine Frau ist im November beim ersten Bomben-

angriff auf München umgekommen. Zeit, daß der Scheiß Krieg bald aus ist."

Im Bereich unserer Kompanie kam es zu keiner Feindberührung mit den geflohenen russischen Offizieren aus Mauthausen.

Das war die berüchtigte „Mühlviertler Hasenjagd", die Sepp am Rande, zum Glück nicht als Beteiligter, erlebte. Die verbale Unverblümtheit der SS in der Bezeichnung der Greueltat hatte Monika immer ganz besonders erschütternd gefunden.

Lauft ihr Hasen uns zur Freude, uns zur Jagdlust. Mager seid ihr und geschunden, taugt zu keinem Braten mehr. Glanzlos euer räudiges Fell. Wir haben uns die Bäuche vollgeschlagen all die Jahre mit Hasenrücken, gebraten, Hasenlauf in Rahmsoße, Hasenkoteletts, Hasenjungem und Hasenragout. Wir haben die Häute gegerbt und die Felle gestapelt. Unsere Kammern sind voll bis zur Decke und die Mäntel wärmen uns. Dass ihr Ausschussware seid, ist uns gleich und unseren Hunden erst recht. Hopp, hopp, nur keine Müdigkeit! Ihr wolltet aus dem Stall ausbrechen in die freie Wildbahn, bitte sehr. Jetzt klopft euch das Hasenherz bis zum Hals, es ist erbärmlich.

26. Februar 1945 Der Brief

Helgas und Mutters Briefe stellten für mich in der abgeschiedenen Wartestellung die einzige Verbindung mit der Außenwelt dar. Briefe von den Brüdern konnte ich nicht erwarten. Die Unteroffiziere verteilten die Post nach dem Mittagessen im Speisesaal. Die meisten öffneten ihre Briefe erst auf der Stube. Auch ich hielt an dieser Gepflogenheit fest. Ich wollte wie sie die Briefe in Ruhe lesen.

Unteroffizier Korinek übergab mir einen Brief. Er kam von Mutter. Im Quartier setzte ich mich auf den Hocker an der Stirnseite meines Bettes und öffnete den Briefumschlag. In großer, zittriger Schrift teilte Mutter mit:
„Mein lieber Bub!
Helga ist gestern bei einem Bombenangriff in Wien getötet worden."
Kein Datum, kein weiters Wort stand am Blatt. Es wäre auch jedes weitere Wort belanglos geblieben. Ich las den Satz mehrmals. Im Augenblick gab es für mich nur den Tod Helgas. Helga haben sie umgebracht! Nur daran konnte ich denken. Tränen verschleierten meinen Blick.

Ferdl kam zu mir. Er legte seine Hand auf meine Schulter. Ich gab ihm den Brief. Ferdl verlas leise die Todesnachricht für die still gewordenen Kameraden. Nach einer Weile sagte er:
„Sepp, es tut mir leid, es tut uns leid."
Jemand holte Unteroffizier Korinek. Mitfühlend sagte er zu mir:
„Wein dich aus, Sepp. Du bleibst heute dienstfrei. Ich komm später wieder vorbei."

Vor Dienstschluß, ich war noch allein auf der Stube, kam Korinek und setzte sich zu mir.
„Ich versteh dich sehr gut, mein Junge. Du weißt, meine Frau haben sie ja auch erschlagen. Ich habe niemanden mehr. Du hast noch deine Mutter und vielleicht auch noch deine Brüder. Soll sie dich auch verlieren? Du bist vielleicht ihr Letzter."
Er hielt den Atem an, bevor er weiter sprach:
„In spätestens drei Wochen wird die Front zu uns kommen, dann werden auch wir eingesetzt. Sepp, ich verschaff' dir für nächste Woche eine Kurierfahrt nach Wien und eine für drei Tage begrenzte Aufenthaltsbewilligung für den Wehrkreis Siebzehn. Fahr nach Hause und tauch unter.

Der Krieg wird nicht mehr lange dauern."
Er blickte in meine wäßrigen Augen.
„Danke", sagte ich leise.
„Ist schon gut."
Der Unteroffizier drückte mir fest die Hand.
„Machs gut", sagte er und ging.

Monika war beim Lesen ganz eng in der Kehle geworden. Der Hals schmerzte fast. Schluckbeschwerden. Sie konnte sich nicht damit trösten, dass es nur ein Roman war, eine ausgedachte Geschichte, traurig zwar, aber nicht wahr.

War einst ein Büblein, das musste Soldat sein im finsteren Wald, im kalten Schnee, wo der Mensch dem Menschen ein Wolf war. War einst ein Mägdlein, das musste ihn lassen und bangte so sehr. Da kamen die Jäger und als es getroffen, sah es ihn nimmermehr. Ein gefrorener See, ein totes Reh. In jedem Haus ein leeres Bett oder zwei. Und die Herzen so wund und die Gräber so voll und die Not so groß.

Das war bereits Ende Februar 45 gewesen, als es Helga noch erwischt hatte. Monika rechnete. Zweieinhalb Monate vor Kriegsende. Mit ein wenig Glück hätte es ein Wiedersehen zwischen Sepp und Helga gegeben. Oder? Hätte der Unteroffizier Korinek ihm dann zum Desertieren verholfen? Wohl kaum. Wäre dann nicht Sepp in einer der letzten sinnlosen Schlachten gefallen? Die Wahrscheinlichkeit war hoch. So aber musste er seine erste Liebe begraben. Monika wünschte ihm eine neue Liebe. Später, wenn die Wunde verheilt war. Zunächst musste er, sechzehnjährig, seine Haut retten.

8)

Als Monika Amstetten hinter sich ließ und auf die Straße Richtung Neustadtl einbog, hatte sie das Gefühl nach Hause zu kommen.

Während hier die Zeit in einem angenehmen Tempo verging, waren die Stunden in Wien verflogen. Am Vormittag hatte sie ihre KollegInnen besucht, die sie erst mit großem Hallo begrüßten, ihr ein blendendes Aussehen bestätigten - um zehn Jahre jünger sehe sie aus - und dann unter der Last ihrer Arbeit stöhnten. Aber ob sie sich denn nicht langweile, so ganz allein am Land. Was sie denn immer treibe. Monika sagte, die Pflege des Grundstückes brauche ihre Zeit, außerdem lese sie viel, wandere, schwimme, fahre mit dem Rad, mache Ausflüge. Im Übrigen genieße sie es, nach Herzenslust zu trödeln und auch so richtig faul zu sein. Diese Seite hätte sie erst jetzt an sich entdeckt. Wenn das so weiterginge, würde sie womöglich noch zu angeln beginnen. Dann schlug sie ihren KollegInnen vor, sie zu besuchen, ein Anruf genüge. Es fiel ihr ein, dass sie doch ein Sommerfest plante, sogar schon begonnen hatte, eine Gästeliste zu schreiben. Dabei war es bis jetzt aber geblieben. Sie war wirklich unglaublich bequem geworden.

Die Ferialpraktikantin, die für die Zeit von Monikas Abwesenheit aufgenommen worden war, eine Studentin der Theaterwissenschaft, erledigte ihre Arbeit engagiert und erfolgreich, die Organisation der Veranstaltungsreihe für den Herbst im Bockskeller war schon weit gediehen, der eine oder andere Literat oder Musiker hatte noch nicht fix zugesagt, aber sie war schon auf der Suche nach einem Ersatz, für alle Fälle. Monika lobte ihre Tüchtigkeit und dankte ihr. Sie überlegte kurz, ob sie sich überflüssig vorkommen sollte, aber das angenehme Gefühl der Entlastung war doch stärker. Schön wäre es, wenn die Praktikantin auch nach ihrer Rückkehr bleiben könnte, damit wäre ihnen beiden geholfen. Daran war bei der verordneten Sparpolitik natürlich nicht zu denken. Arbeit war zu einem knappen "Gut" geworden. Sie aß mit ihr und den anderen in der Kantine zu Mittag. Eigentlich hatte sie ihren Bruder bei einem Mittagessen treffen wollen, aber der war gerade wieder hinter einem großen Geschäft her, das ihn endlich zu einem reichen Mann machen würde.

Die Augenärztin hatte Monikas Eigendiagnose, die landläufig mit dem hässlichen Wort "Altersweitsichtigkeit " bezeichnet wird, bestätigt und ihr ein Brillenrezept ausgestellt. Anschließend war sie mit Edith ins Kino gegangen, zum "Mann ohne Vergangenheit", weil Monika nie einen Film von Aki Kaurismäki ausließ. Obwohl fast alle seine Filme nach dem gleichen Muster gestrickt waren, konnte sie nicht genug davon bekommen:

Einfacher Mann aus dem hohen Norden Finnlands bricht aus den Wäldern in die Hauptstadt auf, um dort Arbeit zu suchen. Unterwegs fällt er einem Bösewicht, wenn nicht gleich einer ganzen Bande, in die Hände, wird überfallen und ausgeraubt. Mit zwingender Logik wird er nun im Kampf ums Überleben Opfer eines kapitalistischen Ausbeuters. Meist landet er auch noch unschuldig im Gefängnis. Aber es wäre nicht Aki Kaurismäki, wenn sich dessen Tore nicht wieder öffnen ließen - es gibt bei ihm auch die Solidarität der an den Rand Gedrängten, die ein Gleichgewicht zu den Bösewichten herstellen - , vor allem aber die Liebe. Immer wird der Unglücksrabe durch die Liebe einer Frau, im Film ist es Kati Outinen, gerettet. Im "Mann ohne Vergangenheit" tritt sie sogar in Gestalt einer Heilsarmistin auf.
"Heilung durch Liebe. Glaubst du daran?"
"Klar", sagte Edith.

Sie hatte leicht reden. Sie war bisexuell und wenn ein Typ ihr nicht gut tat, fand sie rasch Trost bei einer der dreieinhalb Milliarden bezaubernden Frauen, die die Welt bevölkerten. Selbst wenn man diese Zahl auf die für Edith geeignete Altersgruppe und auf die regionale Erreichbarkeit einschränkte, war die Auswahl immer noch groß genug.

Monika beneidete Edith um ihre geschlechtliche Flexibiliät. Mit ihren eigenen bescheidenen Versuchen war sie kläglich gescheitert. Wie konnte sie nur so verbockt sein und sich auf ein körperliches Anhängsel von etwa 15 cm Länge und 4 cm Durchmesser fixieren?

Sollte sie ihr Glück in Finnland versuchen? Wo "tief in des Waldes dunkel verborgen" eine Hütte stand? Das hatte sie in Nabegg doch auch. In dem ihr bekannten Liedtext glänzte allerdings auch noch hell ein See und "der taufrische Morgen verwandelte die Flur in ein Perlengewand", weshalb aus Gründen des Reimes Finnland als Suomiland bezeichnet wurde.

Was soll's? Sie würde doch nicht zurechtkommen mit einem urwüchsigen reinen Tor, ob er nun Parzival oder Markku Petola hieß. (Ihre Fixierung auf besagtes typisch männliches Körperteil schloss auch noch den Träger vom Typ Alpha mit ein).

"Warum denn in die Ferne schweifen, sieh doch, das Gute liegt so nah!" sagte Edith augenzwinkernd, verabschiedete sich jedoch von Monika mit einem schwesterlichen Kuss auf die Wange. Als "Kandidatin" hatte sie sie längst aufgeben und als "platonische" Freundin akzeptiert.

Sie fuhr bergauf, bergab. Das hügelige Land mit seinen Blumenwiesen, Feldern und Obstbäumen war nur vereinzelt besiedelt, meist waren es kleine Bauernhäuser, ehemals Keuschen, nur wenige Vierkanthöfe. Nur selten kam ihr ein Auto entgegen. Sie passierte Neustadtl, die Abzweigung nach Hössgang und schließlich das Gebäude der freiwilligen Feuerwehr. Beim Kriener saßen die Bauersleute auf der Bank vor dem Haus, was sie, die fast immer mit irgendeiner Arbeit zugange waren, selten taten, aber offenbar hatten sie ihr Tagwerk schon beendet. Monika unterbrach ihre Fahrt, stellte das Auto ab und stieg aus, die Nachbarn zu begrüßen. Der Rauhaardackel lief ihr bellend und schwanzwedelnd entgegen. Die Krieners luden sie ein Platz zu nehmen. Frau Kriener ging ins Haus und kehrte mit Brot, Speck und Most wieder.

"Oder wollens lieber einen Hollerschnaps?"
Monika lehnte dankend ab. Sie sah sich um, genoß die friedliche Abendstimmung. Die Hänge, die dem Vieh als Weide dienten, waren frisch gemäht und es duftete nach Gras. An den Bäumen reiften Äpfel und Birnen. An der Wäscheleine trockneten Schürzen neben Blusen, Hemden neben Spielhöschen, rot- und blau-weiß-karierte Geschirrtücher neben einem Leinentischtuch. Der jüngste Sproß der Bauernfamilie zog auf seinem Dreirad seine Runden zum Leidwesen schwarzer, weißer, getigerter und gescheckter Katzen aller Größen.

Man unterhielt sich über das Wetter, den wunderbaren Sommer, der - weder zu trocken, noch zu verregnet - auch den Bauern recht kam. Monika würdigte den Most, Eigenbau, für den Herr Kriener schon so manche Aufzeichnung erhalten hatte, und schenkte den aufgeschürften Knien der kleinen Kriener-Tochter gebührende Beachtung, ließ sich den Hergang dieses Fahrradunfalls erzählen. Sie lobte die Landschaft, die Ruhe, die gute Luft - wo gäbe es so etwas heutzutage noch. Sie sei so froh, dieses Haus gefunden zu haben, ein Ort zum Wohlfühlen, sie sei hier schon richtig heimisch geworden, aber eigentlich wisse sie noch viel zu wenig über seine Geschichte. Wer denn früher hier gewohnt habe. Sie kenne ja nur den letzten Besitzer, Herrn Schweda, der ihr das Haus verkauft habe.
Ja der Herr Schweda, der sei ja nur ganz kurz hier gewesen, sagte Herr Kriener. Monika nickte. Sie wisse, dass er aus beruflichen Gründen übersiedeln musste und ihm die Entfernung vom Wohnort zum Wochenendhaus zu groß geworden sei.
Vorher, erzählte Herr Kriener weiter, sei das Unterhöllhäusel viele Jahre - er unterbrach sich um nachzudenken, von 1974 bis 2002, im Besitz einer Wiener Familie gewesen. Das heißt, die letzten Jahre, nach dem Tod seiner Frau, sei eigentlich nur noch er gelegentlich gekommen, hauptsächlich um das Haus und das Grundstück im Schuss zu halten. Gelegen-

tlich habe er auch Besuch mitgebracht. Dann sei er völlig überraschend gestorben, dabei sei er noch gar nicht so alt und sehr rüstig gewesen. Sein Sohn habe das Haus dann sehr rasch verkauft. Ein so lieber Mann sei das gewesen, der Herr Tessar, herzensgut und hilfsbereit, und auch entfernt mit ihnen verwandt.

Wieder fühlte Monika diese Aufregung, die mit der Enthüllung von Geheimnissen einhergeht. Sie bemühte sich, nicht durch allzu große Neugierde auffällig zu werden. Obwohl sie ja nichts Verbotenes tat, hielt sie ihren Fund und die damit verbundenen Erforschungen geheim. Mit einer Frage nach dem Grad der Verwandtschaft nachzusetzen, erschien ihr jedoch angemessen.

Also die Mutter vom Herrn Tessar, die Anna, sei eine geborene Kriener gewesen. Stammte von *Rotte Sand,* wo der Hof ihres Vaters direkt an der Donau neben dem Treppelweg gegenüber von Sarmingstein angesiedelt war. Eines Tages beim Bau des Kraftwerks Ybbs-Persenbeug musste der Hof dem Stauraum weichen.

Monika befiel das unsinnige Bedürfnis zur Donau hinunter zu laufen und an besagter Stelle ins Wasser zu tauchen, als könne sie dort noch den Hof mit dem Onkel antreffen, bei dem Sepp so oft seine Sommerferien verbracht hatte und der ihn in der schlimmen Zeit über Mauthausen aufgeklärt hatte. Aber natürlich war der Hof ja nicht überflutet, sondern vorher abgetragen worden.

Jedenfalls sei der Tessar eines Tages mit seiner Frau hier aufgetaucht, um das Unterhöllhäusel zu besichtigen. Sie hätten schon die längste Zeit ein Haus auf dem Land gesucht und von der Anna erfahren, dass der dort ansässige Fink, ein Maurer und Nebenerwerbsbauer, verkaufen wollte, weil er ein neues Haus bei Ybbs baute. Um den Zustand des Hauses und seinen Komfort sei es allerdings äußerst schlecht bestellt gewesen, erzählte Frau Kriener, nur kaltes Fließwasser, Plumpsklo. In vielen Jahren hätten die neuen Eigentümer dann das Haus renoviert; Herr Tessar sei in der

Gegend als "der fleißige Wiener" bezeichnet worden. Anfangs hätten sie jedes einzelne Möbelstück mit dem Schubkarren, später dann mit einem ausrangierten Traktor auf dem Anhänger transportiert.

Man sähe, wieviel Liebe in dem Haus stecke, sagte Monika, ein wahres Schmuckkästchen.

Der Sohn habe das Haus dann also verkauft. Sei er das einzige Kind gewesen?

Nein, da gäbe es noch zwei Töchter. Die ältere lebe allerdings in Amerika. Aber auch von der jüngeren hätten sie nichts mehr gehört, sie habe sich nicht mehr blicken lassen.

Inwischen war es dämmrig geworden. Monika verabschiedete sich und fuhr im Schritttempo auf dem schmalen Weg bis zum Autoabstellplatz am Waldrand. Dort packte sie ihre Einkäufe, die sie in Amstetten gemacht hatte, in den großen Rucksack, zog ihre festen Schuhe an und marschierte bergab durch den Wald. Hier war es bereits fast finster. Die Grillen zirpten und Monika hielt nach Glühwürmchen Ausschau. Der Rucksack war schwer. Monika nahm ihn ab und setzte sich auf einen Baumstamm zum Rasten. Sie sah eine Eule, die sie von ihrem Ast aus aufmerksam betrachtete. Monika erwiderte ihren Blick.

„Oder bist du ein Kauz?“, fragte sie unsicher. Der Vogel plusterte sich auf und drehte seinen Kopf erst zur einen, dann zur anderen Seite.

„Nein, nein“. „Verzeih mir“, sagte Monika, „ich bin nicht so weise wie du“. Die Eule schaute belustigt. Monika erhob sich, schulterte ihren Rucksack. „Ciao Eulalia“, sagte sie und setzte ihren Weg fort.Vor der Haustüre auf der Terrasse traf sie, wie meist um diese Zeit, Esmeralda an.

"Gleich leiste ich dir noch ein wenig Gesellschaft", sagte Monika. Sie sperrte die Tür auf, packte den Rucksack aus und verstaute die Vorräte. Dann ging sie wieder hinaus.

"Lange Zeit habe ich Kröten für verwunschene Prinzessinen gehalten", begann Monika ein Gespräch.

"Prinzessin, igittigitt." Esmeralda hob die ledrigen Lider. "Der Hofstaat, das Zeremoniell, das affektierte Getue. Und erst die Prinzen, die einem nach der Freiheit trachten. Tausche Korsett gegen Warzenhaut, Barockgarten gegen Wald und Wiese, Springbrunnen gegen Tümpel, Small talk gegen Unkenruf, Jet set gegen Krötenwanderung."
Esmeraldas Lider senkten sich wieder und sie verfiel in Schweigen.

Der Abend war so lau, dass Monika keine Lust hatte schon ins Haus zu gehen. Sie holte Sepps Aufzeichnungen und machte es sich wieder auf der Gartenbak bequem.

29. Februar 1945 Unerwartet

Mutter weinte, als sie mich, ihren "Kleinen" in ihre Arme schloß. Ich war ohne Voranmeldung gekommen.
„Oh Gott, laß es wahr sein. Wieso bist du hier? Wie lange wirst du bleiben?"
Ich erzählte ihr vom Unteroffizier Korinek:
„Er hat mich wie seinen Sohn behandelt. Er hat mir mit den Papieren für drei Tage Luft verschafft, aber am besten ist es, wenn ich sofort untertauche. Nach drei Tagen bin ich Deserteur. Du weißt, was das bedeutet."
Mutter fragte, wie das nur funktionieren sollte. Einfach nicht mehr aus der Wohnung gehen? Wie sollte ich mich verstecken, wenn sie mich suchten, wenn eine Kontrolle die Wohnung durchsuchen würde? Mutter schlug vor, bis zum Kriegsende beim Onkel an der Donau unterzutauchen. Nach längeren Beratungen entschloß sie sich, mit dem Hausarzt, der auch als Arzt in der Musterungskommission saß, zu sprechen. Alle Patienten verehrten den freundlichen und verständnisvollen Doktor. Bei ihrer Vorsprache hütete sich Mutter, mit der Tür ins Haus zu fal-

len. Sie äußerte Bedenken über mein Drängen, trotz starker Schmerzen in der Herzgegend unbedingt so rasch wie möglich die Front zu verstärken.
„Wenn ich den Sepp nach meinem Mann und nach seinen vermißten Brüdern auch noch verliere, werde ich verrückt", klagte sie ihren Schmerz. „Wahrscheinlich hat er eine Herzklappenentzündung. Der dumme Bub weiß ja nicht, welches Risiko er eingeht, wenn er seine Beschwerden nicht meldet."
Doktor Bierbaum forderte sie auf, unbedingt und unverzüglich ihren Jüngsten zu ihm zu schicken Er hatte begriffen, worum es der Frau ging. Der Arzt war zwar, wie die meisten Ärzte, wohlverhaltendes Mitglied der NSDAP, aber er gehörte nicht zu den fanatischen Parteimitgliedern. Längst wußte auch er, daß der Krieg nicht mehr zu gewinnen war. Er nutzte seine Möglichkeit, mich krank und behandlungsbedürftig zu schreiben und als arbeits- und wehrunfähig zu beurteilen.

Herzklappenentzündung. Monika nickte. Der Befund war nicht so unrichtig. Am Anfang war das Herzklopfen gewesen, als Helga auf der Schulbank Sepp gefunkt hatte. Sein Herz hatte schneller geschlagen, mehr Blut in die Arterien gepumpt, sein Gesicht hatte sich mit Röte überzogen.

In der Wiese an der Traisen mit Helga auf der Decke hatte sein Herz Purzelbäume geschlagen. Später dann im dunklen Wald, im Dunkelsteinerwald, als sich die Bäume zur Armee formierten, hatten sie Schatten auf sein Herz geworfen. Schattenherz.

Zum Abschied hatte sich ein eiserner Ring um sein Herz gelegt. Soldat Eisenherz, mit stummem Schrei nach Norden. Rauhreif hatte das Herz überzogen. Es war schwerer geworden mit jedem Tag und banger. Bangeherz (verlass mich nicht, Liebste!)

Das Leben gelassen, sie. Das Liebste verloren, er. Das Herz tot wie Stein. Steinherz. Die Tränen hatten den Stein erweicht, bis er das Herz wieder freigab. Die Klappen entzündet.

Frühlingserwachen

Die sonnige, warme Frühlingswitterung belebte sichtbar die Natur, während Menschen Tag für Tag sicht- und spürbar Leben bedrängten, zerstörten. Die unaufhaltsam näher rückende Front versetzte die Bevölkerung St. Pöltens in Panik. Eine Massenflucht nach Westen setzte ein. Die ausharrenden Bewohner der Stadt erwarteten ängstlich den Vormarsch der Russen.
"Wird St. Pölten zur Festung oder zur offenen Stadt erklärt?", rätselten die Bleibenden. Kuckucksrufe im Radio, die feindliche Bombenverbände ankündigten und das markdurchdringende Heulen der Fliegeralarmsirenen verstärkten die wachsende Angst vor der englischen und amerikanischen Luftwaffe, obwohl bisher auf die Stadt noch keine einzige Bombe gefallen war. Die heftigen Luftangriffe richteten sich bisher gegen die Raffinerie in Moosbierbaum und gegen Wien.

1. April 1945 Ostersonntag

Ich lag noch im Bett, als gegen neun Uhr die Luftschutzsirenen heulten. Mutter rief:
„Sepp, wenn dich schon nicht die Sonne am Ostersonntag aus dem Bett treibt, wird es jetzt Zeit, aufzustehen. Du weißt, bis zum Alarm sind die Abstände immer kürzer geworden. Raus aus den Federn!"
"Und ist es nicht egal, ob mich die Bomben im Bett erschlagen oder angezogen? Wir gehn ja sowieso nicht in den Splittergraben."

„Sollten wir uns aber angewöhnen."
Noch schneller als erwartet heulten die Alarmsirenen. Nach wenigen Minuten bereits vernahm ich die fernen Motorengeräusche der anfliegenden feindlichen Verbände. Das tiefe Gebrumm der viermotorigen Flugzeuge kam näher. Das könnte gefährlich werden, dachte ich. Ob sie zu einem Angriff ansetzen? Entschlossen faßte ich Mutter an der Hand und rannte mit ihr aus der Baracke auf die Wiese zum Splittergraben. Noch ehe wir den nahegelegenen Schutzraum aus Betonröhren erreichten, durchdrang helles Zischen und Pfeifen das ohrenbetäubende, vibrierende Dröhnen der Flugzeugmotore. Ich warf mich, Mutter mitreißend, zum dicken Stamm des nächsten Kastanienbaumes. Die Trommelfelle schienen dem Detonationslärm und den Druckwellen der Sprengkraft nicht mehr standzuhalten. Staubwolken verfinsterten die Sicht. Ein Hagel von Sand- und Mauerkörnern prasselte zu Boden. Nachdem die Explosionen vorbei waren, sprang ich mit Mutter auf. Wir liefen zum Splittergraben. Mit den Fäusten schlug ich gegen die verschlossene Panzertür. Ein Luftschutzwart öffnete. Keuchend hasteten wir in den Schutzraum. Keine Sekunde zu früh verriegelte der Helfer die Tür, als neuerlich der Weltuntergang anzubrechen drohte. Die Erde bebte. Einige Frauen beteten, Kinder schrieen.

In sieben Wellen flog der alliierte Kampfverband die Stadt an und legte mehrere Straßenzüge in Trümmer. Wer graben konnte, grub nach Verschütteten. Am Nachmittag setzte sich ein Flüchtlingsstrom tausender Stadtbewohner nach Westen in Bewegung. Bis zum Anbruch der Nacht bargen Rettungs- und Hilfsmannschaften über 200 Tote.

2. April 1945 Ostermontag

Abermals kündigte der Sonnenaufgang einen herrlichen Tag an, doch die St. Pöltner hätten einen wolkenverhangenen, regnerischen Tag dem Schönwetter vorgezogen. Zeitig in der Früh belagerten Tausende mit ihren Habseligkeiten die westliche Bahnausfahrtsstrecke, um sich nach Möglichkeit mit einem Zug von der Stadt abzusetzen. Vom zerstörten Hauptbahnhof und dem schwer beschädigten Frachtbahnhof konnten sie allerdings keine Zugsgarnitur erwarten. Die einzige Hoffnung bestand in der Annahme, daß von Melk oder Amstetten Züge die Flüchtlinge holten. Zur gleichen Zeit wie am Vortag übertönte der Kuckucksruf die Radiosendung. Als die Sirenen vorwarnten, eilten bereits viele zu den relativ sicheren Kellern der Kirchen. Viele suchten auch in den tiefen Weinkellern in den Hügeln am Nordwestrand der Stadt Schutz. Auch Mutter und ich eilten nach Nordwesten. In das Heulen der Sirene mischte sich rasch anwachsendes Motorengeräusch von Flugzeugen. Es klang ganz anders als das dumpfe Brummen und Dröhnen der viermotorigen Bomber. Einige Luftschutzwarte forderten schreiend die panisch Laufenden auf, sich links und rechts an den Straßenrändern hinzulegen. Ich drückte mich mit Mutter an den Mauersockel der Einzäunung des allgemeinen Krankenhauses. Ich schaute zum Himmel, als über die mit Zivilbevölkerung vollgestopfte Straße mehrere doppelrumpfige englische Jagdflugzeuge verhältnismäßig langsam und niedrig flogen. Ich konnte die Piloten und ihre Heckschützen erkennen. Die Jäger zogen eine Schleife und kehrten in entgegengesetzter Richtung zurück. Auch diesmal eröffneten sie nicht das Feuer und drehten ab. Die Kolonne setzte ihren Marsch zu den

Weinkellern fort. Niemand sprach. Der Schrecken saß tief. Kleinkinder weinten.

Obwohl, wie am Sonntag, ebenso rasch der Vollalarm einsetzte, blieben die Bomber aus. Die Bevölkerung erreichte, ohne in einen Luftangriff zu geraten, die Schutzräume. Während Mutter wie alle übrigen im Keller die Entwarnung abwartete, setzte ich mich auf die Wiese der Kellerhügel. Ich betrachtete über die Ackerflächen blickend im Westen den Dunkelsteinerwald und dachte an Helga. Jetzt könnte ich mit ihr hier Hand in Hand das Frühlingserwachen miterleben. Osterspaziergang, Auferstehung. Auferstehung ?

Fernes Gebrumm führte meine Aufmerksamkeit zurück zum augenblicklichen Geschehen. Das mußten die feindlichen Bomberverbände sein. Bald erkannte ich die Flugzeuge als glitzernde Punkte im wolkenlosen, hellblauen Himmel. Es waren verdammt viele. Sie flogen die Stadt von Südwesten an. Wenn sie heute wieder abladen, überlegte ich, werden sie niemand mehr in den Wohnungen oder auf der Straße überraschen. Aber was hilft das schon? Nur in den tiefsten Kellern gibt es einigermaßen Sicherheit, die normalen Hauskeller schützen nicht vor den Tausendkilobomben.

Weder Jagdflugzeuge der Luftwaffe, noch Flak störten den Anflug des alliierten Kampfverbandes. Ich starrte auf die dröhnenden fliegenden Festungen. Wie gestern, nur aus sicherer Entfernung, vernahm ich das Pfeifen der ausgeklinkten Bomben. Mit der Explosion der ersten Bomben überdeckten die folgenden Detonationen jegliches andere Geräusch. Der größte Teil St. Pöltens verschwand in Wolken vom Gemäuer berstender Häuser und in Rauchschwaden von Bränden. Langsam senkten sich die Staubmassen.

Aus den brennenden Wunden der Stadt stiegen senkrecht Rauchsäulen in den àzurblauen Himmel. Scheinbar erstarrte auch der Wind.

Fische tummelten sich im Fluß, in dem sich der Himmel spiegelte. Die Strömung wälzte die Steine am Grund, das erzeugte ein singendes Geräusch. Am Ufer streiften die Zweige der Trauerweiden die glitzernde Wasserfläche. Hohe Pappeln wiegten sich im Wind, der das Wasser kräuselte. Libellen schwirrten mit schillernden Flügeln über Sumpfgräsern. Ab und zu sprang ein Fisch, um nach einer Mücke zu schnappen.

Als die Fischer kamen in ihren Booten, hielt der Wind kurz den Atem an und der Fluss stoppte seinen Lauf. Die Fischer zündeten Dynamit. Das Wasser wurde umgewälzt, Schlammbrocken wurden an die Oberfläche geschleudert und tote Fische trieben mit dem Bauch nach oben in Blutlachen. Das wiederholte sich einige Male, bis das Wasser gänzlich rot gefärbt war.

Monika fuhr hoch. Esmeralda war ihr auf die Brust gehüpft. Sie war beim Lesen auf der Bank eingeschlafen. Wie fürsorglich von ihr, sie zu wecken. Sie könnte sich verkühlen, nachts wurde es feucht draußen. Monika ging ins Haus, putzte sich die Zähne, duschte und ging mit ihrer Lektüre zu Bett.

3. April 1945 Wie oft und wie lange noch?

Der erwartete Kuckucksruf und das Heulen der Luftschutzsirenen blieben aus, obwohl erstaunlicherweise Radio und Stromversorgung noch immer funktionierten. Was war geschehen? Gönnten die Alliierten der Zivilbevölkerung eine Pause? Wieder herrschte beängstigendes Schönwetter. In der Innenstadt vernagelten Geschäftsbesitzer notdürftig zerborstene Auslagen und Türen, ehe auch sie den Marsch in den Westen antraten. Das Leben in der zentral gelegenen Industriestadt versiegte. Ausgehöhlt, verlassen standen die Häuser in den Geschäftsstraßen. Kaum eine Fensterscheibe hatte die Feiertage überstanden. Ruinen ragten gespenstisch zum Himmel.

4. April 1945 Schützenlöcher

Ich lehnte von außen am offenen Zimmerfenster der Wohnung der Familie Gruber in der elften Baracke. Ich sprach mit Hans, dem querschnittsgelähmten neunzehnjährigen Sohn der Eisenbahnerfamilie über die veränderte Situation seit den Luftangriffen. Hans Gruber hatte es gleich bei seinem ersten Einsatz an der Ostfront erwischt. Knapp vor den Feiertagen war der Schwerbehinderte, der sich nur mühsam mit zwei Krücken fortschleppen konnte, aus dem Truppenspital in die elterliche Wohnung übersiedelt und hatte sie während der Luftangriffe nicht verlassen.
„Hans, wenn sie heute Ruhe geben sollten, müssen wir etwas für deine Sicherheit tun", sagte ich.
„Sicherheit?" fragte Hans. „Was stellst du dir vor?"

„Schau, die Front kommt immer näher. Ich denk da nicht nur an dich, ich denk da an uns alle. Wer weiß, vielleicht sind sie gar nicht mehr in der Lage, Alarm zu geben und die Brummer kommen wieder? Dann bleibt niemand mehr Zeit, wegzulaufen."
„Und, was dann?"
„Dann wäre es doch gut, wenn sich jeder wenigstens in ein Loch verkriechen könnte."
„Du meinst in ein Schützenloch?"
„Ja".
Hans fand meine Idee beachtenswert und wies darauf hin, daß ein Deckungsloch nicht nur bei Luftangriffen, sondern auch bei Artillerieduellen gut sein würde.
„Also, dann ans Werk", sagte ich und holte aus dem Holzschuppen Krampen und Spaten. Bevor ich mit dem Aushub der Erde auf dem Wiesenfleck vor Grubers Wohnung begann, zog ich mein Hemd aus. Bald kam ich ins Schwitzen. Hans erklomm das Fensterbrett. Mit seinem Rücken lehnte er seitwärts am Fensterstock, seine Füße baumelten ins Freie.
„Eigentlich gehts mir gut", stellte er fest. „Ich hab es geschafft. Ich muß nicht mehr arbeiten und kann denen, die für mich arbeiten, dabei zuschaun."
„Dafür hast du für uns deinen Schädel hingehalten."
„Für wen oder was ich den Schädel hingehalten habe, ist mir nicht ganz klar."

Am selben Tag begann der Kampf um Wien.

In St. Pölten harrten ungefähr fünftausend von achtunddreißigtausend Einwohnern aus. Sie warteten, egal was noch alles geschehen sollte, das Kriegsende in ihrem Wohnort ab. Selbst vor den

Russen wollten sie nicht davonlaufen. In den wenigen noch offenen Läden gab es noch immer aus Lagerhausbeständen ausreichend Nahrungsmittel wie Trockenmilch, Zucker, Mehl, Marmelade und Konserven. Die Bäcker deckten, entsprechend den Lebensmittelmarken, den Brotbedarf zur Gänze ab. Die Versorgung mit frischen Lebensmitteln wie Milch, Fleisch, Butter und Eiern war nur mehr durch Eigeninitiative in der ländlichen Umgebung möglich.

13. April 1945 Wien gefallen,
Warten auf die Russen

Die Meldung des "Restdeutschen Rundfunks", wie ihn ironisch die Hörer nannten, vom Fall Wiens verstärkte die Gewißheit, daß der Angriff der Roten Armee auf St. Pölten bevorstand. Stündlich erwarteten die Ausharrenden angespannt das Vordringen der Sowjets. Die Frage, ob bei Feindalarm St. Pölten verteidigt werden würde, beantworteten Militärs und Behörden ausweichend.

Kurz nach dem Mittagessen, Hans und ich sonnten uns vor Grubers Wohnung, marschierte eine Kompanie der ungarischen Infanterie nördlich am Barackenlager vorbei. Dumpfes Motorengeräusch übertönte das Getrampel der Marschierenden. Rasch verstärkte sich der Lärm eines Bomberverbandes. Ich sprang auf und schrie, während ich zu Mutters offenem Fenster lief:
„Fliegeralarm!“
Mutter kam zum Fenster. Ich rief ihr zu, sich rasch unter ein Bett zu legen. Dann kehrte ich um und lief zu Hans. Ehe ich in meine Grube sprang, schleppte ich den Halbgelähmten in das für ihn ausgehobene Deckungsloch. Hans verdeckte sein Schützenloch mit einem der beiden mas-

siven Holzdeckel, die ich gleich nach dem Grubenaushub angefertigt hatte. Den Luftraum beobachtend, hielt ich meine Deckung offen. Das Dröhnen der Motore wurde immer lauter. Von Nordosten donnerten schätzungsweise 20 zweimotorige, tieffliegende Bomber heran.

Der Abwurf dauerte nicht länger als zwanzig Sekunden. Für uns in den Schützenlöchern schienen es die längsten und letzten Augenblicke zu sein. Erde und Schutt prasselte auf unsere Deckel. Als wir, von den Explosionen fast taub, wieder Stille wahrnahmen und unsere Holzdeckeln zur Seite schoben, warteten wir ab, ob der Bomberverband neuerlich zu einem Anflug ansetzte. Erst als wir überzeugt waren, daß der Angriff vorbei war, verließen wir unsere schützende Deckung. Die elfte Baracke war zwar nicht getroffen worden, aber über unsrer Wohnung war teilweise die Decke eingestürzt. Das Bett, unter dem meine Mutter lag, hatte den herabstürzenden Trümmern standgehalten. In die dreizehnte Baracke hatte eine Bombe direkt eingeschlagen und eine Bewohnerin getötet. Weitere Opfer hatte der Angriff unter der Zivilbevölkerung nicht gefordert.

Die Mieter der elften Baracke beschlossen, sofort in einen leerstehenden Weinkeller am nordwestlichen Stadtrand zu übersiedeln. Mit Fahrrädern und Handwagen transportierten wir bis spätabends Bretter, Betteinsätze, Matratzen, Bettzeug, Lebensmittel, Petroleumkocher, Geschirr und den übrigen Bedarf des täglichen Lebens! Seidlhuber, der alte Eisenbahner, überprüfte und ergänzte die elektrische Beleuchtung des Kellers. Auch eine batteriegespeiste Notbeleuchtung installierte er. Nach zweiundzwanzig Uhr verstummte in der neuen Behausung der elften Baracke das letzte Geflüster der Wohngemeinschaft. Gegen Luftangriffe konnten wir uns sicher fühlen. Unser Kellergewölbe umhüllte ein gut 20 Meter hoher Hügel. Gefahr drohte nur durch Bomben, die schräg in den engen Hohlweg zwischen den Kellereingängen einschlagen würden. Die Wahrscheinlichkeit eines derartigen Abwurfes war kaum vorstellbar. Und Treffer von Artilleriegeschoßen, auch mit schwersten Granaten, mußte in den tiefliegenden Kellern niemand fürchten.

Schrecklich, dachte Monika. Ein wunderschöner Frühling und die Menschen mussten sich in finsteren Kellern verschanzen, ein Maulwurfsdasein führen.

Einst waren die Maulwürfe luftige Geschöpfe gewesen. Hatten das Sonnenlicht geliebt und den Wind, wenn er durch die Gräser strich und über ihre Rücken. Felle hell wie Sommerkleider hatten sie getragen. Leichtfüßig hatten sie den Wiesengrund berührt, bis sich eines Tages der Himmel verdunkelt hatte von schwarzen Vogelschwärmen. Vögel, die sich mit pfeifendem Geräusch und spitzen Schnäbeln auf sie stürzten und ihnen tödliche Wunden zufügten. Die Überlebenden traten die Flucht unter Tag an. Mit ihren zarten Füßen traten sie Löcher in die Erde, bis sie schwielig wurden und breit wie Schaufeln. Sie gruben und gruben unterirdische Gänge, wo kein Sonnenstrahl sich hinverirren konnte, bis sie schwarzbraun wurden und blind.

Monika konnte die Augen kaum noch offen halten. Sie legte das Manuskript beiseite und löschte das Licht.

9)

Monika trat vor das Haus. Ein Sommertag, wie er nicht schöner hätte sein können. Sie stellte die Gartenliege auf, holte ihre Sonnenbrille und Sepps Autobiographie.

Sepp hatte den Krieg und das nationalsozialistische Regime jetzt wohl bald überstanden. Einige Seiten noch, dann endeten seine Aufzeichnungen. Monika war jedoch entschlossen, seine Spur weiter zu verfolgen und die Truhe barg ja noch andere Schätze, die sie heben wollte.

15. April 1945 Die Feinde

Die Morgensonne strahlte wie kaum mehr anders vorstellbar wieder über dem ruhigen Land. Der wolkenlose Himmel verstärkte den friedlichen Eindruck der Natur. Einige alte Männer aus den nunmehr vollständig bewohnten Kellern gingen den Hohlweg hinauf zur Hochebene, Ausschau zu halten.

Ich saß mit Hans auf einer primitiv gezimmerten Bank seitlich vor unserem Kellereingang. Wir genossen die wärmenden Sonnenstrahlen. Unten, am Anfang des Hohlweges, kam Doktor Bierbaum mit einem Begleiter. Beide trugen eine schwere Holzhacke. Sie gingen zum einzigen verschlossenen Keller, in dem noch volle Weinfässer lagerten. Mit wuchtigen Schlägen gelang es ihnen, das Kellertor einzuschlagen. Sie drangen ins Gewölbe ein und ließen den Wein aus allen Fässern sprudeln. Da der Keller wie alle anderen waagrecht in den Hang gebaut worden war, floß allmählich der gesamte Weinvorrat den Kellerweg hinunter. Eine Frau sagte spöttisch zum Arzt: „Da wird sich aber der Herr Kommerzialrat Haselsteiner schön bedanken, daß Sie, lieber Herr Doktor, mit seinem Wein das Gras des Kellerweges gießen."

„Bedanken Sie sich bei mir, liebe Frau, daß sich die russischen Soldaten nicht mehr mit diesem Wein besaufen können. Was glauben Sie, wozu betrunkene Soldaten nach jahrelangem Fronteinsatz fähig sind."

Gegen elf Uhr saßen Hans und ich noch immer in der Nähe des Kellereinganges. Wir überlegten, ob auch wir uns wegen der starken Sonneneinstrahlung und der beklemmenden Stille wie die übrigen Kellerbewohner ins Gewölbe zurückziehen sollten.

Plötzlich tauchten am oberen Ende des Hohlweges mehrere Männer in braunen Uniformen mit Maschinenpistolen in Hüftanschlag auf.

„Russen", sagte Hans leise zu mir. „Ein Voraustrupp."

Die Soldaten näherten sich. Wir standen auf. Ein Soldat fragte uns:

„Wo Soldaten, wo Partisanen?"

„Hier keine Soldaten, keine Partisanen", antwortete Hans auf seine Krücken gestützt.

„Was da drinnen?" Der Russe deutete mit seiner Maschinenpistole zum Kellertor."Nur Zivilisten. Frauen und Kinder, alte Männer."

Weitere Soldaten kamen den Hohlweg herunter. Alle Kellerbewohner mußten ins Freie. Die Sowjets durchsuchten die Keller und vergewisserten sich, daß sich unter den Zivilisten keine kampfbereiten Männer befanden. Dann durfte die Bevölkerung wieder in ihre Notquartiere.

Hans und ich blieben auf der Bank sitzen. Die Soldaten ließen uns unbehelligt. Oberhalb der Keller gingen russische Einheiten in Stellung. Soldaten hoben Schützengräben aus und baggerten Panzer und Sturmgeschütze ein. Unterhalb der Kellerhügel fuhren „Stalinorgeln" auf. Ein kleiner, pockennarbiger asiatischer Offizier kam zu uns. „Hallo Jungs, wie geht es euch?" Er sprach fließend Deutsch.

„Danke", sagte ich erstaunt.
„Das hast du von einem bolschewistischen Untermenschen nicht erwartet, daß er deine Sprache fließend beherrscht", stellte der rundgesichtige Asiate grinsend fest.
Ich errötete.
„Ich kann euch erklären, warum ich die deutsche Sprache beherrsche. Im Frieden war ich in Stalingrad für die Wolgadeutschen bei einer deutschsprachigen Zeitung tätig. Vorher studierte ich in Minsk Germanistik. Wie ihr sehen könnt, bin ich kein emigrierter deutscher Jude", wies er auf sein Aussehen hin und grinste wieder.
Ich kam aus dem Staunen nicht heraus. Der Offizier merkte unsere Verlegenheit. Er bemühte sich um ein unbelastetes Gesprächsklima:
„Ein herrliches Wetter. Viel zu schön, um Krieg zu führen. Höchste Zeit, daß bald Frieden wird."
„Ja", antwortete Hans, "der Krieg dauert schon viel zu lang."
"Wo hat es denn dich erwischt?"
Hans zögerte.
„Entschuldige", sagte der Russe verständnisvoll. „Ich hätte das nicht fragen sollen."
„Wie geht's hier weiter?", fragte Hans.
„Drüben im Dunkelsteinerwald liegt die SS-Leibstandarte Adolf Hitler. Sie ist sehr gut ausgerüstet. Wenn wir hier über die ebene Fläche vorrücken, wird das für uns sehr verlustreich. Daher graben wir uns vorerst am Stadtrand ein. Hier können wir auch einen deutschen Gegenstoß über die Ebene gut abfangen."
„Haben die überhaupt noch die Möglichkeit für einen Gegenangriff?", fragte ich.
„Ich halte eine Gegenoffensive der Deutschen für sehr unwahrscheinlich. Sollten sie aber kommen und sollten wir zurück müssen, dann rate

ich dir, Junge, dich mit uns abzusetzen. Du weißt, was dir bevorsteht, wenn sie dich erwischen, denn du solltest ja eigentlich auf ihrer Seite kämpfen."
„Ja, ich weiß das."
„Oder", fragte der Offizier ernst, „hast du einen Sonderauftrag?"
„Nein", antwortete ich erschrocken.
Am unteren Anfang des Hohlweges parkte eine russische Feldküche. Soldaten stellten sich zum Essensempfang an. Ein Soldat kam zum Offizier und machte eine Meldung. Hans verstand von der Anrede nur die Bezeichnung Kapitan und von der Meldung Guschad (Essen). Der Kapitan schlug vor, alle Kellerbewohner zum Essen einzuladen. Sie sollten sich, wie die Soldaten, bei der Feldküche zur Essensausgabe anstellen. Dann sagte er zu mir:
„Ich komme nach dem Essen wieder. Für mich ist es wichtig, die Stadt zu erkunden. Du führst mich. Ich bin Igor, Kapitän Igor, und wie ist dein Vorname?"
„Sepp."
Der Kapitän reichte mir und Hans seine Hand.
„Bis später", sagte er.
„Das fängt ja ganz gut an", meinte ich.
„Abwarten", bremste mich Hans ein.

Zögernd, aber doch kamen die meisten Zivilisten und stellten sich bei der Feldküche an. Der Eintopf, ein Gemisch aus ungarischem Paprikagulasch mit Gemüse, fand allgemein Zustimmung. Dazu gab es eine dicke Schnitte grobes Brot. Ich erinnerte mich an den Bayrischen Hilfszug. Welche Zeit, welche Ereignisse lagen dazwischen? Kriegsausbruch, glorreiche Siege, totaler Krieg, zerbombte Städte, Rückzug, Hoffnung auf Wunderwaffen, totale Niederlage.

Wahrscheinlich schmeckte das Essen nicht wegen der Zubereitung, sondern hauptsächlich wegen der Haltung der Roten Armee. Die Kellerbewohner atmeten auf. Erleichtert zogen sich die meisten wieder in die Gewölbe zurück. Kein Motorenlärm von Bomberverbänden, kein Geschützdonner, kein einziger Schuß störte die Mittagszeit. War der Krieg schon vorbei?

Jetzt waren sie also da, die Feinde. Die Feinde, sinnierte Monika, haben, wenn sie noch nicht von ihren Feinden verstümmelt wurden, zwei Arme und zwei Beine an ihrem Rumpf. Auf ihrem Hals sitzt ein Kopf und darauf sprießen die Haare. Bei manchen mehr, bei manchen weniger. Manche haben braune Haare, manche schwarze, manche rote, manche sogar blonde. Die älteren sind grauhaarig oder weiß. Im Gesicht haben sie, wenn es noch nicht von ihren Feinden entstellt wurde, zwei Augen mit Brauen darüber, eine Nase und einen Mund. Der Mund öffnet sich, wenn sie gähnen, sprechen oder auch schreien. Im Mund haben sie Zähne, falls sie ihnen von ihren Feinden noch nicht eingeschlagen wurden und eine Zunge, falls sie ihnen ihre Feinde noch nicht herausgerissen haben. Wenn sie sprechen, verstehen sie ihre Feinde meist nicht, so können sie leichter Feinde sein.

Wenn einem Feind die Nase juckt, ob er dann auch sagt „Heute muss ich mich noch ärgern?" Aber vielleicht sagt er auch „Heute wird es daheim schlecht riechen, weil das Essen angebrannt ist.“

Die Feinde essen und sie verdauen. Manchmal haben sie Verstopfung und manchmal Durchfall. Sie lieben ihre Frauen und sie streiten mit ihnen. Sie machen Kinder, spielen mit ihnen und bringen ihnen etwas bei. Wie man ein Baumhaus baut. Wie man im Bach einen Damm errichtet. Wie man einen Kuchen bäckt. Ob sie auch Apfelstrudel backen?

Wenn die Feinde fröhlich sind, dann tanzen und singen sie. Wenn sie grantig sind, machen sie ein finsteres Gesicht und matschkern. Wenn sie traurig sind, ist ihr Herz ganz schwer, die Kehle eng und mancher weint.

Gegen halb zwei Uhr kam der Kapitän mit einem Jeep angefahren. Ich nahm auf der hinteren Sitzbank Platz.
"Führ mich ins Zentrum", verlangte der Offizier.
Ich wählte die kürzeste Strecke. Die Durchfahrt zwischen Hauptbahnhof und Frachtenbahnhof konnten wir jedoch nicht passieren, da sie seit den Bombardierungen zu Ostern noch immer verschüttet war. Erst die provisorisch instand gesetzte Bahnunterführung beim Mühlbach ermöglichte die Zufahrt ins Zentrum. An wichtigen Straßenkreuzungen standen Panzerabwehrkanonen einsatzbereit. Immer wieder begegneten wir patrouillierenden Soldaten. In der Nähe des Rathausplatzes ließ der Kapitän bei einem Elektrogeschäft halten. Tür und Auslage waren von den Luftangriffen zerstört. Aus dem Lagerraum nahm der Offizier ein original verpacktes Radiogerät der Marke Minerva. Als wir das Verkaufslokal verließen, erschreckte uns dumpfer Donner mit darauf folgendem Zischen und Heulen. Granaten explodierten. Der Fahrer des Jeeps sprang vom Wagen. Zu dritt suchten wir Deckung im Lagerraum. Der Feuerüberfall der deutschen Artillerie dauerte nicht lange. Wir fuhren das kurze Straßenstück zum nahegelegenen Rathaus. Rotarmisten kehrten aus Häusern zu ihren abgestellten Mannschaftsfahrzeugen am Rathausplatz zurück. Am Platz selbst sah man keine Spuren von Granateinschlägen, jedoch waren der Rathausturm und die Türme der Franziskaner- und der Karmeliterkirche mehrmals durchschossen.

"Die Deutschen schießen auf alle Türme und hohen Rauchfänge, um eventuelle Artillerie-Feuerleitstellen zu vernichten", sagte der Kapitän.

Am Abend traf ich müde wieder bei den Weinkellern ein. Neugierig befragten mich Mutter und Mitbewohner über die Fahrt mit dem Offizier.

Bei Einbruch der Dunkelheit saßen Hans, Seidlhuber und ich wieder vor unserem Kellereingang. Da sich Zivilisten während der Nacht nicht im Freien aufhalten durften, forderte Seidlhuber uns auf, in den Keller zu gehen. Noch ehe wir hineingingen, kam vom unteren Kellerweg eine fünfköpfige Militärpatrouille, angeführt von Igor. Die Soldaten trugen zum Zeichen ihres Einsatzes als Militärstreife rote Armbinden. Der Offizier grüßte und unterhielt sich mit uns über das prächtige Wetter. Er lud mich ein, mit ihm hinauf in die Stellung zu gehen. Am oberen Ende des Hohlweges gelangten wir direkt in den untertags angelegten Schützengraben. Der Offizier gab mir seinen Feldstecher.

„Schau, ob du drüben was bemerken kannst."

Die sternklare, mondhelle Nacht bot ausreichende Sicht. Ich konnte mit dem Fernglas jeden Strauch am Rand des Dunkelsteinerwaldes erkennen.

"Nichts ist von den deutschen Stellungen zu bemerken."

"Ja die hatten genügend Zeit, ihre Stellungen auszubauen und zu tarnen. Was glaubst du, was da los wäre, wenn wir aufs offene Feld müßten?"

„Kann ich mir vorstellen."

„Wenn du nicht untauglich wärest, wie du mir erzählt hast", fragte Igor überraschend, "würdest du da lieber drüben in Deckung liegen als hier?"

Ohne zu antworten schaute ich dem Sowjetoffizier in die Augen.

„Entschuldige", sagte er, „eine blöde Frage von mir."

„Ich bin nicht untauglich", beendete ich mein Schweigen. „Mich hat mein Arzt krankgeschrieben, weil er nicht wollte, daß meine Mutter mich auch verliert. Ich war schon eingerückt. Ich bin sozusagen ein Drückeberger, ein Deserteur."
Igor blickte mich an und schwieg.
„Ich gehöre eigentlich wegen Feigheit vor dem Feind erschossen." Ich holte hörbar Luft und fragte:
„Was macht ihr mit Deserteuren?"
Er antwortete ausweichend:
„Bei uns werden Deserteure wie in jeder Armee behandelt, aber so einfach will ich deine Frage nicht beantworten."
„Wie denn? Was gibt es da noch für andere Antworten?"
„Deserteur ist nicht gleich Deserteur, wie auch nicht Krieg gleich Krieg ist."
„Ach, ich verstehe", sagte ich ironisch. „Wir sagen, wir führen einen gerechten Krieg und ihr sagt, ihr führt einen gerechten Krieg. Wo ist da der Unterschied zwischen Krieg und Krieg? Wo ist da der Unterschied zwischen Deserteur und Deserteur?"
„Angenommen, Deutschland ist mit dem Krieg gegen die Sowjetunion nur dem Krieg der Sowjetunion gegen Deutschland zuvorgekommen, dann ist euer Krieg ein gerechter. Wer in einem gerechten Krieg desertiert, ist ein Verräter oder ein Feigling. Angenommen aber, Deutschland hat, ohne bedroht worden zu sein, die friedliebende Sowjetunion überfallen, dann führt Deutschland zu Unrecht Krieg und wer desertiert, bekämpft das Unrecht und ist in Wirklichkeit mutig, ein Held und kein Verräter."
„Sag, Kapitän, Ich glaube, du bist nicht nur Journalist, du bist auch Verteidiger beim Kriegsgericht", sagte ich bewundernd.

Igor lachte. Ich versuchte, auch noch die Frage über die Fortführung eines Krieges trotz unabwendbarer Niederlage zu klären, als plötzlich ein durchdringender Hilferuf einer Frau aus dem Hohlweg zum Schützengraben drang. Der Kapitän sprang sofort auf, alarmierte die Streife und lief in die Richtung der Schreienden. Ich folgte knapp hinter Igor. Je näher wir kamen, umso deutlicher hörten wir Frauen und Kinder schreien und weinen. Das entsetzliche Geschrei kam aus dem Kellergewölbe unserer Baracke. Soldaten vergewaltigten Frauen. Die Rotarmisten des Kapitäns leuchteten mit starken Taschenlampen den Keller aus. Der Offizier schoß mit seiner Pistole in die Luft und brüllte Befehle. Unverzüglich ließen die Russen von ihren Opfern ab. Ich eilte zu Mutter. Auch sie stöhnte und weinte.

16. April 1945 Unfaßbar

Gegen sieben Uhr erschien der Kapitän am Ort der nächtlichen Gewalt. Er brachte sein Bedauern über das Verhalten der Soldaten zum Ausdruck und versprach, falls seine Truppe nicht in Kämpfe mit der Deutschen Wehrmacht einbezogen werden sollte, für die Dauer der Anwesenheit den Kellerweg besonders nachts bewachen zu lassen. Niemand sprach, auch die Kinder verhielten sich still. Der Offizier spürte die aufgebrochene Kluft zwischen den Zivilisten und ihm. Obwohl überzeugt, daß viele seiner Einladung nicht folgen würden, lud er sie ein, bei der Feldküche Tee und Brot für das Frühstück zu holen. Dann forderte er mich auf, in einer halben Stunde bereit zu sein, ihn wieder in die Stadt zu begleiten.

„Nein, ich komme nicht mit", sagte ich entschlossen.
„Ich komme trotzdem in einer halben Stunde", sagte Igor und verschwand.
Seidlhuber, Hans und ich saßen im Keller in der Nähe des Tores bei einem Petroleumkocher und erhitzen Teewasser für die Wohngemeinschaft.
„Diese verdammten Schweine", sagte ich leise. „Unsere Führung hat keine Schauermärchen erzählt. Die Bolschewiken sind Untermenschen."
Weder Hans, noch Seidlhuber sagten etwas.
„Dabei geben sie sich als Befreier aus. Sehen so Befreier aus? Wovon befreien sie uns? So was haben unsere Soldaten nie gemacht, egal wo sie waren!"
Seidlhuber seufzte.
„Ich war ja nur einige Tage in Rußland, bis es mich erwischt hat", sagte Hans. „Wir waren am Transport zur Front und wir hatten keine Gelegenheit, mit der Zivilbevölkerung in Kontakt zu kommen, aber ich kann mir nicht vorstellen, daß meine Kameraden und ich über Frauen hergefallen wären. Es war in der Wehrmacht außerdem verboten, mit Zivilisten im Feindesland zu verkehren."
„Ich weiß ja auch nicht", sagte Seidlhuber, „wie sich unsere Wehrmacht in Rußland verhalten hat, weil ich nicht dabei war, aber ich kann mir vorstellen, was Frauen, Kinder und alte Männer über unsere Soldaten gesagt haben, wenn sie Dörfer und Städte stürmten."
„Ja", entgegnete ich, "die Wehrmacht hat Dörfer und Städte gestürmt, wenn sie von der Roten Armee verteidigt worden sind, aber bei uns ist ja kein einziger Schuß gefallen!"
„Und was glaubst du", richtete Seidlhuber an mich die Frage, "was in der russischen Zivilbevölkerung vorgegangen ist, als unsere Wehrmacht

laut Führerbefehl Städte und Dörfer als verbrannte Erde zurückgelassen hat?"
„Scheiß Krieg!", zischte Hans.
„Ja, Scheiß Krieg, aber von Anfang an, nicht erst, wenn er verloren wird", sagte Seidlhuber. „Wer hat Scheiß Krieg gesagt, als der Führer die 'polnischen Untermenschen' zur Ausrottung bestimmt hat? Hat jemand während der Wochenschauen Mitleid mit den entstellten russischen Gefangenen empfunden?"
Ich antwortete kleinlaut, beschämt. „Sie haben erbärmlich ausgesehen und ich hab immer ein ungutes Gefühl gehabt, aber sie waren doch unsere Feinde, die wir besiegen mußten."
Der Kapitän trat ein.
„Geh", sagte Seidlhuber.
Ich folgte wortlos.
Der Offizier bestieg den Jeep, ihn selbst zu lenken. Ich nahm neben ihm Platz.
„Ich möchte zur Traisen-Eisenbahnbrücke. Sie ist gesprengt worden und ich will sehen, wie sie aufgebaut wird."
Langsam fuhren wir an den ersten Häusern des Stadtrandes vorbei. Auf der rechten Seite passierten wir das große Zentralkrankenhaus mit den vorgelagerten Einfamilienhäusern. Der Offizier fuhr gemächlich. Links vor uns lag eine große, mit wucherndem Gras bedeckte Fläche. Schräg, am Ende eines ungepflegten Grundstückes in Häusernähe bemerkten wir mehrere russische Soldaten. Der Offizier stieg aufs Gas. Als die Rotarmisten den Motor des Jeeps aufheulen hörten, flohen sie in das verbaute Gebiet. Igor lenkte das Fahrzeug querfeldein. Kaum stand der Wagen, erkannten wir einen im Gras liegenden, reglosen Körper. Wir sprangen vom Fahrzeug. Vor uns lag ein vermutlich zehnjähriges Mädchen. Das Kind starrte mit weit aufgerissenen Augen

zum Himmel ins Nichts, als lebte es nicht mehr. In seinem verzerrten, mit blonden Haarsträhnen bedeckten Gesicht mit offenem, speichelverschmierten Mund, spiegelte sich ein entsetzliches Geschehen. An seinem Körper hingen helle, zerfetzte Kleidungsstücke. Der Kapitän beugte sich, das Mädchen aufzuheben. Als er es anfaßte, schrie es auf und schlug verzweifelt um sich.

„Rasch, setz dich ins Auto", rief Igor.

Er trug die wild um sich Schlagende zu mir und drückte sie auf meine Schenkel, sprang auf den Fahrersitz und raste zum Spital. Ich umklammerte das Mädchen. Die Kleine brüllte, strampelte und kratzte. Ihren Kopf schüttelte sie hin und her, dabei wirbelten mir ihre dicken, langen Zöpfe ins Gesicht.

Nachdem wir das Mädchen ins Krankenhaus eingeliefert hatten, fragte der Kapitän, ob er mich zurück zum Keller bringen sollte. Ich nickte. Igor fuhr mich zum Hohlweg. Wir stiegen vom Jeep und blickten einander an. Igor legte seine rechte Hand auf meine Schulter. Ohne Händedruck und ohne etwas zu sagen, trennten wir uns. Es gab nichts mehr zu sagen. Ich setzte mich vor den Keller, vergrub mein Gesicht in beide Hände und weinte. Ich schämte mich, männlichen Geschlechts zu sein.

Die Vergewaltigungen. Sie gehörten so selbstverständlich zum Krieg wie das Töten Mann gegen Mann und die Bombenangriffe. Sie entsprachen dem männlichen Selbstverständnis im Patriarchat. Waren Vergewaltigungen in Friedenszeiten für viele Männer schon Kavaliersdelikte, dann erst recht im Krieg. Waren die "eigenen" Frauen schon minderwertig, dann erst recht die Frauen der Feinde.

Den Weibern muß man von Anfang an den Herrn zeigen, hatte Kurt zu Sepp im RAD-Lager gesagt, damit sie dort hinlaufen, wo man hinpischt.

Monika spürte, wie sich Wut in ihrer Magengegend ausbreitete. Weiterlesen mochte sie im Moment nicht. Sie beschloss, wieder einmal nach der Post zu sehen, die der Briefträger beim Kriener deponierte. Auf ihrem Weg kam sie an einer Weide mit Schafen vorbei.

Der Hirtenhund umkreiste die Herde. Die Schafe drängten sich zusammen. Immer enger, bis sich ihre Wolle verfilzte. Jetzt kläffte der Hund wütend. Zur Strafe rasierte er die Schafe. Eines nach dem anderen mussten sie Haare lassen, bis sie völlig nackt und bloß waren. Der Hund fletschte die Zähne. Die Schafe schämten sich und froren. Sie zitterten erbärmlich, erst leicht, dann immer heftiger, eine völlig durchgerüttelte Schafherde. Ihre Zähne schlugen aufeinander, ihre Klauen stampften die Erde. Der Hund sträubt das Fell und ließ den Schwanz hängen. Die Erde bekam Risse, die Wiese Narben. Der Stamm der entwurzelten Weide traf den Hund auf die Schnauze. Er jaulte und brach zusammen. Das Beben verebbte. Jetzt war es ganz still. Reglos standen die nackten Schafe auf dem aufgewühlten Boden in Haufen zerzauster Wolle.

10)

10. Mai 1945 Frieden

Der erste Tag im Frieden. Frühmorgens kam der sowjetische Kapitän von den Stellungen der Roten Armee den Hohlweg herunter zu unserem Keller. Igor verabschiedete sich von Hans, Seidlhuber und mir und von der übrigen Wohngemeinschaft. Die "Kellergassler", informiert über anhaltende Vergewaltigungen und Plünderungen in anderen Bereichen St. Pöltens, wußten, was ihnen Igor nach der ersten Nacht der Besetzung erspart hatte. Mit seinem Abgang, mit dem Abzug der Fronteinheiten änderte sich schlagartig die Situation der Bevölkerung des Kellerviertels. Es gab keine Notwendigkeit mehr, in den Gewölben Zuflucht vor Bomben und Granaten zu suchen. Auch fiel der Schutz Igors vor Übergriffen von Soldaten weg. Die Barackinger beschlossen daher, die Keller zu räumen und in ihre Wohnungen zurückzukehren. Bald bildete sich eine Kolonne ähnlich den Flüchtlingstrecks während des Krieges, aber diese Frauen, Jugendlichen und Männer wußten, wohin sie mit ihren Kindern, mit ihrem Habe zogen. Außerdem mußten sie weder nachdrängende Feinde, noch feindliche Tiefflieger fürchten. Einige Familien kehrten allerdings zu Wohnungen zurück, die durch den Luftangriff sowjetischer Bomber vor dreieinhalb Wochen zerstört oder beschädigt worden waren. Die Unterbringung der Betroffenen bereitete keine Schwierigkeiten. Über Nachbarschaftshilfe redete niemand, jeder leistete sie. Seidlhuber und ich flickten mit Brettern und Teerpappenfetzen notdürftig das beschädigte Dach der elften Baracke. Zum Glück für die Inhaber beschädigter Wohnungen hatte es seit den Bombardierungen zu Ostern nicht mehr geregnet.

Müde schaute ich neben meiner Mutter im Ehebett liegend durch das erstmals nicht mehr verdunkelte Fenster in die sternenklare Nacht.

11. Mai 1945

Ich stand, ohne Mutter zu wecken, früh auf.
In der sonnigen Wohnküche reckte ich mich und schrieb in klobiger Schrift auf Packpapier:

i kauns
ned fossn,
's wiad
nimma gschossn,
ka zischn,
ka krochn,
's fliagn kane trimma,
mia kenan
aufrecht geeh,
i brauch mi
in kann loch mea,
in kann köla vagreun!
i kaun mi
iwas schene weda wieda gfrein,
weu nix mea owa foid
vom hiime.
i kauns
ned fossn,
da kriag is aus,
i hobna
iwalebt!

's is friedn.

Bei meinem ersten Spaziergang im Frieden durch die wunde Stadt sah ich in einer Straße ein Transparent von einer Hausruine zur gegenüberliegenden Ruine gespannt.

Wir danken unserem Führer

Mich fröstelte.

Nach über fünfeinhalb Jahren Krieg begann der Alltag im Frieden. Allmählich kehrten die Flüchtlinge in ihre Stadt zurück. Wenngleich viele Arbeitsplätze in Fabriken, Gewerbebetrieben und in Geschäften zerstört worden waren, Arbeit gab es mehr als Arbeitskräfte zur Verfügung standen. Es fehlten die gefallenen oder in Kriegsgefangenschaft geratenen Männer und die bis zum Kriegsende zwangsweise rekrutierten ausländischen Arbeitskräfte. Die von den Sowjets eingesetzte örtliche Zivilverwaltung forderte die Bevölkerung auf, die zahlreichen Schutthalden von den Straßen und Plätzen zu beseitigen. In den Reihen der Räumungstrupps standen anfänglich überwiegend Frauen und Jugendliche. Wer mithalf Schutt zu beseitigen, wurde von Küchen der Gemeinde und von Feldküchen der Sowjets verpflegt. Diese Ausspeisungen halfen über die äußerst karge Versorgungslage wenigstens teilweise hinweg. Die Barackinger beklagten den Verlust der Feldküche vom Kellerweg.

2. Juni 1945 Othmar

Ich sprach vor der Baracke, beim offenen Küchenfenster der Familie Gruber stehend, mit Hans. Am Lagerweg kam ein fremder, müde wirkender Zivilist auf uns zu. Nach der Kleidung zu schließen, sah der unrasierte Mann aus, als wäre er gerade noch rechtzeitig während der Kapitulation seine Uniform losgeworden.
„Ich suche die Familie Berner", sagte der Fremde.
„Hier ist die elfte Baracke. Die Wohnung der Familie Berner ist in der zwölften."
„Das ist also die nächste."
„Ja, die da drüben." Ich deutete mit einer

Handbewegung über die elfte Baracke und näherte mich dem Fremden. „Aber sie werden von den Berner niemand erreichen. Die sind im Waldviertel."
„Ist mir lieber, ich hab nämlich eine schlechte Nachricht zu überbringen."
Um Gottes Willen, dachte ich und sagte: „Ich kenne die Familie sehr gut. Ich bin der beste Freund ihres Sohnes Othmar."
„Das tut mir leid. Othmar Berner ist gefallen. Hier die Nachricht. Gib sie seinen Eltern, wenn du sie erreichst."
Der Fremde übergab ein zusammengefaltetes Briefblatt und verabschiedete sich mit Bedauern.
Ich brachte kein Wort heraus. Starr blickte ich dem Boten nach, bis er nach einer Wegbiegung verschwand. Erst dann entfaltete ich das Blatt und las:
Othmar Berner, gefallen am 12.4.45 in Wien. Schädelgrundbruch. Durch Luftdruck an den Türpfosten geschleudert und bald darauf gestorben. Begraben in der Höhe des Winarsky-Hofes am Eisenbahndamm. Vermutlich bereits auf den Zentralfriedhof in Wien überführt.
Auskunft der Rotkreuz-Schwester Franke, Wien 13, Hietzinger Hauptstraße 117 a, die auch bereit ist, weitere Auskünfte zu geben. Sie hat ihn auch zuletzt betreut, da sie im Winarsky-Hof Dienst hatte.

Othmars Ahnung auf der Insel Wörth hatte sich erfüllt.
„Er hat es gewußt", sagte ich verzweifelt, „er hat es gewußt. Und Kurt und Franz und wie viele noch?"

28. Juni 1945 Toni lebt

Ein Brief aus Deutschland traf ein. Mutter erkannte sofort an der Adresse Tonis Handschrift. Hastig wendete sie das Kuvert und las den Absender. Ihr Sohn befand sich in einem Krankenhaus in Lübeck. Toni schrieb, dass er beim Kampf um Stettin am linken Oberarm verwundet worden sei. Die Heilung seiner Wunde würde noch einige Zeit dauern und er sei überzeugt, nach der Genesung nicht behindert zu sein.
Mutter weinte vor Freude.

Brüder zur Sonne zur Freiheit

In St. Pölten versuchte die russische Kommandantur möglichst rasch die Normalisierung des Alltags herbeizuführen.

Die neuen Parteien riefen Österreichs Bürger auf, gemeinsam das Land aufzubauen.

Als ich eines Abends am Jugendheim vorbeikam, erschrak ich. Ich hörte singen. Das war doch *Brüder in Zechen und Gruben,* ein Lied der Kumpel im Ruhrgebiet, das wir in der Hitler-Jugend gleich nach dem Anschluss Österreichs an Deutschland gelernt hatten. Mich zog es magnetisch zum Heim. Bald verstand ich den Text. Er war anders als der, den ich kannte.

Ich betrat das Heim. Ungefähr zwanzig Burschen, die ich alle aus der Hitlerjugend kannte und fünf Mädchen saßen in einem Sesselkreis. Sie unterbrachen ihren Gesang und begrüßten mich johlend mit „Freundschaft" Sie forderten mich auf, dazubleiben und an ihrem „Heimabend" teilzunehmen. Sie seien eine Gruppe der Sozialistischen Jugend, einer freiwilligen Vereinigung. Der freundliche Empfang, die lockere, fröhliche Stimmung beeindruckten mich. Da war

nichts Zackiges, nichts von straffer Disziplin zu spüren. Und Mädchen in der Gruppe, dachte ich.
„So, meine Freunde", schlug eine junge Frau vor, „wir sollten das Lied weiter einstudieren." Sie stimmte mit ihrer Gitarre den Gesang an.

Brüder zur Sonne, zur Freiheit,
Brüder zum Licht empor.
Hell aus der dunklen Vergangenheit
Leuchtet die Zukunft hervor.

Es klang wie ein Hymnus zum Aufbruch in eine neue, bessere Zeit.

Für uns Jugendliche öffnete sich tatsächlich eine neue Welt. Bisher hatte es für uns nur eine Partei gegeben. Von der Hitler-Jugend auf sie ausgerichtet, waren wir ihr gläubig, diszipliniert gefolgt. Unserer Gemeinschaft, jetzt Gruppe genannt, stand nicht wie früher ein bestellter Fähnlein- oder Gefolgschaftsführer vor, nein, wir wählten selber unserer Obmann, seinen Stellvertreter, einen Kassier, einen Schriftführer, einen Gruppenauschuss und eine Ausschußkontrolle. Der Ausschuß wurde verpflichtet, ein Tätigkeitsprogramm auszuarbeiten und der Gruppenvollversammlung zur Diskussion, Ergänzung, Abänderung und Beschlußfassung vorzuschlagen. Wir waren also nicht mehr Befehlsempfänger, wir gestalteten unsere Heimabende, unsere gesamte Tätigkeit selbst.

Gern luden wir zur Gestaltung unserer Heimabende die junge Parteifunktionärin Gerda ein, die, als ich das erste Mal zur Gruppe gestoßen war, mit ihr das Lied *Brüder zur Sonne, zur Freiheit* einstudiert hatte. Trotz ihres freundschaftlichen Verhaltens war sie für uns zunächst eine Respektsperson, was wohl daran lag, daß sie einige Jahre älter als wir und überdies

Lehrerin war. Je öfter sie jedoch bei uns war, umso mehr wurde sie Mitglied unserer Gruppe.

1. Dezember 1945 Die Nachricht

Mutter und mich erreichte die Nachricht, die wir kaum mehr erwartet hatten. Franz schrieb aus England. Er war in den letzten Kriegsmonaten bei Antwerpen verwundet in englische Gefangenschaft geraten. Nach der Genesung von seiner Beinverletzung wurde er zum Aufbau der zerstörten Stadt Coventry eingesetzt. Er schätzte, im kommenden Frühjahr heimkehren zu können. Mutter konnte nun hoffen, ihre drei Buben in absehbarer Zeit wieder vereint bei sich zu haben. Sie konnte ihre Freude nicht für sich behalten und zeigte den Brief allen Nachbarn. Für Sonntagnachmittag lud sie die Gemeinschaft der elften Baracke zu einer Kaffeejause ein. Sie servierte zwar reinsten Malzkaffee, aber daran hatte sich die Bevölkerung seit Jahren gewöhnt. Dank der überdurchschnittlichen Mehlversorgung konnte sie den Gästen selbstgebackene Kekse anbieten.
"Fast wie Weihnachten", stellte Hans fest. "Da muss ich mich bei meiner Gymnastik ordentlich anstrengen, daß ich Franz, wenn er kommt, wenigstens ein paar Schritte ohne Krücken entgegen gehen kann."

Weihnachten 1945 Weihnachtsüberraschung

Die Bewohner der elften Baracke verbrachten den Heiligen Abend gemeinsam in dem großen Raum, der zum Wäsche Trocknen bestimmt war. Seidlhuber und ich hatten von einem nahegelegenen Gastwirt Tische und Bänke ausgeliehen und einen provisorisch aufgestellten Eisenherd mit trockenem Schwemmholz vom Traisenstrand angeheizt.

Erste Weihnachten seit 1938 im Frieden. Es gab keine Geschenke, keinen Festschmaus, nur Früchtetee, Brot und karge Bäckerei. Eine schmucklose, nur mit Kerzen versehene Tanne stand in einer Ecke. Im Kerzenlicht dachten wir schweigend an die Opfer des Krieges, an die Gefallenen, an die Ermordeten, an die Verwundeten, an die Gefangenen, an die Vermißten. Und dennoch überkam uns ein Gefühl der Erleichterung, ein Hoffnungsschimmer. Keine Frontberichte mehr, keine Angst vor Bombennächten, keine Befürchtung, eingezogen, vernadert, verhaftet zu werden. Ein anderes Geschenk als dieses Fest des Friedens wünschte sich niemand. Für Mutter und mich gab es die schönste Weihnachtsüberraschung. Toni betrat den "Festsaal". Er war aus dem Krankenhaus in Lübeck geheilt entlassen worden und hatte unangekündigt die Heimreise angetreten. Freudig sagte ich zu Mutter: "Nächste Weihnacht wird auch Franz wieder bei uns sein."

1. Mai 1946

Gerda bereitete mit uns die Eröffnung der Feier zum 1.Mai vor. Sie ersuchte mich, die wichtigsten Rezitate zu übernehmen. Ihr Vorschlag überraschte mich, kam ich mir doch bei weitem nicht so geeignet vor, wie ich manch anderen Genossen einschätzte.

Als mir Gerda einen Termin zur Intensivprobe mit ihr allein anbot, musste ich schlucken und konnte nicht antworten.

„Hat's dir die Red verschlagen?"

Ich nickte.

„Hast du morgen um sechs Zeit?"

Ich nickte.

Der Gruppenobmann, der meine Verlegenheit bemerkte, hänselte mich:
„Um sechs Uhr abends Sepp, nicht daß du um sechs in der Früh aufkreuzt."
Die Umstehenden lachten.

Nicht nur wegen der Einteilung zum Hauptsprecher fühlte ich mich unbehaglich, es schüchterte mich auch ein, mit Gerda allein proben zu müssen. Ich hatte Angst nicht zu entsprechen, sie zu enttäuschen.
Rascher als befürchtet, brachte ich am nächsten Abend die Probe hinter mich. Gerda war sicher, mit mir die richtige Wahl getroffen zu haben. Erleichtert wollte ich mich verabschieden. Etwas unbeholfen bedankte ich mich für ihre Bemühungen. Sie lachte.
„Ach, laß das. Es ist schön, mit dir zu arbeiten. Du bist sehr talentiert. Wenn du nichts anderes vorhast, begleite mich auf dem Heimweg."
Zu meiner Überraschung gelang es mir, erfreut zuzustimmen.
Eine Weile gingen wir schweigend nebeneinander.
„Spielst du ein Instrument?", brachte Gerda eine Unterhaltung in Gang.
„Nein leider. Ich hätte gerne Klavierspielen gelernt."
"Ich spiele. Mein Vater wollte, dass ich es lerne. Ich habe ihm stundenlang vorgespielt."
„Wie ich deinen Vater beneide."
„Soll ich dir auch etwas vorspielen?"
„Das wäre phantastisch!"
In ihrer Wohnung legten wir unsere Jacken ab und Gerda schlüpfte in Hausschuhe. Sie bat mich, im Wohnzimmer auf einer gepolsterten Sitzbank Platz zu nehmen. Aus einem Schrank holte sie ein Bündel Notenhefte und sortierte einige aus. Sie setzte sich ans Klavier und begann zu spielen.

Ich saß einige Meter schräg seitlich von ihr entfernt. Ich konnte das Profil ihres Gesichtes, ihre spielenden Hände, ihre Gestalt sehen. Sie begann mit Beethoven-Sonaten. Mich ergriff ihr Spiel. Ihre schlanken Finger glitten über die Tasten. Ihre Körperhaltung harmonierte mit der Musik. Der wunderbare Klang des Klaviers vermengte sich mit der Schönheit der Pianistin. Ihr Haar lockte meine Finger, es zu berühren. Ich verlor das Zeitmaß, ich erlag der Faszination der Musik und der Person. Bei Schumanns Abendlied stand ich auf, stellte mich hinter sie und legte meine Hände sanft auf ihre Schultern. Gerda unterbrach ihr Spiel nicht. Nach dem letzten Akkord stand sie auf, schmiegte ihren Körper an meinen, nahm meinen Kopf in ihre Hände und küsste mich.

20. Mai 1946 Franz

Franz kam mit einem Heimkehrertransport aus Kärnten, der englischen Besatzungszone. Die Briten entließen über 400 Österreicher aus der Kriegsgefangenschaft. Seit August 1942, nach Vaters Tod in Rußland, war er nicht mehr zu Hause gewesen. Mutter konnte es nicht fassen, als er vor ihr stand. Sie umarmte ihn schluchzend. Dann streckte mein Bruder mir seine Hand entgegen. Wir betrachten einander.
„Du bist ja erwachsen geworden", stellte Franz fest.
„Das kommt davon, weil man mit Vierzehn nicht zum Wachsen aufhört."
„Jetzt bist du achtzehn. Sepp, ich habe dich vier Jahre nicht gesehen."
„Das war unser Familienleben im Großdeutschen Reich", sagte Mutter.

Hier endeten Sepps Aufzeichnungen mit seinen Kindheits- und Jugenderinnerungen.

Die weiteren Manuskripte, die in der gleichen Maschinschrift verfasst waren, wiesen Sepp als Autor von Gedichten, Erzählungen, einem Roman und einem Theaterstück aus. Wie weit sie biografische Rückschlüsse zuließen, würde sich zeigen. Von den Briefen erhoffte sie sich jedenfalls einiges. Und dann war da noch diese Familienchronik, mit der er zumindest auf den ersten Blick nicht in Zusammenhang gebracht werden konnte. Eine Menge Recherchierarbeit lag vor ihr. Sie stapelte die Seiten zu einem Stoß und drückte ihn fast zärtlich an ihre Brust, bevor sie ihn wieder in den Bene-Ordner einlegte.

Sie trat vor das Haus und atmete tief durch, ließ ihren Blick schweifen. Wiese im Sommer: Dicke, dichte Halme. Hohes Gras. Regenwürmer und Raupen in der Erde. Maulwurfshügel. Katze schleicht, Maus quiekt, Kuh schmatzt. Jauche platscht, breitet sich aus zu dampfender Flade. Fliegen auf scheckiger Haut, zuckender Kuhschwanz. Auch Schmetterlinge.

Aber kältere Zeiten würden kommen. Monika befiel eine leise Melancholie, die Begleiterin der Vergänglichkeit, und tauchte in die Bilder ein, die vor ihr aufstiegen. Wiese im Herbst: abgemäht, zurückgestutzt, gelbbraun, stoppelig. Sticht auf nackter Fußsohle. Wiese im Winter: Unsichtbar. Wird nur vermutet unter dicker Schneedecke. Schläft atemlos, reglos. Höchstens Träume. Bis zum Erwachen im Frühling: Junge Sprießlinge, zart, duftend. Übermütige Grashüpfer. Kokette Gänseblümchen mit frisch gestärkten weißen Petticoats, raschelnd.

Teil II

1)

Bad Ischl, 1. 7. 1949

"Mein liebes Herz!"

Monika hatte nach einem der Briefe gegriffen, die in der Truhe in einer Schachtel verwahrt waren. Ehrfürchtig strich sie das gefaltete Papier glatt. Dieser Brief war vor mehr als einem halben Jahrhundert geschrieben worden und so gut erhalten. Papier und Tinte hatten fünfzig Jahre unbeschadet überstanden, die Unterzeichnete vielleicht sogar überlebt.

Wie dumm ich schon bin: Meine Tischnachbarin Friedl ging zum Bahnhof ihren Freund abholen. Ich ging mit ihr. Ich wünschte so sehr, daß Du kämst. Ja, ich glaubte ganz fest, Du würdest aussteigen.- Dann bin ich allein zurück ins Kurhotel gegangen. Und gestern keine Post - heute keine Post. Verstehst Du es so wenig, was ich jetzt brauche? Du bist mir doch der wichtigste Mensch. Ich rufe und du, du hörst nicht.

Was wirst Du heute machen? - Das einzig Richtige fandest Du nicht.

Monika seufzte. Wie lange war es her, dass sie an diesem verzehrenden Gefühl gelitten hatte? Lange genug, dass es nur mehr eine fast abstrakte Erinnerung war. Sie versuchte den Schmerz von damals nachzuempfinden, was natürlich nicht möglich war, Gefühle sind Kinder des Augenblicks. Nicht, dass sie jetzt Sehnsucht nach der Sehnsucht hatte, aber ein klein wenig Süße war schon darin gelegen.

In 2000 Meter Höhe waren sie in einem Schikurs aufeinander getroffen.

“Guten Tag.”

"Guten Tach.”

Hatten auf Anweisung des Schilehrers die alpine Grundhaltung eingenommen: den Talschi belastet, die

Bergschulter vorne, Hüftknick zum Berg, den Blick ins Tal gerichtet. Ihre Blicke hatten sich dann aber immer mehr vom Tal ab- und einander zugewandt. Er hatte lange blonde Haare, sie kurze schwarze, das ergab einen schönen Kontrast, ein schönes Paar.

Danach fuhr er viele hundert Kilometer nach Nordwesten zurück, sie nach Osten und die Berge trennten wieder, was sie für kurze Zeit vereint hatten.

Hier, wo sie zuhause ist, öffnet sich das Land nach der einen Seite durch eine Pforte zur Ebene, nach der anderen wachsen sich die sanften Hügel zu den Voralpen und diese zum Hochgebirge aus. Dort, wo er daheim ist, liegt das Land mancherorten unter dem Meeresspiegel. Hier fließt ein breiter Strom durchs Land. Lagerhallen, Uferhäuser, Auwälder und Weinberge säumen sein Flussbett. Dort brandet die See ans Land, Möwen kreisen über der Gischt, Segel knattern im Wind, der die Gräser auf den Dünen peitscht. Hier weiden braun gescheckte Kühe auf saftigen Almen. Dort holen sich die Rinder im Marschland nasse Füße und bekommen davon schwarze Flecken. Hier bündelt man Maiglöckchen und Veilchen zu Sträußen. Dort drängen gelbe und rote Tulpen auf die Blumenmärkte. Hier hockt sich die Trud des Nachts auf die Brust der Sennerin. Dort rumort der Klabautermann in der Kajüte und versteckt dem Matrosen die Kappe.

Einst war das Hier mit dem Dort durch einen Draht verbunden. Rot glühte er in den Sehnsuchtsnächten. Sie presste den Hörer an ihr Ohr, das seine Zunge einst am Schnittpunkt vom Hier und Dort liebkost hatte, um das aufregend Kehlige seiner Sprache in sich einzulassen.

Bad Ischl, 25. 7. 1949

Heute kam so viel Post und Dein Brief war versteckt. Ich habe ihn trotzdem sofort gefunden. Ich habe mein Gesicht auf das Blatt gelegt. Deine Hände haben es berührt.

Schade, daß du mir den Artikel über Altersunterschiede nicht schicken kannst. Du kennst ja meine Bedenken, weil ich so viel älter bin als du.

Gestern haben sie mich zu einer Fahrt nach Gosau überredet. Ich sollte sparen, aber ich habe es mit mir allein nicht ausgehalten. Und so bin ich gefahren. Am See habe ich mich von den anderen abgesondert und bin auf einen Latschenhang hinaufgestiegen. Das Eisfeld des Dachsteins hat so kalt in der Sonne geleuchtet und die schwarzen Wände um den See machten jeden menschlichen Schmerz zu etwas Nichtigem.

Zähflüssige schleppende Tage. Monika konnte sie spüren. Tage ohne ihn. Schade um die Vogelstimmen am frühen Morgen. Schade um den Tau auf den Wiesen. Schade um die Sonne, die sie zum Dampfen brachte und die Gräser und Blätter trocknete. Schade um das flirrende Licht des Mittags, das die Weizenfelder zum Flimmern brachte, Klatschmohn und Kornblumen in rote und blaue Flecken zerfließen ließ. Schade um den Schatten unter den Linden und Kastanien. Schade um den Duft im Himbeerschlag. Schade um den schwalbenschrillen Abendhimmel. Schade um die Glühwürmchen in der Sommernacht und das Zirpen der Grillen.

Bad Ischl, 30. 7. 1949

Liebes!

Ich habe meinen Plan geändert. Wenn das Geld am 3. kommt, fahre ich um 21h30 hier weg und bin um 6h30 in Wien. Du steigst dann in St. Pölten zu. Da siehst Du auch, ob er zusteigt. Fahren die Wagen von hier weg, so bin ich hinten. Du wirst mich schon finden. In Hütteldorf steigen wir

aus. Habe ich das Geld nicht erhalten, so komme ich am 4. mit dem Zug, den Du benützt hast oder mit dem Nachtschnellzug am 5. in der Früh an. Du bist dann schon am 4. allein in Wien, fährst von Hütteldorf mit der Stadtbahn nach Hietzing. Dort gehst Du in ein Kaffeehaus und verlangst ein Branchentelephonbuch. Dann suchst Du ein passendes Hotel und fragst nach Zimmern. Selbstverständlich musst Du bei den betreffenden Zügen sein. Aber in Deckung. Man kann nie wissen.

Ich hoffe natürlich, daß ich schon mit dem Nachtzug am 3. fahren kann. Vergiß also nicht! Am 4. morgens steigst Du zu mir in den Schnellzug. Er dürfte ungefähr um 5h von St. Pölten wegfahren.-

Wie in einem Agentenfilm. Monika wurde ganz schwindlig bei ihren Rekonstruktionsbemühungen, welche Züge in welchem Fall zu nehmen seien. Für solche Abenteuer wäre sie denkbar ungeeignet.

Abends spiele ich immer Klavier. Chopin, den liebt Friedl so. Gestern haben wir sogar gesungen. Dann kam das erste schwere Gewitter seit ich hier bin. Sogar das Licht wurde ausgeschaltet.

Monika überkam ein Gefühl von déjà vue: **Abends spiele ich immer Klavier.** - Gerda? Könnte die Briefschreiberin Gerda sein, die Genossin in der "Sozialistischen Jugend"? Sie holte Sepps Autobiografie und blätterte darin:

"Spielst du ein Instrument?", brachte Gerda eine Unterhaltung in Gang.
"Nein leider. Ich hätte gerne Klavierspielen gelernt."
"Ich spiele. Mein Vater wollte, dass ich es lerne. Ich habe ihm stundenlang vorgespielt."
"Wie ich deinen Vater beneide."
"Soll ich dir auch etwas vorspielen?"

In ihrer Wohnung legten wir unsere Jacken ab und Gerda schlüpfte in Hausschuhe. Sie bat mich, im Wohnzimmer Platz zu nehmen... Sie setzte sich ans Klavier... Ich konnte das Profil ihres Gesichtes, ihre Gestalt sehen... Mich ergriff ihr Spiel. Ihre schlanken Finger... Ihre Körperhaltung... Der wunderbare Klang des Klaviers vermengte sich mit der Schönheit der Pianistin. Ihr Haar lockte meine Finger, es zu berühren... Bei Schumanns "Abendlied" stand ich auf, stellte mich hinter sie und legte meine Hände sanft auf ihre Schultern. Gerda unterbrach ihr Spiel nicht. Nach dem letzten Akkord stand sie auf, schmiegte ihren Körper an meinen, nahm meinen Kopf in ihre Hände und küßte mich.

Monika blätterte weiter zurück um nachzulesen, was Sepp noch über diese Frau berichtete.

Gern luden wir zur Gestaltung unserer Heimabende die junge Parteifunktionärin Gerda ein, die, als ich das erste Mal zur Gruppe gestoßen war, mit ihr das Lied *Brüder zur Sonne, zur Freiheit* einstudiert hatte. Trotz ihres freundschaftlichen Verhaltens war sie für uns zunächst eine Respektsperson, was wohl daran lag, dass sie einige Jahre älter als wir und überdies Lehrerin war. Je öfter sie jedoch bei uns war, um so mehr wurde sie Mitglied unserer Gruppe.

Einige Jahre älter, das wurde ja auch in einem Brief angesprochen, es musste die nämliche Gerda sein. Monika suchte nun nach Briefen von Sepp an Gerda, die sie nicht fand. Schade! Was sie aber fand, waren Liebesgedichte von Sepp:

Eilt
Minuten,
vergeht
ihr Stunden,
bis wir uns sehn,
müßt ihr euch eilen,
dann
bleibet stehn.

St. Pölten, 20. 6. 1950

Du mein liebster Mann!

Wenn es zu schwer wird, will ich mit dir sprechen. Wenn wir Menschen nicht so taub wären, müßtest Du's spüren. Jetzt hast du wohl keine Zeit dazu. Du bist vor einer Weile angekommen, vielleicht im Amt, vielleicht in deinem Zimmer und hast bei all dem Neuen nicht viel Zeit, Deine Gedanken zu mir zu schicken.

Mit 5 Jahren war ich einige Monate zur Erholung in Waidhofen. An den Buchenberg kann ich mich noch erinnern - Ich will mit Dir dort wieder hin.

Samstag wirst Du bestimmt kommen. Er ist zur Maturafeier der LBA eingeladen, die um 20 h beginnt. Da können wir uns von 21h bis 23h sehen. Das ist der einzige Lichtblick diese Woche.

Ja, vielleicht kommst du gar nicht? Was könnte dich zurückhalten? Wenn nur mein Wunsch stärker wäre als die Dinge, die dich abhalten können. Wenn es gar nicht geht, dann wisse, daß ich um 5 h auf unserem Platzerl bin. Denke dann wenigstens stark an mich. Ich will die Erde und die Zweige bitten, daß sie, die unsere Liebe sahen, mir helfen.

Was dachte eigentlich Sepp über die Liebe. Monika suchte in seinen Gedichten nach einer Antwort.:

Kontinente und Länder
überbrückt schneller

als Bahnen und Schiffe,
als Flugzeuge und Funk
schon seit ungezählten Jahren
und für ewige Zeiten
das einfache,
sehnende
Herz.

Bei aller Poesie wäre Gerda die Gegenwart des Dichters wohl lieber gewesen. Monika erhob sich seufzend aus ihrer Sitzposition. Ihre linke Pobacke war eingeschlafen. Sie massierte sie, bis das gefühllos gewordene Stück Fleisch mit einem Ameisenkribbeln wieder Lebenszeichen von sich gab. Aus Gründen der Symmetrie knetete sie auch ihre rechte Backe. Jetzt erst merkte sie, dass sich auch die Beine ein wenig steif anfühlten. War ja kein Wunder bei der vielen Sitzerei. Schande über sie! Da lebte sie inmitten der schönsten Natur als Stubenhockerin. Wo war ihr Bewegungsdrang hingekommen? Offenbar wurde er von der Hinterlassenschaft der einstigen Bewohner des Hauses, die sie so sehr in ihren Bann zogen, verdrängt. Bei aller Faszination für dieses fremde Leben sollte sie doch ihr eigenes nicht so vernachlässigen.
Ein Abendspaziergang würde ihr gut tun. Sie zog ihre Wanderschuhe an, nahm vorsorglich eine Jacke mit, schloss die Tür hinter sich ab und betrat die Außenwelt. War wieder Teil des Hügellandes, genoss den lauen Wind, der über ihre Haut strich. Sie ging zum Bach in den Wald hinein und stieg bergan. Immer wieder zweigten Wege ab, die in Sackgassen mündeten.

Sich zu orientieren bedeutete für Monika stets eine Herausforderung. Sie hielt inne, sah sich um. Die Umgebung kam ihr so fremd vor. Aber es musste doch der Weg sein, den sie schon öfter gegangen war. Eigentlich müsste sie längst an dem Holzstoß vorbeigekommen sein. Sie würde ganz einfach zurückgehen, bis sie wieder zu einer vertrauten Stelle kam.

Hier gabelte sich der Weg. War sie von links oder von rechts gekommen? Sie entschied sich für links. Der Wald wurde dichter. "Tief im Walde ganz allein, wohnt die Hexe Kniesebein." Typisch, dass jetzt diese Kinderbuchstelle in ihrer Erinnerung auftauchte. Angst macht klein.
Wie spät war es denn? Halb acht, sie hatte also noch eine gute halbe Stunde Zeit, bevor es dunkel wurde. Genug jedenfalls, um den richtigen Weg wieder zu finden. Warum hatte sie keine Taschenlampe mitgenommen? Wo sie sich doch geschworen hatte, nie wieder ohne. Damals, als sie mit ihrem Freund Norbert auf einer Langlauftour in die Dunkelheit gekommen war, heftiges Schneetreiben eingesetzt und jede Spur verweht hatte. Die Chance in einem nicht sehr dicken Langlaufanzug etwa dreizehn Nachtstunden bei Minusgraden zu überleben war ihr nicht sehr groß erschienen. Doch dann waren drei Engel auf Langlaufschiern mit Stirnlampen vom Himmel herabgeglitten, hatten sie in ihre Mitte genommen und zum Parkplatz gebracht.

Jetzt aber war Sommer. Es bestand keine Erfrierungsgefahr und die Dunkelheit würde dem Tageslicht rascher weichen. Die einzige Tragödie bestand in der Scham, sich in einer vertrauten Umgebung zu verirren. An diesem Wackelstein war sie nicht vorbeigekommen, der hätte ihr doch auffallen müssen. Also wieder zurück und doch den rechten Weg einschlagen.

Sie erschrak, als sie zwischen den Bäumen eine Säule sah, auf der der Kopf eines Mannes thronte. Das Gesicht, ja der ganze Schädel war mit Ästen überzogen, die grüne Blätter trugen. Eine wahrhaft befremdende Erscheinung. Sie beruhigte sich erst, als ihr einfiel, dass es *Der Wald* von René Magritte war.

Sie setzte ihren Weg fort und stieß mit dem Kopf gegen einen Baum, an dessen Stamm ein Stück Rinde aufgeklappt war und den Blick auf ihr Haus en miniature mit hell erleuchteten Fenstern im Inneren des Baumstammes freigab.

Sie hörte ihr Blut rauschen, *La Voix du sang.* Vorsichtig betastete sie ihre Stirn, ob der Aufprall eine Beule hinterlassen habe. Doch sie fühlte keine Erhebung und das Rauschen kam vom Bach. Und da war ja auch schon der Holzsteg, über den sie auf ihr Grundstück und nach wenigen Metern zu ihrem Haus gelangte.

2)

Als Monika erwachte, aus dem Bett stieg und die Vorhänge aufzog, sah sie, dass es noch immer regnete. Nachts war sie einmal aufgewacht, als die Tropfen auf das Dach prasselten. Ein Geräusch, das sie - in ihre Decke gekuschelt - ganz besonders behaglich fand. Sie öffnete das Fenster und atmete tief ein. Am Land mochte sie den Geruch von Regen.

Ein Tag wie geschaffen zum Lesen. Sie hatte so viele Bücher mitgenommen, aber im Moment interessierte sie nichts mehr als die alten Briefe. Sie nahm ein paar vom Stapel, der sich in dem Ablagefach neben ihrem Bett türmte, mit hinunter in die Küche, die bald von Kaffeeduft erfüllt war.

St. Pölten, 22. 6. 1950

Du liebes Herz!

Ganz schnell und nur kurz kann ich mit dir plaudern. Heute gehe ich den entscheidenden Weg. Um 10h reiche ich die Klage ein. Der Anwalt sagte mir, daß die Verhandlung am 11. Juli um 8h sein wird. Wie ich mich freue, bald frei zu sein. Frei für Dich. Ich möchte tanzen, singen und jedem etwas Liebes sagen.

Gestern Nacht war es schön. Wenn Du bei mir bist, funkeln die Sterne heller, glänzt der Himmel samtener, duftet die Nacht geheimnisvoller.

Wie wunderbar musste das sein! Monika seufzte. Dann schlagen die Hasen im Kohlfeld Purzelbäume, die Eichhörnchen springen einen doppelten Rittberger auf den Wipfeln, die Enten machen eine Eskimorolle im Mühlbach, der Parkwächter geht auf den Händen, die Gänseblümchen kichern. Dann steigen hundert bunte Drachen in den Himmel. Die Katzen tanzen auf den Dächern Ballett und die Goldfische singen im Teich. Dann springen im Rosengarten die Knospen auf und die Frösche spielen Maultrommel.

Jetzt gehe ich das Postschließfach aufnehmen, damit ich Dir gleich die Nummer schreibe.
Liebster, ich freue mich so sehr.

Immer Deine

G. L. Schließfach 2
Du, das war unangenehm. Alle 3 Beamten kannten mich.

St. Pölten, 29. 6. 1950

Mein liebes Herz!

Gestern habe ich die Ladung vom Gericht zur Verhandlung bekommen. 12 Tage noch. Hast Du noch immer Sorge, daß etwas dazwischen kommen könnte? Ich wollte, es wäre schon nächste Woche so weit. Ich bin zutiefst glücklich, daß du mein Mann bist und es auch bald vor den anderen sein wirst.

St. Pölten, 2. 7. 1950

Du mein lieber Mann!

Heute schreiben wir zu zweit. Neni sitzt auf meinem Schoß. Jetzt entdeckt sie das "Ich". Sie sagt "Mein Kleid".

Monika nickte. Wenn ein Kind ausgeschlüpft ist aus dem warmen Mutterleib, braucht es Kleider. Eine eigene Haut um sich zu schützen. Seit die Nabelschnur durchtrennt ist, ist das Wir in zwei Teile geschnitten, ein Ich und ein Du. Die Trennung hat weh getan. Die Wehen. Der Kampf durch den engen Geburtskanal. Die Kälte, der das Neugeborene mit einem Schrei begegnet. Auch der Schrei nach der Mutterbrust. Der Kampf um die Nahrung. Die Mühsal, selbst verdauen zu müssen. Der Schrei nach einer trockenen Windel. Der Schrei nach Zuwendung: Geh nicht weg, bleib bei mir!

Aber das Ich ist auch mächtig. Ich bin nicht mehr du. Ich kann weggehen, wenn ich will. Mit meinen Beinen. In die Sandkiste. Mit meinen Händen im Sand wühlen. Einen Sandkuchen formen. Mein Sandkuchen. Ich kann dir ein Stück davon abgeben, wenn ich will.

Mein Zimmer. Geh hinaus, ich will mit meinen Puppen spielen! Komm herein, ich will mit dir spielen! Mein Bett, für mich und meinen Teddy. Leg dich auch zu mir und erzähl mir eine Geschichte! Bis ich eingeschlafen bin.

Ich und du. Das Kind und die Mutter. Erst eins, dann zwei. Anfangs noch ganz nah. Spürbar. Dann zunehmende Entfernung, unmerklich zunächst. Schritt für Schritt Distanz geschaffen. Und eines Tages der endgültige Abschied vom Du. Vom Du in seinem letzten Kleid. Das Ich ist allein übriggeblieben.

Du meintest gestern, wir, d. h. ich hätte es besser, wenn wir kein Kind mehr hätten. Weißt Du, das wäre eine Richtlinie für ganz vernünftige Leute. Aber ich wette mit Dir um alles, daß wir nicht 2 Tage damit warten, wenn es einmal möglich sein sollte. Wir gehören gar nicht zu den Vernünftigen. Und wir wollen auch gar nicht dazu gehören.

Monika hatte keine Kinder gewollt. Zumindest nicht, als sie jünger war. Sie war voller Lebensgier gewesen. Selbstsüchtig, dachte sie heute, das Leben gierig in sich aufzusaugen und es den Ungeborenen nicht zu gönnen. Sie hatte das Kindergeplärr gescheut, gestörte Nächte und stinkende Windeln. Sie wollte keine Kugel am Fuß, keinen Kinderwagen schieben, nicht zusammen mit hundert anderen kreischenden Kindern an Sandstrände auf Urlaub fahren. Nicht an Sprechtagen in der Schule Schlange stehen und, Verständnis heuchelnd, die Lehrerinnen beschwichtigen.

Ihre nüchterne Pragmatik, fern jeder verklärten Romantik, war offenbar ganz auf persönliche Bequemlichkeit und nicht auf die Arterhaltung der Spezies ausgerichtet gewesen, zumal sie nicht einsah, warum diese fast ausschließlich zu Lasten der Frauen ging.

Sicher, manche Freundin hatte herzige Kinder bekommen, mit duftender Babyhaut und glucksendem Lachen wie in der Fernsehwerbung. Und wie sich das Krähen allmählich in

Sprechen verwandelte. Auch Kinderzeichnungen liebte sie über alles. Hätte Monika ein Kind gehabt, hätte sie ihre ganze Wohnung und auch noch ihr Büro mit seinen Zeichnungen austapeziert.

Was es wohl für ein Kind geworden wäre? Klug unbedingt! Auch schön? Wie seine Großmutter? Hätte es die unwahrscheinlich blauen Augen seines potentiellen Vaters geerbt? Oder die grünen Katzenaugen und schwarzen Haare seiner Tante? Vielleicht hätte es sich der Wissenschaft zugewandt oder der Politik. Oder es hätte sich der Kunst verschrieben. Business? Wohl kaum!

Eigentlich wäre es schön, heute eine große Tochter zu haben. Aber wer B sagt, muss auch A sagen. Warum brauchten Menschen so lange um selbständig zu sein? Jeder Vogel war schneller flügge. Jedes Fohlen stand bald auf eigenen Beinen.

St. Pölten, 4. 7. 1950

Liebster Mann!

Ich habe es gewußt, daß diese Woche lang werden wird. Nun denke ich überhaupt jede Sekunde an Dich, an unser Zusammensein. Wenn man arbeitet, erscheint eine Woche kurz, die Tage laufen, jetzt aber finde ich sie endlos.

Bist Du wieder gesund? Diese Hitze wird Dich doch endlich schwitzen lassen. Natürlich ist es bei euch kühler. Wir schnappen alle nach Luft und zu Hause laufen Kinder und Mutti splitternackt herum. Die Neni ist den ganzen Tag in der Badewanne. Sie ist sehr brav und hat heute Sehnsucht nach Dir bekommen. Deine Schokolade hat einen sehr nachhaltigen Eindruck auf sie gemacht. Ich fahre immer erst abends mit ihr fort. Sie verträgt die Hitze so wenig wie ich.

Monika konnte sie fühlen, die Hitze in der menschenleeren Stadt. Ihre Bewohner waren aufs Land geflüchtet oder zumindest an den Traisen-Strand. Die nicht weg konnten, hatten sich in ihren Wohnungen verbarrikadiert. Die Fenster geschlossen, die Räume mit Jalousien oder Vorhängen abgedunkelt.

Die Oma hatte aus einer Lade einen Fächer hervorgekramt. Splitternackt saß sie auf dem Diwan, las die Zeitung und fächelte sich. Neni schöpfte in der Badewanne das kalte Wasser in ihr Küberl und goss es über den Kopf. Die Gummiente quietschte. Gerda saß am Schreibtisch über ihr Briefpapier gebeugt. Einzig ein nasses Tuch im Nacken bedeckte ihre Blöße.

Am Domplatz schlug die Kirchturmuhr zwölf, aber nirgendwo mischten sich Küchendüfte in die stickige Luft. Heute wollte keiner eine warme Mahlzeit. Nur Paradeiser- oder Gurkensalat. Und trinken. Limonade. Oder einfach Sodawasser aus der Sifonflasche. Oder kalte saure Milch. Bei Fredrizzi standen die Leute Schlange ums Eis. Kein Blatt regte sich im Hammerpark, die Luft stand. Sogar die Fliegen hatten zu brummen aufgehört. Auf der Wienerstraße wurde der Asphalt weich, zog Blasen. Die Regenrinnen an den Rändern der Dächer glühten.

Gerda hielt ihr Tuch, mit dem sie ihren Nacken kühlte, wieder unter das kalte Fließwasser, bevor sie weiterschrieb.

Gestern war ich bei Frau Singer. Sie sagte, daß sie mir helfen wird, eine Wohnung in Wien zu finden.

Du Liebster, ich habe solche Sehnsucht, Dich zu küssen und Deinen Herzschlag zu hören.

4 Tage noch!

Sie beendete den Brief und legte sich auf's Bett. Träumte sich in den Winter auf den Eislaufplatz. Mit Sepp.

Neni stieg aus der Badewanne und kletterte der Oma auf den Schoß um ihr den Fächer zu entwenden. Die Oma schimpfte, Neni hatte alles angetropft. Während die Oma mit einem Tuch den Parkettboden trocken rieb, fächelte Neni ihren Puppen. Die Puppen wollten in die Badewanne, aber die Oma erlaubte es nicht. Neni plärrte. Gerda drehte ihre letzte Pirouette auf dem Eis und zog die Schlittschuhe aus. "Komm Neni, wir gehen zu Fedrizzi Eis essen!"

St. Pölten, 5. 7. 1950

Liebes!

Wenn ich deinen Brief hole, bringe es nicht fertig, mit dem Lesen zu warten. Im Autobusgebäude lese ich ihn zum ersten Mal. Dann gehe ich heim. Ich bin so bei dir, daß ich nichts sehe und höre. Zu Hause lese ich ihn dann immer wieder.

Vor deinem nächsten Brief fürchte ich mich ein wenig. Steht doch drinnen, ob Du nach Wien kommst oder nicht. War gestern Dein Vorgesetzter da? Ich habe daran gedacht und Dir die Daumen gehalten. Hast Du Dir schon überlegt, was Du machst, wenn es nicht geht? Wenn Du nicht nach Wien kommst, was tue ich dann? Gerade die ersten Monate werde ich Dich bitter notwendig brauchen.

Neni wartet diesmal schon auf dich. Sie fragt mich jeden Tag nach Dir. Ich bin heute so niedergeschlagen. Vielleicht ist das Wetter daran schuld. Alles ist grau. Deine Briefe retten mich vor dem gänzlichen Versinken.

Gerda hielt es wohl nicht mehr aus daheim. Sie hatte die Vorhänge aufgezogen, aber es kam kein Licht durch das Fenster, keine Sonne, keine Farben, auch kein schattiges Grün. Es hätte genauso gut ein Tag im November sein können.

Sehnsucht nach dem strahlenden Licht des Südens befiel sie. Wie damals auf der Insel Raab mit ihren Eltern. Die Maulbeerbäume und das klare Meerwasser. Damals waren die Natur und ihr Leben noch ungetrübt gewesen.

Sie brauchte Luft. Sie durchquerte die lähmende Stadt und wanderte an der Traisen entlang, in der sich heute kein Himmel spiegelte. Sie setzte sich ans Ufer und starrte ins Wasser. Dann stand sie auf und ging bis zu den Waden in den Fluss, der den Saum ihres Kleides umspülte. Beim nächsten Schritt stieg ihr das Wasser bis zur Hüfte, beim übernächsten bis zum Hals. Jetzt verlor sie den Grund unter den Füßen. Sie war immer eine gute Schwimmerin gewesen, aber der Fluss war mit einem Mal so reißend. Hochwasser? Wenn sie nur einen der im Wasser treibenden Baumstämme erreichen könnte, um sich festzuklammern.

Da trieben Papierfetzen auf sie zu, die sie mit den Fingern zu fassen bekam. "Mein Liebling", "Mein Herzblatt", "Mein Augenstern". Seltsamerweise hatte das Wasser die Schrift nicht verwischt. Sie bekam Oberwasser und erreichte das Ufer, wo sie die Briefe - auch ein Gedicht war darunter - trocknen ließ, sich auf den Rücken legte und las:

Ich singe ein Lied
von blühenden Gärten,
bunten Wiesen,
rauschenden Wäldern,
von Flüssen und Seen,
Bergen und Meeren,
Sonne und Wolken;

ich singe ein Lied
von Sehnsucht und Hoffnung,
Frieden und Glück;

ich singe ein Lied
des Lebens in Liebe
und denke an Dich.

Monika sah, wie Gerda selig einschlief.

St. Pölten, 12. 7. 1950

Liebster!

Heute holte ich mir Deinen Brief. Es ist gleich leichter, wenn ich etwas von Dir habe. Ich weiß, daß Du immer an mich denkst und doch spricht das Blatt und Du hast es berührt.

Ein Blatt
beschrieben,
von Deiner Hand
die Feder geführt,

jeder Buchstabe,
jedes Wort,
jedes Zeichen,
jeder Satz,
jeder Gedanke
geprägt von Deiner Zuneigung,
von Deiner Liebe;

ein Blatt bin ich
beschrieben
von Dir.

Es machte Monika Vergnügen, eine Kommunikation zwischen den Liebenden zu arrangieren, die Lücken ein wenig zu füllen, die durch das Fehlen von Sepps Briefen entstanden waren.

Ich freue mich schon auf den morgigen Brief. Nur mehr 2 Tage und ich kann zum ersten Mal ohne Furcht bei Dir sein. Ganz richtig ist es ja noch nicht, aber es kann nicht mehr viel geschehen.
Vormittag war ich beim Vormundschaftsgericht und habe Einspruch gegen den niederen Unterhaltsbeitrag erhoben. Ich machte es nur der Mutti zu Liebe. Ich selbst hätte Ruhe so nötig und sehe daraus nur neue Aufregungen kommen.

Ich kann's Dir nicht verbergen,
mich drängt es zu gestehn,
ich will nicht nur in Träumen,
Dich auch im Alltag sehn.

hatte auch Sepp gedichtet.

Die Kollegin, mit der ich tausche, war heute auch bei mir. Die Schule hat eine sehr nette Leiterin und einen verständnisvollen Inspektor. Sie ist in der Praterstraße und eine Mädchenschule. Ich hätte Buben lieber.

Wie ich es allerdings hier in Wien ohne Neni aushalten soll, ist auch ein Problem. Ihr kann ich nicht schreiben und das arme Kind wird nicht verstehen können, warum ich sie so verlasse.

Wien, 11. 10. 1950

Du mein Liebstes!

Mama schreibt mir, daß Neni nichts als Unfug treibt. Erstens beißt sie sämtliche Tuchentzipfel weg. In einer unbewachten Stunde machte sie von den Öfen das Marienglas kaputt und versuchte es zu lutschen. Außerdem visitierte sie den Geschirrschrank und stieß auf die Gewürze. Als Oma sie dabei erwischte, lag bereits ein Haufen vollkommen vermischt auf dem Boden. Den Mund hatte sie voll Kümmel und gerade sollte der Pfeffer gekostet werden. Die Oma war so böse, daß sie wünschte, das liebe Kind hätte zuerst den Pfeffer versucht. Warst Du auch so wißbegierig? Ich habe höchstens den Ofen ausgeräumt.

Die Geldsorgen? Dein Herr Urbanek sollte dir lieber die Arbeitslosenunterstützung geben als Versprechungen zu machen. Was tue ich bloß, wenn Du in St. Pölten den herrlichsten Posten hast. Ich wünsche mir null Zwischenraum und nicht 60 km. Ich bin auf den Mann vom Arbeitsamt sehr böse, weil er schuld daran ist, daß ich Sonntag allein schlafen muß und dich nur kurze Stunden halten kann.

Meinen Ring habe ich noch nicht versetzt. Ich habe einstweilen 50 S Elternvereinsgeld genommen. Das brauche ich erst am 1. abzuliefern.

Ich glaube, ich habe Dir versprochen Samstag um 2 Uhr zu kommen. Mir fällt gerade ein, es könnte etwas später werden. Du wartest, gelt?

Immer Du!

Wien, 8. 11. 1950

Mein Geliebter!

Diese Woche ist lang. Trotzdem ist sie voll geheimer Freuden, weil der kommende Sonntag kein Abschied wird, sondern der Auftakt einer glücklichen Woche. Schön Dich in der gleichen Stadt zu wissen!

Deine Wahrsagerin sagt uns nichts Neues. Und das Standesamt brauchen wir doch nur wegen unserer Kinder.

Die Wohnung ist natürlich ein Problem und ich werde es jetzt ernstlich in Angriff nehmen. Nur wird dann meine Mutter sehr oft bei mir sein. Wenn ich es ihr nur schon beigebracht hätte. Ein bisserl muß ich ihr schon Zeit geben, den ersten Mann zu verdauen, bevor ich mit dem zweiten komme, der sie anfänglich bestimmt auch in Verzweiflung stürzen wird.

Mein finanzielles Minus hat sich wieder etwas gebessert. Ich habe die Kinderzulage und die fehlenden 74 S bekommen. Die Mama hat den Kinderwagen verkauft - die Ahnungslose -, sodaß ich jetzt das Dringendste kaufen kann. Wie geht es Dir? Hast Du schon Dein Geld bekommen? Ich wünsche es Dir so.

Liebes, ich bin immer Deine Frau

Was die Wahrsagerin Sepp wohl prophezeit hatte? Monika konnte sich schlecht vorstellen, dass Sepp sie von sich aus aufgesucht hatte. Ein Sprössling einer proletarischen Familie, ein Mitglied der Sozialistischen Jugend und Hellseherei, das passte nicht zusammen. Wahrscheinlich war er bei einer Sternwanderung mit seinen Genossen bei einem Jahrmarkt vorbeigekommen. Die Wahrsagerin hatte ihn am Ärmel des Blauhemdes gezupft, dann am Arm gepackt und ihn mit ihren schwarzen Augen angeblickt. Wie gebannt war er stehen geblieben beim Anblick ihres rot leuchtenden Kopftuches, ihrer blitzenden goldenen Ohrringe und den Volants ihres Rockes, die wie ein Wasserfall zu Boden rauschten, der funkelnden Kristallkugel in ihrer Hand.

Während die anderen den Feuerschlucker umringten, hatte sie ihn dazu bewogen auf einem Hocker Platz zu nehmen und ihren Prophezeiungen zu lauschen. Sepp war zu überrumpelt um zu widersprechen. Er bezahlte rasch den gewünschten Betrag ohne sich lang und breit nach seinem weiteren Schicksal zu erkundigen, weil er nicht wollte, dass ihn seine Genossen an den Lippen einer Wahrsagerin hängend ertappten.

Gerda schien den Prophezeiungen keine besondere Bedeutung beizumessen. Da war ihre Mutter, die noch nichts wusste, wohl das größere Problem.

Die Sorge der Mütter um das Wohl ihrer Töchter konnte ganz schön belastend sein. Monikas Mutter hatte jeden ihrer potentiellen Schwiegersöhne mit Argusaugen gemustert. Und wer nicht Adonis' Schönheit mit Einsteins Weisheit und Albert Schweitzers Güte vereinte (zu den nicht ausgesprochenen Anforderungen zählte wohl auch Onassis' Reichtum), fiel durch. So war Monika dazu übergegangen, ihre Männer so lang wie möglich von ihrer Mutter fernzuhalten. Hatte allerdings einer ihre Rache verdient, so bestand diese darin, ihn - etwa bei einem familiären Mittagessen - ihrer Mutter ans Messer zu liefern.

Wien, 22. 11. 1950

Liebes Herz!

Die Parteischule ist aus - Schärf war auch da - und wir sollen zur Abschlußfeier das "Lied der Freiheit" aufführen. Leider macht das Kunstkollektiv gerade eine sehr ernste Krise durch. Die Leute, d. h. die alten geschulten Kräfte, kamen nicht zur Probe für die geplante Aufführung. Der Leiter des Kunstkollektivs, Franz Ibaschitz, der persönlich die Regie führt, hat natürlich die Nerven verloren und die übrigen gepiesackt. Die Mädchen behandelt er einfach sonderbar. Wenn ich nicht gewesen wäre, wäre keine einzige wiedergekommen. Noch dazu hat der arme Tor seine Seele an die blonde Gina verloren - Du weißt schon, die Helena, und diese sagte mit dem rührenden Ton einer Madonna, sie

fahre schon in 14 Tagen nach England. Ja das ist das "Elfchen im eisigen Nordwald", das "verlorene Schäfchen" - so drückte er sich nämlich vorher aus. Ich habe es gleich erkannt. Sie ist einfach ein raffiniertes kleines Mädchen, auf dessen angebliche Schwachheit alle Männer wie Bären auf den Honig hereinfallen. Auch Du, mein geliebtes Kaninchen, hast Anlage dazu. Solch ein Manöver durchschaut nur eine Frau sofort. Jetzt ist natürlich Aufruhr. Machtkrise. Wir werden einfach neue Leute suchen.

Gerhard Weißenberg ist in meiner Hochachtung sehr gesunken. Ibaschitz hat um einen Diskussionsredner gebeten und Gerhard hat sich bereit erklärt. Nun hat er abgesagt, weil Helmer nicht damit einverstanden ist. So ein Feigling. Er kriecht also auch vor den Göttern. Dabei wäre er ja nicht zu Ibaschitz, sondern zum Kunstkollektiv gekommen. Schließlich wird es von der Partei finanziert und es ist ganz falsch, es zu sabotieren. Das sind feine Genossen! Du kannst dir vorstellen, wie das den Ibaschitz getroffen hat. Wenn das K.K. im feindlichen Lager stünde, könnte es nicht anders sein.

Ibaschitz stand händeringend auf der Bühne. "Genosse Weißenberg, bleiben Sie, ich bitte Sie. Die vielen Leute, Sie können uns nicht im Stich lassen, die Parteischule, lassen Sie uns doch das 'Lied der Freiheit' singen, K.K. hin, K.K. her!"

"Kacke", sagte Weißenberg verächtlich und wandte sich brüsk ab, kniete vor dem mit roten Nelken geschmückten Altar nieder und faltete die Hände zum Gebet.

"Feigling!", zischte Gerda aus dem Souffleurkasten.

Ibaschitz standen die schlohweißen Haare zu Berge. "Elfchen, mein Elfchen, so hilf mir doch!", ein Rufer im eisigen Nordwald. Die Wipfel der Bäume bogen sich im Sturm, der den Schnee in Fontänen von den Ästen blies.

"Nicht so stürmisch", sagte Gerda, die aus dem Souffleurkasten gestiegen war, "schaut her!" Sie streckte die Arme nach oben und wiegte sich sanft hin und her. Ärgerlich, dass die alten geschulten Kräfte weggeblieben waren und sie mit diesen Anfängern ganz von vorne beginnen musste beim

Proben.
Ibaschitz näherte sich gebückt in schleppendem Gang - ein wenig sah er aus wie der Glöckner von Notre Dame - Weißenberg.
"Was macht er denn da?", fragte er Gerda.
"Du siehst doch, er kniet vor den Göttern!"
Weißenberg lutschte an einem zerbrochenen Marienglase, seine Zunge war schwarz.

Ein blondes Elfchen tänzelte in einem weißen Ballettröckchen auf die Bühne und knickste vor Schärf, dessen langer Bart mit Honig verklebt war.
"Geliebtes Kaninchen", flötete sie und Schärf lächelte gerührt.
Jetzt wurde es Gerda zu bunt. Sie jagte alle von der Bühne, Weißenberg, Schärf, das Elfchen, die als Bäume verkleideten Parteischüler und sogar Ibaschitz.

Bühnenarbeiter brachten Möbel: Einen Esstisch und vier Sessel, eine ausziehbare Couch, zwei Fauteuils, ein Nierentischchen und eine Stehlampe. Die "Frankfurter Küche" von Frau Schütte-Lihotzky würde gleich geliefert, sagten sie zu Gerda.

Sepp und der Mann vom Arbeitsamt nahmen in den Fauteuils Platz und spielten "Mensch-ärgere-dich-nicht". Jedesmal wenn Sepp mit seiner roten Spielfigur kurz vor Wien stand, schmiss ihn der Arbeitsvermittler mit seiner gelben Spielfigur hinaus und Sepp musste zurück an den Start nach St. Pölten.

Eine Wahrsagerin trat mit raschelnden Röcken auf. Sie fegte das Spielbrett vom Nierentisch, packte den Mann vom Arbeitsamt und stieß ihn von der Bühne. Dann nahm sie in dem Fauteuil gegenüber von Sepp Platz und polierte ihre Kristallkugel mit dem Rocksaum.
"K.K", sagte sie verheißungsvoll, "K.K."
Gerda lachte. "Guck-guck", sagte sie zu Neni, die unter den Röcken der Wahrsagerin hervorlugte, "guck-guck".

Monika blinzelte. Sie war auf der Eckbank beim Küchentisch eingenickt. Die Kuckucksuhr hatte sie aus ihrem Traum geholt. Sie stand auf und rekelte sich. Öffnete die Haustür um nach dem Wetter zu sehen. Es regnete immer noch. Sie bekam eine Gänsehaut und beschloss die Sauna einzuheizen.

3)

Um die Briefe, die Gerda von ihrer Mutter erhalten hatte, entziffern zu können musste sich Monika, die seit dem Geschichtsstudium nicht mehr Kurrent gelesen hatte, mit dieser Schrift erst wieder vertraut machen. Aus dem Internet hatte sie sich das Alphabet der "Deutschen Kurrent" mit Wort- und Satzbeispielen ausgedruckt. Sie studierte die Tabelle mit den Minuskeln, Majuskeln, Schreibkonventionen und Sonderzeichen.

Die schwungvollen, schnörkeligen Großbuchstaben besaßen einen ausgeprägten Charakter und waren nicht allzu schwer zu identifizieren. Aber die Minuskeln hatten es, mit wenigen Ausnahmen, in sich. e, r und n, aber auch das a und o sahen schon in der Tabelle ziemlich ähnlich aus und in der Handschrift der Briefschreiberin waren sie kaum zu unterscheiden und nur im Kontext zu enträtseln. Monika buchstabierte manche Wörter wie ein Kind, das lesen lernte. Bald kam sie wieder etwas in Übung.

St. Pölten, 26. 2. 1950

Liebe Gerda!

Nun habe ich zwei kranke Kinder. Neni geht es schon besser. Seit heute Nacht hat sie kein Fieber mehr.

Eva hat heute Nacht sechsmal erbrochen und 38,5 Fieber. Das hat sie ihrem Vater zu verdanken! Als sie gestern nach dem Essen hinunter ging, mußte sie 4 gebackene Mäuse essen. Seine Eltern gingen bald weg. Dann kochte er Bohnen, brannte sie ein und sie mußte dieselben (sie waren noch ganz hart) essen (Sonntagnachmittag), wobei er ihr "Tetschen" antrug, als sie nicht wollte. Dann mußte sie fettes Selchfleisch essen (unter Zwang), dann Schokolade, dann Würstel, dann Speck, dann Zuckerl, dann noch eine gebackene Maus und dann eine Handvoll ungekochte Erbsen, wobei sie wirklich eine "Tetschen" bekam, als sie sich weigerte. Das alles erfuhr ich erst heute früh. Ich bin so empört, daß ich nicht bis Freitag warten kann, um Dir das mitzuteilen. Normal ist dieser Mensch sicher nicht. Das ist doch Sadismus. Dich kann er nicht mehr quälen, so nützt er die Angst des Kindes aus und macht sich einen vergnüglichen Nachmittag. Er hat das Kind mit Absicht krank gemacht, denn ein Mensch im Alter von 40 Jahren muß doch wissen, daß man davon krank wird.

Er hat Eva auch ununterbrochen über deinen Lebenswandel ausgefragt, ob du viel fortgehst, ob du auch zum Ibaschitz gehst, ob du immer Geld hast usw. usw. Sie sagt, sie wisse oft nicht, was sie antworten soll. Ich bin dafür, bis auf weiteres die Besuche einzustellen, er soll sich nur bei der Berufsvormundschaft beschweren. Nach Deiner Operation kannst ja Du Dich erkundigen, was Dir zusteht.

Wenn Eva morgen noch fiebert, bitte ich Doktor Steingötter um seinen Besuch. Ich gebe ihr Pfefferminztee und ein Abführmittel. Hoffentlich ist sie bis Freitag gesund.

Daß er ein Rohling ist, weiß ich schon länger, aber das hätte selbst ich ihm nicht zugetraut.

Schau auf Deine Gesundheit, ich bitte Dich, denn wehe den armen Kindern, wenn Dir etwas zustößt.

Es grüßt Dich herzlich Deine Mutter

Monika stand auf und goss sich ein Stamperl Schnaps ein. Die gebackenen Mäuse, die Würstel, das fette Selchfleisch, die Schokolade, die Zuckerl, die harten Bohnen und die rohen Erbsen hatten ihr zugesetzt.

Offenbar hatte Gerdas geschiedener Mann Rachegelüste, die er in brutaler Weise an seiner Tochter ausließ. Und auf den Ibaschitz war er wohl auch eifersüchtig. Es waren ja meistens die Männer, die es nicht verkraften konnten, wenn sie verlassen wurden und ihr gekränktes Ego nicht in den Griff bekamen.

St. Pölten, 10. 10. 1950

Liebe Gerda!

Danke für Deinen Brief. Aber ich bitte Dich, versuche, deutliche Buchstaben zustande zu bringen. Nach sechsmaligem Lesen kann ich nur ungefähr erraten, was Du schreibst.

Es ist wirklich schrecklich, daß Du wegen dieser Ernährungszulage so viele Rennereien hast, aber schließlich wird ja auch das ein Ende nehmen.

Neni ist Sonntag nicht abgeholt worden. Vielleicht bildet er sich ein, wir sind verpflichtet, sie ihm zu bringen. Da ist er aber im Irrtum.

Um Gottes Willen. Monika war entsetzt. Sie werden ihm doch nicht weiterhin die Kinder ausgeliefert haben? Wieso haben sie nicht die Fürsorge eingeschaltet, dass sie ihm das Besuchsrecht entzogen?

Du fragst, was Neni macht. Unfug! Nichts als Unfug. Alles ruiniert sie. Überall ist sie, wo sie nicht sein soll. Man müßte 6 Augen haben. Aber sonst ist sie ein lieber, süßer Fratz, sie sehnt sich sehr nach Dir und Eva.

Hoffentlich habt Ihr Sonntag schönes Wetter.

Alles Nähere mündlich.

Herzlich grüßt Euch Mutti

St. Pölten, 30. 1. 1951

Liebe Gerda!

Wir sind gut zuhause angekommen. Neni war furchtbar müde, sie hat auf der Fahrt fast gar nichts geredet. Jetzt spricht sie nur davon, daß sie wieder zu Dir nach Wien will. Du sollst sie holen. Sie horcht beim Fenster, ob der Zug schon kommt. Im übrigen ist sie sehr lieb und sie kann schon alle 3 Strophen von "Hänsel und Gretel" auswendig.

Ihre Weihnachtsgeschenke habe ich schon beisammen: Die Holzeisenbahn, Bausteine im Wagerl, 3 Bilderbücher

(Kinderlieder, ein Märchenbilderbuch und „Teddy und sein Bruder") und ein kleines Klavier. Hausschuhe hat sie zum Nikolaus bekommen. Sie freut sich schon sehr auf das Christkind.

Für den Christbaum habe ich bis jetzt noch nichts gekauft. Ich muß erst sehen, wieviel Geld mir bleibt. Von der Ang.Vers. habe ich heute um 24 Sch. weniger bekommen als sonst, warum weiß ich noch nicht. Dann hat mir Hans die Nähmaschine geschickt, kostet mich auch 9 Sch. Fracht. Das sind schon 33 Sch. unvorhergesehener Abgang und nicht das Einzige. Die Verbrämung von Nenis Kapuze wird ungefähr 40 Sch. kosten.

Alles Weitere mündlich. Wir freuen uns schon sehr.

Herzlich Euch beide grüßend Oma

Der Zug! Monika sieht, wie Neni ihr Ohr an die Fensterscheibe presst. Endlich kommt er. Sie wird der Mama entgegenlaufen. Die Oma schläft auf dem Diwan. Macht nichts, zum Bahnhof findet sie allein.

Sie steigt auf den Sessel, um ihren Mantel am Garderobehaken zu erreichen. Sogar ihre Mütze setzt sie auf, damit die Oma nicht schimpft. Obwohl die Oma ja schläft. Jetzt noch die Pelzschuhe und dann weg.

Im Erdgeschoß klopft die Hausmeisterin vor ihrer Eingangstür den Schnee von ihrem Mantel ab.

"Ja wo gehst du denn hin?"

"Ich hole meine Mama ab."

"Da wird sie sich aber freuen! Ganz allein?"

"Die Oma kommt gleich", lügt Neni und läuft aus dem Haus. Draußen ist es schon fast dunkel. Neni geht durch den Stadtpark zum Bahnhof. Im Park ist es noch dunkler. Es sind keine Leute da. Neni ist ganz allein.

"Hänschen klein, ging allein, in die weite Welt hinein", singt Neni. Wenn man singt, muss man sich weniger fürchten. Aber die Bäume rücken immer enger zusammen. Und haben sich nicht auch Hänsel und Gretel im Wald verlaufen? Sie

will gerade zu weinen beginnen, als zwei Kinder, ein Bub und ein Mädel, Hand in Hand, auf sie zukommen. Aber die sind ja barfuß! Im Schnee!
"Ihr müsst Schuhe anziehen", sagt Neni, "sonst werdet ihr krank."
"Wir sind armer Leute Kinder", sagt das Mädchen.
Jetzt sieht Neni, dass die Kleider der beiden ganz zerlumpt sind.
"Wir sind Hänsel und Gretel", sagt der Bub.
"Ist die Hexe auch da?", fragt Neni ängstlich?
"Welche Hexe?", fragt Hänsel noch ängstlicher.
"Blödsinn", sagt Gretel, "Hexen gibt es nicht. Hexen gibt es nur im Märchen."
Neni ist erleichtert. "Kommt mit mir", sagt sie. Wir gehen meiner Mama entgegen und dann nach Hause, dort gebe ich euch Schuhe."
"Bist du so reich?", fragt Gretel.
"Ich weiß nicht". Neni muss ihre Mama fragen oder die Oma.
Sie fassen sich zu dritt an den Händen und marschieren durch den Stadtpark.

St. Pölten, 14. 2. 1951

Liebe Gerda!

Es war mir sehr unangenehm, dass ich nicht kommen konnte, ich hätte schon so gern meine Haare in Ordnung gehabt und wäre mit Dir zum Friseur gegangen. Aber Du hättest sowieso das Geld nicht gehabt dafür, wenn man Dir am Sonntag Dein Börsel gestohlen hat. Daß Du aber auch so leichtsinnig bist und Dein ganzes Geld mitnimmst, noch dazu, wenn Du Dein Tascherl aus der Hand legen mußt. Es genügen schon 5 oder 10 Groschen im Börsel, wenn Du nicht einkaufen gehst. Wann wirst Du endlich gescheit werden. Mit dem Friseur mußt Du jetzt warten, es sind noch 14 Tage bis zum Ersten.

Mit den Proben im Kunstkomitee solltest Du jetzt auch Schluß machen, ich denke, das ist auch eine Anstrengung, Du mußt schon in der Schule genug sprechen.

Da hat sie ihr ja ganz schön die Leviten gelesen. Weil sie auch so unvorsichtig war. Monika lachte. Solange man noch eine Mutter hatte, blieb man immer Kind, auch wenn man schon längst eigene hatte. Und die Mutter wusste natürlich immer, was gut für einen war und hielt damit nicht hinter dem Berg.

4)

Monika war hungrig. Sie hatte heute nichts gefrühstückt, nur Kaffee getrunken. Gestern hatte sie bei einem Bauern Schafskäse gekauft, den würde sie jetzt mit ein paar Paradeisern aus ihrem Eigenbau verzehren.

Sie ging zu den Gemüsebeeten und zum Kräutergarten, die sie bei der Übernahme von Haus und Grundstück ziemlich verwildert vorgefunden und mit viel Eifer wieder kultiviert hatte. Sie pflückte Paradeiser von den Sträuchern und kostete einen. So klein er war, so süß schmeckte er. Jetzt noch ein wenig Basilikum und Origano. Wie die Kräuter dufteten. Monika schnupperte am Salbei und zerrieb ein Blatt Zitronenmelisse zwischen ihren Fingern.

Als sie in der Küche den Schafskäse mit Olivenöl betreufelte und mit Origano bestreute, die Paradeiser mit Basilikum garnierte, musste sie an die wahnwitzige Geschichte denken, wie sie Jakob erobern wollte. Dass sie so verrückt gewesen sein konnte. Sicher, sie war jung gewesen und die Phantasie war schon immer gern mit ihr durchgegangen, aber im Rückblick erschien es ihr kaum glaublich.

Sie sah sich wieder in ihrem Gewürz- und Kräuterbuch blättern, dann am Küchenherd stehen und roch die Düfte, die dem Topf mit der brodelnden Flüssigkeit entwichen und sich im Raum entfalteten. Dieses leichte Schwindelgefühl. Auf der weißen Marmorplatte neben dem Herd die Gläser mit den Gewürzen. Die Miniatur-Macchia der zu Büscheln gebündelten Kräuter. Die zierliche Apothekerwaage mit den Messingschalen. Der Blutstropfen, den sie vergoss, als die Muskatnuss ganz dünn geworden war und das Reibeisen an ihrem Finger gescheuert hatte.

Wie die Nachbarin, die an ihrer Tür geläutet und gelacht hatte, als sie ihr gestand, dass sie einen Liebestrank braute, den sie dem Objekt ihrer Begierde beim Abendessen zu kredenzen gedachte. Bei Jakob musste sie ihre Verführungskünste noch etwas bemühen und dabei hoffte sie auf die unterstützende Wirkung der Kräuter.

Den Kümmel mit dem Wiegemesser gehackt. Sein Genuss soll klug machen. Carum carvi sollte Jakob erleuchten, damit er begriff, dass er mit ihr eine gute Wahl traf. Ligusticum für Liebe und Sympathie. Liebstöckel eben. Auch Elettaria cardamomum. Arabischer Kaffee mit Kardamom zubreitet entfacht die Liebeslust. Die knorpelige Ingwerwurzel für das Feuer. Hitzegefühl. Jakobs Blut in Wallung. Sein heißer Atem in ihrem Nacken. Ihre kühle Hand auf seiner Stirn, dann nach dem Fächer greifend. Sie fächelnd, im Kimono. Darunter nackt.

Die Brunnenkresse vorsichtig mit der Schere geschnitten, um die zarten Stengel nicht zu verletzen. Regt Appetit und Schilddrüse an. Die schöne Farbe des Safrans und sein schwerer, narkotischer Duft. Endlich das Gebräu in die Flasche abgefüllt. Gekostet. Köstlich.

Aber dann das Telefon. Jakobs zerknirschte Stimme. Die Redaktionssitzung. Kein Ende abzusehen. Heute wohl nicht mehr. Ein anderes Mal. Seine Äußerung des Bedauerns. Ihre plötzliche Erschöpfung und Ratlosigkeit.

Und dann wieder das Telefon. Diesmal Felix. Ausgerechnet. Und sie zu schwach um ihn abzuwimmeln. Auch schon egal. Kriegt halt er das Abendessen, auch wenn sie damit falsche Hoffnungen nähren wird. Felix, den Kräuterlikör lobend, von dem er gekostet hat, als sie eine Flasche Wein aus dem Keller holte. Ihre Fassungslosigkeit. Ihr Entsetzen. Seine Verwunderung. Seine scherzhafte Frage, ob sie jemanden damit… Ja genau, den Chef vergiften. Sein Lachen. Sein Rat, doch auch ein Stamperl zu trinken. Ihre Verzweiflungstat. Und wie sie dann den Blick hob von dem Schmutzfleck auf der weißen Bodenfliese und in seine Augen blickte und zum ersten Mal bemerkte, dass er wunderschöne grüne Augen hatte.

Wie selten geschah es doch, dass ein Mann und eine Frau sich gleich stark liebten. Und wenn dennoch zwei einander gleich gewogen waren, wie Gerda und Sepp, dann sorgten garantiert andere Umstände dafür, dass die Bäume nicht in den Himmel wuchsen.

Monika las wieder in den Briefen.

St. Pölten 22. 5. 1951

Liebe Eva!

Mutti schreibt, daß Du schon neugierig bist auf mein Geschenk. Also: Du hast die Wahl zwischen einem kleinen Rucksack und einem Handtascherl, das rote hat Dir ja die Neni weggenommen. Mutti ist mehr für einen Rucksack. Denk halt darüber nach. Gib gut auf unser liebes Engerl acht. Sonntag ist wieder ein kleines Mäderl aus dem Fenster gefallen. Viele Bussi an euch alle von Eurer

Oma

Diese Ängstlichkeit und Besorgtheit von älteren Menschen! "Verkühl dich nicht, brich dir kein Bein, pass auf, wenn du über die Straße gehst, fall nicht runter, fahr dort nicht hin, das ist zu gefährlich..." Irgendwie rührend, wenn man nicht unmittelbar davon betroffen war.

Vermutlich belebten Katastrophenphantasien den eintönig gewordenen Alltag. Wenn man Witwe war, die Familie aus dem Haus war, die Freunde immer weniger wurden, das Berufsleben abgeschlossen war und das Dasein sich im Wesentlichen auf Einkäufe beim Greißler, Besuche auf dem Friedhof, Tätigkeiten im Haushalt verengte, die große weite Welt nur noch in Büchern und Zeitschriften anzutreffen war, Abenteuer bloß aus zweiter Hand erlebt werden konnten, dann mochte das Unglück eine belebende Wirkung entfalten.

Oma steht in der Küche und schlägt den Germteig. Sie lässt sich Zeit dabei, der Tag ist lang und muss ausgefüllt werden. Während der Teig Blasen zieht, versinken ihre Enkelinnen auf einer Wanderung durch sumpfiges Gelände im Morast. Je mehr sich Eva und Neni herauszuarbeiten versuchen, desto tiefer geraten sie hinein. Das lähmende

Entsetzen der Kinder ist einer wilden Panik gewichen. Ihre kläglichen Schreie hallen übers Moor.

Nachdem der Germteig aufgegangen ist und sie die zu Buchteln geformte Masse ins mit Gas beheizte Backrohr schiebt, schlägt ihr beim Anzünden eine Flamme entgegen. Neni, die allein zu Hause ist, zündet die Kerzen auf Evas Geburtstagstorte an und wird Opfer eines Zimmerbrandes.

Es läutet. Der Eismann liefert bei Oma zwei Blöcke ab, die sie in den Eiskasten legt - im Sommer doch ein noch kühleres Plätzchen als die Speisekammer, wo bei diesen Temperaturen die Butter früher oder später ranzig wird. Als ihre Hände das Eis berühren, durchzuckt sie ein Schreck. Gerda ist zu einer Hochgebirgstour auf den Dachstein aufgebrochen. Allein. Friedl hat im letzten Moment abgesagt und ihre Freundin Sophie passt daheim auf die Kinder auf.

Die Lippen mit einer weißen Salbe abgedeckt, die dunkle Sonnenbrille aufgesetzt, überquert Gerda den Gletscher. Die Spalte sieht sie nicht. Nur die Oma sieht sie darin verschwinden. Gerda überlegt, ob zu dieser Tageszeit wohl noch jemand vorbeikommen würde, der sie befreien könnte. Und wie lange es andernfalls dauern würde, bis sie als vermisst gesucht würde. Wie lange man in einer Gletscherspalte überleben konnte ohne zu erfrieren. Hat sie sich verletzt? Das Steißbein tut ihr weh und ich rechter Arm schmerzt fürchterlich. Sie blickt nach oben, wo sie hoch über sich ein schmales Stück blauen Himmels sieht. Nur den Blick nicht abwenden.

Aber Oma weiß, was bald eintreffen wird, schließlich hat sie *Marion* von Vicky Baum gelesen: "Die Sonne hatte den Rand der Gletscherspalte erreicht und war weg." Dieser Schlusssatz hat sich ihr eingeprägt.

Im Radio erfährt sie, dass eine Mure in Tirol ein halbes Dorf verschüttet hat und die lang anhaltenden Regenfälle nun auch Ostösterreich mit Überschwemmungen bedrohen. Keine guten Aussichten für die Stadt an der Traisen.

Ihr fällt ein, dass sie heute noch nicht nach der Post gesehen hat. Wer weiß, was im Briefkasten wieder für Unglücksbotschaften auf sie warten. Sie geht die Treppen hinunter zu ihrem Postfach. Ein Brief von Gerda. Oma müht sich schnaufend die Stiegen wieder hinauf, setzt sich zum Schreibtisch und schlitzt mit Hilfe des Brieföffners das Kuvert auf, beginnt zu lesen. Ein Strahlen geht über ihr Gesicht. Die Erleichterung lässt sie eine entspanntere Körperhaltung einnehmen. Sogleich beantwortet sie den Brief.

St. Pölten, 29. 5. 1951

Liebe Gerda!

Ich habe die Absicht, Samstagabend nach Wien zu kommen. Montag früh fahre ich nach Hause. Paßt es Dir?

Ich habe oft schreckliche Sehnsucht nach der Neni. In der Nacht wache ich manchmal auf, weil ich sie neben mir atmen höre. Sie hat mich wohl schon ganz vergessen?

Die Maikundgebung war gelungen, nicht wahr? Wir waren ganz euphorisch vor Freude im Rathaus, das heißt, wir Sozialisten, die andere Fraktion hat lange Gesichter gemacht. Samstag haben wir Siegesfeier.

Alles Weitere mündlich.

Küß die Kinder von mir und seid alle gegrüßt von Eurer

Oma.

St. Pölten, 14. 6. 1951

Liebe Gerda!

So schwer wie diesmal bin ich noch nie von den Kindern weggefahren. So arm und verlassen sind sie dagestanden. Beide haben geweint. Neni schon, wie ich den Koffer gepackt habe. Sie wollte sogar mitfahren und als ich sagte, dann hätte die Mutti keine Neni mehr, wenn sie nach Hause kommt, meinte sie, die Mutti wird dann auch nach St. Pölten kommen. Bisher habe ich die Trennung nur von meinem

Standpunkt aus gesehen, aber für die Kinder ist es noch viel härter. Du bist beruflich und zu Hause stark in Anspruch genommen und die Kinder würden außer Dir noch jemanden brauchen, der sie liebt und bei ihnen ist, wenn Du verhindert bist. Und ich sitze in St. Pölten und bin nun im 65. Lebensjahr. Daß mein Lebensende so traurig verlaufen muß! Da hat Vater es schon besser gehabt.

Mein Kleid war natürlich nicht fertig, als ich es um halb Fünf holen wollte, ich mußte fast eine Stunde warten und zu Hause hab ich dann gesehen, daß es an den Schultern nicht geändert wurde, nur in der Mitte rundherum eine Naht mit der Maschine. Das hätte ich selbst in einer Viertelstunde gemacht und dafür verlangt man 12 Sch. An den Schultern kann ich es nicht machen, jetzt muß ich noch zur Schneiderin damit gehen. Mit der Stafa bin ich fertig.

Schreibe bald wieder. Deine Briefe sind meine einzige Abwechslung.

St. Pölten, 26. 7. 1951

Liebe Gerda!

Ich fahre also am 1. August weg, steige in Wr. Neustadt aus und bin dann am 2. bei Euch in Rettenegg. Ich möchte schon den Mittagsbus erwischen, damit ich in kein Gewitter komme. Ich will aus Wiener Neustadt Gemüse und ein wenig Obst mitbringen, es ist nur alles so furchtbar teuer.

Ob ich einen Koffer auftreibe, weiß ich nicht. Ich muß für mich selbst auch einen kaufen, denn in das kleine Kofferl geht ja nichts hinein. Wenn ich Geld hätte, würde ich Dir auch einen kaufen, einen Koffer braucht man immer.

Monika nickte. Einen Koffer braucht man immer. Wenn man verreisen will. Auf Urlaub fahren. Für ein Strandtuch und ein, zwei Handtücher, eine Badetasche, Sonnenöl und Sonnenbrille, einen Sonnenhut. Einen Badeanzug. Sandalen. Ein Strandkleid, Bermuda-Shorts. Einige T-Shirts. Zwei, drei Sommerkleider. Eine Jacke und eine Hose, wenn es abends kühl wird. Ein Nachthemd. Unterwäsche. Ein paar Bücher. Einen Reiseführer. Einen Reisewecker. Eine Reiseapotheke. Einen Fotoapparat...

Einen Koffer braucht man, wenn man ins Studentenheim in die Stadt zieht. Für die wichtigsten Bücher. Die CDs. Den Walkman und den MP 3-Player. Den Radiowecker und den Haarföhn. Zwei, drei, Jeans, ein paar T-Shirts, zwei Pullover, Unterwäsche. Ein zweites Paar Tennischuhe. Ein, zwei Ausgehkleider und Ausgehschuhe. Den Mantel wird man später holen, wenn es kalt wird, schließlich muss man irgendwann auch einmal nach Hause auf Besuch kommen.

Einen Koffer braucht man, wenn man zu Weihnachten seine Familie besucht. Für die Geschenke. Ein Plaid für Vater. Einen Muff für Mutter. Ein Kochbuch für die Schwester. Einen Malkasten und Pinsel für den Schwager. Einen Kaufmannsladen für die Nichte. Einen Teddybären für den Neffen. Ein Fernglas für Onkel Alfred. Für sich selbst ein Buch, von dem man weiß, dass man keine Muße finden wird, es zu lesen.

Einen Koffer braucht man, wenn man Streit gehabt hat. An Trennung denkt. Zur Freundin zieht oder zum Freund. Bis man eine eigene Wohnung gefunden hat oder sich wieder versöhnt.

Einen Koffer braucht man, wenn man flüchten muss. Das Wichtigste muss hinein in den Koffer: die Dokumente, die Zeugnisse, der Schmuck, wenn man welchen hat, das Familiensilber, so vorhanden, die Fotos seiner Lieben, ein paar alte Briefe. Ein dicker Mantel gegen die Kälte. Feste Schuhe oder Stiefel. Die Lieblingsbücher müssen daheim bleiben, sonst wird der Koffer zu schwer.

Diese Vorstellung war für Monika ein Albtraum. Das ganze Flüchtlingsschicksal verdichtete sich zu dem Koffer, der so wenig Raum ließ, dass fast alles zurückgelassen werden musste.

Sie selbst hasste Kofferpacken. Immer nahm sie zu viel mit. "Zimmer, Küche, Kabinett", hatte die Eltern gespottet. Wie gerne würde sie Ballast abwerfen. Jedesmal wieder fasste sie den Vorsatz, nur mehr mit dem Nötigen zu reisen. Nicht die ganze Parfümerie mit sich zu tragen. Einfach nur die kleinen Probepackungen von Gesichtsmilch und -lotion, Tages- und Nachtcreme, Bodylotion, Shampoon und Haarbalsam,...

Die Reiseapotheke kleiner zu halten. Sie war doch gesund. Merkwürdigerweise trat immer ausgerechnet vor einer Reise dieses plötzliche Kratzen im Hals auf. Na schön, die Echinacea-Tropfen fanden ja in der Handtasche spielend Platz. Und falls sich das Kratzen zu einem Schnupfen auswuchs, vielleicht doch noch die Cepa D 3 Globuli. Und wenn sie ausnahmsweise doch einmal nicht auf homöopathische Medikamente ansprach, die Rhinon Nasentropfen. Das war dann der Zeitpunkt, wo sie einen Druck an den Schläfen spürte. Sollte sie Aspirin oder doch etwas Stärkeres mitnehmen? Genug Hansaplast brauchte sie auf jeden Fall für eine Stadtbesichtigung oder Wanderung. Und eine Rolle Leukoplast, weil das Hansaplast allein nie hielt, obwohl sie gar keine Schweißfüße hatte.

Ihre Absicht, wenig Kleidung mitzunehmen, erforderte unbedingt das Reisebügeleisen. Wie gut, dass sie einen Reisestecker für alle Steckdosen der Erde hatte. Warme oder leichte Kleidung, das war die Frage, wenn man nicht gerade im tiefsten Winter verreiste. Hier war die Wetterprognose hilfreich. Aber konnte man ihr trauen? Selbst wenn sie günstig war, was, wenn der Wind sich drehte? Nicht einmal der leichtsinnigste Mensch fährt ohne Pullover weg. Und zu den Kleidern brauchte sie natürlich eine Weste oder einen Blazer. Welcher passte farblich überall dazu? Keiner! Das hieß, dass sie nicht mit einem einzigen auskam.

Schuhputzzeug war völlig überflüssig, sie putzte doch so gut wie nie ihre Schuhe. Andererseits im Urlaub hätte sie einmal Zeit dazu. Ein kleiner Lappen und eine farblose Paste für fünf Paar Schuhe fiel doch kaum ins Gewicht. Leider konnte sie nicht auf Hausschuhe verzichten, ihr ekelte davor in Hotelzimmern barfuß zu gehen.

So kam es, dass sich der Inhalt des Köfferchens jedesmal hoch über dem Rand türmte. Nicht einmal wenn sie sich auf den Deckel setzte, ging er zu. Also doch der große Koffer. Umgepackt war ja schnell. Seufzend den kleinen auf das Ablagefach verfrachtet. Vorbei die schöne Vorstellung, leichtfüssig und unbeschwert mit einem Köfferchen in der Hand durch die Bahnhofs- oder Flughafenhalle zu tänzeln, während andere Reisende sich mit riesigen, unförmigen Gepäckstücken schwitzend und ächzend abschleppten.

Ob es Seminare für "Koffer packen, aber richtig?" gab?

Gestern bin ich beim Haustor mit der Zukünftigen zusammengestoßen, Du, die paßt zu ihm. Ich habe sie nur mit einem Blick gestreift. Ganz hübsch, aber gewöhnlich und kalt. Sicher sehr berechnend. Ich habe kein Vorurteil gegen sie gehabt, eher hat sie mir leid getan, aber die ist ihm bestimmt gewachsen. Hoffentlich bleibst Du gesund. Mein erster Gedanke nach der Begegnung war, der möchte ich die Kinder nicht anvertrauen, da würden sie mir leid tun. Ich hoffe, es wird nicht dazu kommen.

Und nun viele Grüße, küsse meine lieben Mäderln, auf baldiges Wiedersehen

Eure Oma

St. Pölten. 28. 8. 1951

Liebe Gerda!

Nun habe ich mich zu Hause wieder eingewöhnt, so schwer ist es mir noch nie gefallen, ich bin einfach bei mir nimmer daheim. Wie geht es den Kindern? Haben sie sich wieder eingelebt?

Momentan soll es überhaupt kein Brennmaterial in Wien geben. Gustav und Minna waren Sonntag in Wien und haben es von Hilde gehört. Womit wirst du im Winter heizen?

Schreib mir gleich, wenn Du etwas Neues hörst, ich warte schon darauf. Anbei noch ein paar Zeilen an Eva:

Liebe Evi!

Der Enzian ist noch ganz frisch und die Lärchenzweige auch. Wenn ich den Strauß sehe, denke ich an den schönen Spaziergang, als wir ihn gepflückt haben. Denkst Du auch noch daran?

Schreib mir, was Du und Neni immer macht - ich sehne mich sehr nach Euch.

Viele Grüße und Bussi von Eurer Oma

Liebe Gerda, kauf den vom Wiener Wohnungsamt herausgegebenen Wohnungsanzeiger, er soll in jeder Trafik erhältlich sein (1 Sch.90), vielleicht findet sich doch einmal was. Schreib bald!!!

Bei **Trafik** fiel Monika ein, dass sie schon zwei Tage keine Zeitung mehr gelesen und auch keine Nachrichten im Fernsehen oder Radio gehört hatte. Sie wusste gar nicht mehr, was auf der Welt vor sich ging. Sie schaute auf die Uhr. In einer halben Stunde begann das Abendjournal auf Ö1. Sie schaltete den Radioapparat jetzt schon ein, um über den Briefen nicht wieder auf die Nachrichtensendung zu vergessen.

Es lief gerade eine Reportage über die Auswirkungen der elektromagnetischen Strahlen von Mobiltelefonen auf den menschlichen Organismus. Sie würden die Hirnströme überlagern und durcheinanderbringen, was sich in Konzentrationsschwierigkeiten, Kopfschmerzen und Schlafstörungen auswirke. Zwar könne sich der Einzelne dagegen schützen. Entweder durch völlige Abstinenz oder seltenen Gebrauch von Mobiltelefonen oder durch ein Verbindungskabel vom Gerät zum Ohr, das die schädlichen Strahlung abschwäche. Was aber sei mit mit den vielen Handymasten, die überall wie Pilze aus dem Boden schössen, fragte ein vom Reporter interviewter Professor namens Nevole, dessen Stimmlage und Ausdruck eine enorme Bedrohung vermittelten.

Monika kam sofort ihr "Handyman" in den Sinn. So nannte sie den riesigen Masten auf dem Dach eines ihrer Nachbarhäuser in Wien, der wie eine futuristische Skulptur aus Metall in den Himmel ragte und den alle ihre Besucher-Innen, die ihn bemerkten, erschrocken kommentierten, voll des Mitleids, dass sie, Monika, seinen unheilvollen Kräften ausgesetzt war.

Wenn der große Innenhof, in den alle ihre Wohnungsfenster und ihre kleine Loggia ausgerichtet waren, sich in Natur verwandelte, dann nämlich, wenn nach einem langen, öden Winter die Bäume zu knospen begannen und wenig später zarte Grünschleier trugen, die Sträucher in den hübschesten Farben von Weiß über Gelb bis zu Rosa und Pink blühten, bis sie nach einigen Regengüssen und heißen Sonnentagen eine einzige wogende grüne Wildnis darstellten, am höchsten die beiden breit verästelten Pappeln, gefolgt von den alten Linden, den Ahornbäumen und allerlei Buschwerk, dann erst wurde sie seiner wirklich gewahr.

Über blattlosem Geäst unter farblosem Himmel blieb er eine unauffällige Erscheinung, deren kaltes Metall sich nahtlos ins Bild einfügte, aber wenn die Bäume blätterübersät und grüngrün in den Himmel wuchsen, bemerkte sie, dass der Handyman die höchste Position innehatte, die im Wind rauschenden Riesen überragte, unbewegt und starr mit dem Körper und der Haltung eines Roboters.

Er hatte auch etwas Pharaonenhaftes. Er war der gottgleiche Herrscher eines Weltreiches, in dem die Natur, von seinem Kontrollposten überblickt, nur geduldet war. "Noli me tangere".

Trotzdem hatte sie gesehen, wie ihn Vögel umkreisten und einer von ihnen sich auf seiner Krone niedergelassen hatte. Für einen kurzen Augenblick des Widerstandes.

Im Innenhof, für den sie gekämpft hatte. Einst Tränke für die Pferde, die die Tramway zogen, wie eine alte Nachbarin ihr erzählt hatte, dann "Gstetten" mit Holzbaracken, die einer Firma im Haus als Lager dienten, inmitten von Gestrüpp, aber auch Fliederbüschen in der Gesellschaft einer Pyramidenpappel und eines Nussbaumes. Unterkunft für Katzen und Käuze, Ratten und Raben, Marder und Mäuse, Igel und Hasen, Hummeln und viele andere, die da kreuchten und fleuchten.

Dann hätte der Hof ein Autoabstellplatz werden sollen. Der Kampf hatte sich über Jahre gezogen, aber Monika hatte schließlich erlebt, dass es sich manchmal lohnt zu kämpfen.

Eines Tages war der Handyman plötzlich da gewesen. Ein Fremdkörper, der in ihre "Wildnis" eingedrungen war.

5)

Monikas Schwester Elisabeth hatte sich nun endgültig entschieden, mit ihrem Mann und den Kindern nicht nach Nabegg zu kommen, sondern ans Meer zu fahren.
"Wirklich schade", sagte Elisabeth, "ich hätte mich auf eine richtige 'Sommerfrische' gefreut und natürlich auch auf dich. Wie lange haben wir uns nicht mehr gesehen? Auch Pierre wäre schon sehr neugierig auf das Haus. Auf den Fotos sieht es ja bezaubernd aus. Und er macht gern Urlaub in Österreich. Doch Christine und André wollen unbedingt ans Meer. Dabei hab ich so versucht ihnen die Donau schmackhaft zu machen. Jedenfalls bin ich froh, bald aus Paris raus zu kommen. Ist es bei euch auch so heiß?
"In Wien ja", sagte Monika, aber hier ist es immer angenehmer, vor allem in der Nacht kühlt es etwas ab."
"Wir schlafen bloß mit dünnen Leintüchern zugedeckt und lassen den Ventilator laufen. Natürlich wirbelt der nur die heiße Luft durcheinander und Pierre hat schon einen steifen Nacken. "
"Ihr Ärmsten", sagte Monika. Aber sie selbst tat sich auch ein bisschen leid, war traurig über die Absage.
"Was hältst du davon, wenn wir zusammen Weihnachten bei dir am Land verbringen?", tröstete Elisabeth die Schwester.
"Das wäre toll. Angeblich liegt hier heroben immer Schnee. Die Landschaft schaut dann wahrscheinlich wie auf einem Kalenderbild aus, ganz romantisch. Und die Kinder könnten mit der Rodel oder dem Bob fahren, Schneemann bauen. Es ist auch nicht weit nach Lackenhof am Ötscher oder zum Hochkar, wo wir Schifahren könnten. Und drüben im Waldviertel gibt's schöne Langlaufloipen."
Elisabeth war begeistert. Sie wolle das sofort mit Pierre und den Kindern besprechen und sich rechtzeitig um Flugtickets kümmern. Für Weihnachten seien die Flüge ja immer gleich ausgebucht.

Monika war von dieser Aussicht ganz angetan. Aber bis dahin waren es, sie nahm beim Zählen ihre Finger zu Hilfe, noch fast fünf Monate. Nun gut. Wenn einem die eigene Familie im Stich ließ, musste man eben auf die Wahlverwandtschaften zurückgreifen. Jetzt war der Augenblick für das Sommerfest gekommen! Sie kramte in der Lade des Telefontischchens nach der Gästeliste, die sie ja bereits angelegt hatte. Doch im selben Augenblick merkte sie, dass sie im Moment wenig Lust dazu hatte. Vielmehr war sie darauf erpicht, ihren Schatz zu bergen und den Geheimnisssen, die die Truhe noch barg, ganz auf den Grund zu gehen. Also nahm sie wieder die Briefe zur Hand.

St. Pölten, 5. 9. 1951

Liebe Gerda!

Gestern ist endlich Dein sehnlich erwarteter Brief eingetroffen. Bitte, Gerda, schreib auch, wenn Du nichts Besonderes zu berichten hast. Wenn Du nur über die Kinder schreibst, bin ich schon ruhiger. Ich bin eben eine alte Frau und meine Nerven sind nicht mehr die besten.

Du hast also doch in die Hauptschule müssen? Da ist in den Ferien wahrscheinlich wieder intrigiert worden.

Monika stellt sich Gerda an einem Tag des Jahres 1951 in einer Schulklasse beim Unterrichten vor.

Es läutet. Gerda betritt das Klassenzimmer. Die Schüler gehen zu ihren Plätzen und packen die Jausenbrote ein, nehmen ihre Hefte und Bücher aus der Schultasche. Als die Schulglocke verstummt, stehen alle hinter ihren Bänken.
"Setzen!", sagt Gerda und atmet auf, als das Geräusch von den am Boden gerückten Sesseln wieder verstummt ist. Sie hat ein wenig Kopfweh. Es riecht nach Bubenschweiß.
"Wir wollen ein wenig frische Luft hereinlassen", sagt sie. Karli steht auf und öffnet ein Fenster. Wie hell es auf einmal ist. Das Sonnenlicht ist durch die verschmierten Scheiben nur gedämpft ins Klassenzimmer eingedrungen. Der Schulwart könnte wieder einmal putzen, denkt Gerda, aber

der Herr Stangel ist mehr von der geruhsamen Sorte Mensch, vor allem wenn es um seine Ruhe geht. Dafür hat er den Boden frisch geölt. Der Geruch des Öls, vermischt mit dem Schweiß, verursacht Gerda eine leichte Übelkeit.
"Warum ist die Tafel nicht gelöscht? Wer ist für diese Woche als Klassenordner eingeteilt?"
"Der Flieder Franz, Frau Fachlehrer, aber dem seine Brille ist zerbrochen und jetzt hat ihn seine Mutter abgeholt, weil er gar nix mehr g'sehn hat."
"Frau Fachlehrerin", korrigiert Gerda.
"Ja, Frau Fachlehrer", wiederholt Manfred, den seine Mitschüler Mandi nennen, weil er so klein ist.
Gerda seufzt und nimmt den Schwamm. Reibt die Tafel mit dem Tuch trocken.

Heute steht Grammatik in der Deutschstunde auf dem Plan. Morphologie. Die Vorsilbe der Verben. Muss auch einmal sein.
"Nicht nur Bäume haben einen Stamm", beginnt sie, "auch Wörter. Der Wortstamm ist der Kern. An ihm hängen die Endungen."
Sie nimmt die Kreide. Gehen. Die Kreide macht ein unangenehm kratzendes Geräusch. Singen. Sie ringelt geh und sing ein. "Wer nennt mir weitere Beispiele?"
"Raufen", ruft Siegfried vergnügt. "Schnarchen", meldet sich Otto zu Wort.
"Sehr gut", lobt Gerda. "Manche Zeitwörter haben auch eine Vorsilbe. vergehen, vorsingen schreibt sie. "Wie ist es mit raufen und schnarchen?"
Stille.
"Wie wär's mit zerraufen ", schlägt Gerda vor. Sie fährt sich mit der Hand durch die Haare. "Jetzt bin ich zerrauft."
Die Buben lachen. Es klopft. Der Direktor tritt ein und schaut sie erstaunt an. Gerda errötet. "Ich habe nur zerrauft demonstriert, sagt sie und deutet zur Tafel. Sie versucht ihre Haare wieder zu glätten.
"Anschauungsunterricht", sagt der Direktor anerkennend. Er habe nicht stören wollen. Sie nur fragen wollen, ob sie von

zwölf bis eins in der 3 B für die Kollegin Breier die Geografiestunde supplieren könne. Gerda nickt. Was bleibt ihr anderes übrig.
"Also die Vorsilben ", sagt Gerda, nachdem der Direktor gegangen ist. Vergehen, vorsingen, zerraufen. Und wie ist das mit schnarchen?
Die Schüler schauen verunsichert.
„Hat schon jemand sein Bett zerschnarcht?"
Gelächter.
„Nein, höchstens zersägt", sagt Gerda, „also: Nicht alle Zeitwörter haben Vorsilben. Und jetzt machen wir ein Spiel: Ich lese euch einen Text vor, in dem die Zeitwörter falsche Vorsilben haben und ihr denkt euch dann nach diesem Beispiel eigene Sätze aus: *Der Schulwart verreinigt das Schulhaus. Er entwäscht die Stiegen, zerölt die Böden und durchputzt die Fenster. Er sorgt dafür, dass verbissene Äpfel und Brote nicht in den Fächern der Schulbänke entschimmeln. Wenn im Herbst die Blätter im Schulhof erliegen, bekehrt er ihn. Verfällt im Winter viel Schnee, begreift er die Schaufel. In den Ferien, wenn die Schüler in alle Winde gestreut sind, ist der Schulwart mit Reparaturarbeiten umschäftigt. Er vernagelt wackelige Sessel und dichtet ein lockeres Ofenrohr um. Bis zum Schulbeginn hat er wieder alles angestellt.*"
Die Schüler haben die Geschichte mit Gelächter quittiert.
"So, jetzt seid ihr dran!"
Die Buben denken nach, schreiben, kichern. Manche sind so eifrig, dass sie rote Backen oder glühende Ohrläppchen bekommen.

Das habe ich erwartet, daß dein Exmann samt Eltern und Frau die Kinder besuchen wollte, darum habe ich Dir geschrieben, holte die Oma Monika jetzt wieder aus dem Klassenzimmer.

Wenn Du aber glaubst, er wird nicht erfahren, wo du bist, dann irrst Du Dich. Ich glaube, er weiß es schon. Die Möbel

sind natürlich gerade zu der Zeit abgeholt worden, als er in die Schule ging und da auf jedem Stück die Adreßzettel gehangen sind und er dieselben sehr aufmerksam gemustert hat (die Möbel kennt er ja), wird er sich durch die anderen Namen nicht täuschen lassen. Du setzt dich übrigens ins Unrecht, wenn Du ihm die Adresse der Kinder verheimlichen willst, vorläufig hat er ja noch das Recht, sie zu sehen. Und wenn er merkt, daß Du es verhindern willst, tut er das Gegenteil.

Was macht Neni immer? Spricht sie noch von Rettenegg? Und von mir? Gib ihr einen Kuß von mir und der Evi auch und seid alle herzlich gegrüßt von

Eurer Oma

St. Pölten, 8. Oktober 1951

Liebe Gerda!

Es tut mir wirklich leid, daß Du Dich um mich umsonst gesorgt hast. Ich wollte Deinen Brief ja auch gleich beantworten, ich bin aber nicht dazu gekommen, weil es mir zu kalt zum Schreiben war. Heizen kann ich noch nicht, weil mein Ofen kaputt ist, und so verbringe ich die Zeit, wo ich keine Arbeit habe, im Bett. Sei nicht böse deshalb. Ich bin jetzt ziemlich gesund, nur muß ich vorsichtig sein.

Ich habe schon 2 Mäntel zertrennt, die für Eva bestimmt sind, sodaß es Dich nur den Schneiderlohn kosten wird. Sie wird ja in den nächsten Jahren so stark wachsen, daß sie jedes Jahr einen braucht und wenn die Mäntel gewendet werden, sind sie sicherlich so gut wie aus einem billigen neuen Stoff.

War das wirklich erst ein halbes Jahrhundert her, dass Kleider zertrennt und wieder verarbeitet wurden? In einer Zeit, wo die Humana-, Kolping- oder Rote-Kreuz-Container überquollen, weil Bestände aus vollgestopften Kleiderkästen oft schon nach ein, zwei Jahren der Altkleidersammlung zugeführt wurden, konnte man sich das kaum mehr vorstellen.

Monika erinnerte sich aber, dass auch in ihrer Kindheit die jüngeren Geschwister die abgetragenen Kleider der älteren geerbt hatten. Ein neuer Rock, ein neues Kleid, ein paar Schuhe oder gar ein Mantel zu Weihnachten oder zum Geburtstag war ein heiß ersehntes Gut gewesen. Im Gymnasium hatte sie die Mitschülerinnen aus begüterteren Familien um ihre modische Kleidung beneidet und sich oft als Aschenputtel gefühlt. Heute noch entschuldigte sie ihre zeitweilige Konsumgier nach Kleidern mit diesem Nachholbedürfnis.

Bitte seid vorsichtig auf der Straße, in der letzten Woche sind auf der Nußdorferstraße drei Kinder am Gehweg überfahren worden.

Ich freue mich schon sehr, Euch wiederzusehen und komme am Samstag mit dem Nachmittagszug.

St. Pölten, 27. 11. 1951

Nun hat Dein Brief bestätigt, was ich heimlich befürchtete, da Du so lange nicht geschrieben hast. Ich verstehe ja, daß Du immer gewartet und gehofft hast auf die Zustimmung, um mir was Positives mitzuteilen. Aber kannst Du denn nicht verstehen, daß ich ein wenig das Gefühl haben muß, nicht ganz alleine in der Welt dazustehen? Ich habe die ganze Zeit unter furchtbaren Gemütsdepressionen gelitten, tage- und nächtelang ununterbrochen geweint, sodaß ich nicht einmal auf die Straße gehen konnte. Ich konnte die Tränen einfach nicht zurückhalten. Und zu allem von Dir so lange keine Nachricht. Du wirst einmal ganz plötzlich keine Mutter haben.

Das waren ja schwere Geschütze. Bei allem Verständnis für die einsame alte Frau fand Monika es doch wenig anteilnehmend, der armen Gerda zu ihrer Enttäuschung - offenbar hatte sie noch immer keine Wohnung bekommen - zusätzlich so massive Schuldgefühle zu machen. Aber darin waren Mütter ja Spezialistinnen.

Doch nun zu Deinem Brief. Hoffentlich bekommst Du die Dir jetzt versprochene Wohnung, die ist, soweit ich's beurteilen kann, weiter draußen gelegen, bei Lainz oder St. Veit zu, auf meiner Karte ist die Straße nicht mehr drauf. Ich an Deiner Stelle würde an Stadtrat Honay schreiben und den Brief seiner Sekretärin persönlich übergeben. Schildere Deine Lage, die sich ja seit dem Frühjahr verschlechtert hat, die Unmöglichkeit, mit den Kindern Quartier zu finden, daß Du nur aus Mitleid in der kleinen Wohnung einer sechsköpfigen Familie Unterkunft gefunden hast. Daß Du nicht heizen kannst, da kein Platz für einen Ofen da ist, daß Du bis Mitternacht für die Schule zu arbeiten hast, daß die Kinder im Schlaf gestört sind, da nur eine starke Deckenbeleuchtung möglich ist, daß eine Person aus Platzmangel auf der Erde schlafen muss usw., daß sie nicht noch einmal deinen dringenden Fall aufschieben. Berichte, daß Du zum Wohnungsamt nicht vorgelassen wirst und bitte noch einmal um seine Vermittlung. Unterschreibe aber List-Schnofl.

Die Neni hole ich mir nach dem Ersten, damit sie nicht auch noch krank wird. Du hast Dich eben wieder verkühlt. Schuld ist neben der ungeheizten Wohnung Dein Leichtsinn mit dem Barfußlaufen in dünnen Schucherln und leichten Sockerln. Wenn Du schon weißt, wie empfindlich Du in den unteren Organen bist, wirst Du denn nie lernen, ein bißchen achtzugeben auf dich.

Vorwürfe waren genau das, was man dringend brauchte, wenn man ohnehin schon krank darnieder lag!

Hier endete der Brief, die Folgeseite war offenbar verloren gegangen, aber Monika war ohnehin nicht auf mehr von dieser Sorte erpicht. Vielleicht war der nächste Brief netter.

St. Pölten, 12. 12. 1952

Liebe Gerda!

Der Breitner-Hof ist doch eine große Anlage bei Hütteldorf, nicht wahr? Wenn Du nur zu Neujahr einziehen könntest, da hättest Du eine Woche Zeit, bis die Schule wieder beginnt.

Minna borgt mir ihr Backrohr für die Weihnachtsfeiertage, wiewohl es auch schon etwas defekt ist, aber sie benützt es immer noch, sodaß Gans und Mohnstrudel nichts im Wege steht. Auch habe ich heute einen Gasrechaud um 50 Schiling zu 6 Raten gekauft. Wir können zu den Feiertagen nicht mit einer Flamme kochen. Eine Gans habe ich schon bestellt, sie wiegt 4 kg 90. Einen Weihnachtsbaum habe auch ich besorgt, du hast ja ohnehin viel zu schleppen, eine Tanne, sie ist noch schöner als im Vorjahr.

Neni ist sehr lieb und brav. Gleich am 2. Tag, als sie hier war, sind wir ihrem Vater in die Hände gelaufen. Er ist auf sie zu: „Servus, na da schau i ja, wie geht es dir?", gab ihr die Hand und ging weiter. Neni hat ihn erst erkannt, als er schon im Abgehen war. Er hat ihr nichts geschenkt und sich auch seither nicht um sie gekümmert, das ist seine väterliche Liebe! Uns kann's recht sein.

Der Evi laß ich alles Gute wünschen zum Geburtstag, sage ihr, was ich ihr gekauft habe. Ich habe auch sonst was für sie. Ich habe ein Carepaket bekommen.

Eine Gans von fast 5 Kilo. Das war schon etwas anderes als das Corned Beef oder die Fischkonserven Marke Silverhake in den Carepaketen. Monika lief das Wasser im Mund zusammen. Hoffentlich hatte es das defekte Backrohr von Minna noch gemacht.

Es war eindeutig, dass sie Hunger hatte. Sie beschloss nach Neustadtl zu fahren, um sich im Dorfgasthaus ein Gulasch einzuverleiben.

6)

Monika hatte ein Tablett mit 6 Gläsern - der Prosecco war eingekühlt - auf dem Gartentisch auf der Terrasse bereitgestellt. Sie sah auf die Uhr. Zehn vor drei. Sie erwartete ihren Freund Erich mit seinem ihr noch nicht bekannten Bruder und ihre Arbeitskollegen Toni und Birgit mit Heinz, ihrem Mann.

Ob sie vielleicht auch Schnapsgläser bereitstellen sollte für einen Begrüßungstrunk? Wer weiß, mochten alle Prosecco! Sie holte Stamperln aus dem Bauernkasten und legte die Flasche mit dem Obstler ins Tiefkühlfach.

Sie hörte Birgits Lachen, bevor sie noch sichtbar war. Monika ging ihr und den beiden Männern entgegen.
"Bin ich froh, dass ich feste Schuhe angezogen habe", sagte Birgit, "du bist ja wirklich unter die Bergbauern gegangen."
Toni hatte sich eigens verkleidet: Er trug eine kurze Lederhose und einen Steirerhut mit Gamsbart, was schon auf der Fahrt für viel Gelächter gesorgt hatte. Monika lief ins Haus, um einen Fotoapparat zu holen. Toni setzte Monika den Steirerhut auf und fotografierte sie seinerseits.

Sie hatten ihre Rucksäcke und Taschen abgestellt und es sich auf der Terrasse bequem gemacht.
"So schöne Flecken Erde gibt's nicht mehr viele auf der Welt", schwärmte Heinz.
Birgit rekelte sich. "Ach Kinder, ist Freitag nicht der schönste Tag der Woche, wenn man das ganze Wochenende noch vor sich hat?"
Monika nickte. Ja, sie erinnere sich dunkel.
"Still bist!", Toni gab ihr einen Klaps auf den Schenkel.
"Hör auf, unsere Gastgeberin zu traktieren", sagte Birgit.
"Wenn sie aber so schöne braune Beine hat und man mir nicht sexuelle Belästigung am Arbeitsplatz vorwerfen kann", verteidigte sich Toni. "Und wenn sie die werktätigen Massen so provoziert."
"Wollen die werktätigen Massen vielleicht noch einen Schluck?" Monika schenkte nach. Sie war rundherum zu-

frieden. Eigentlich war so ein kleiner Besuch viel entspannter als ein großes Fest.

Jetzt kamen endlich auch Erich und sein Bruder. Erich küsste Monika auf beide Wangen. "Wenn's in der 'Unterhöll' so schöne Häuslerinnen gibt, werd ich noch fleißig sündigen."
Monika lachte. "Das dürfte dir nicht allzu schwer fallen."
Nun wurde Bruder Günter vorgestellt, der wie Erich groß und schlacksig war. Beide hatten sie blonde Stoppeln am Kopf. "Igelfrisuren", hatte man in Monikas Kindheit dazu gesagt.
"Na, fährst du mir heute nicht über die Kopfhaut?"
"Mit dem größten Vergnügen". Monika fühlte dabei wie immer dieses sanfte Prickeln auf der Handfläche.
"Und mein Bruder, ist das ein Stiefkind?"
Monika sah Günter fragend an. Dieser blickte unsicher, neigte aber dann zaghaft sein Haupt zu Monika herunter.
"Wenn ich das gewusst hätte, wär ich zum Friseur gegangen", sagte Toni.
Alle lachten, denn Toni hatte eine Glatze.
"Seid ihr vielleicht hungrig?"
"Immer", sagte der stattliche Heinz und deutet auf sein Bäuchlein, "aber zeig uns doch vor dem Essen das Haus und dann machen wir noch eine Grundstücksbegehung."
Damit waren alle einverstanden.

Anschließend kümmerte sich Heinz um den Holzkohlengrill, darin war er Experte. Nachdem er die Glut entfacht hatte, legte er das Grillgut auf den Rost und die in Folie eingewickelten Kartoffeln und Maiskolben in die Asche. Birgit half Monika beim Tischdecken und sie trugen die Salate auf.
"Wir können uns jetzt schon überlegen, wie wir morgen die Kalorien wieder los werden", sagte Birgit.
"Welche sportlichen Disziplinen nehmen wir uns denn vor?" Toni gab sich tatendurstig.
"Es hängen zwei Sensen in der Holzhütte", sagte Monika und deutete auf den Steilhang, auf dem das Gras schon sehr hoch stand.

"Heute hat mich meine Kröte noch gar nicht besucht. Sonst kommt sie fast immer um diese Zeit." Monika blickte sich suchend um.
"Vielleicht ist sie schüchtern", meinte Günter.
"Ja, ein paar Kröten könnte ich auch gut brauchen", spielte Toni auf seine Alimentationsverpflichtungen an.
"Wer wird denn in so einer Sommernacht an schnöden Mammon denken?" Günter blickte zum Sternenhimmel hinauf. Offenbar hatte er keine finanziellen Sorgen.
"Romantik ist ein Luxus, den man sich erst leisten können muss", konterte Toni trocken.
Von Günter inspiriert, stimmte Birgit ein Abendlied an, in das die anderen einfielen. "Stehn zwei Stern am hohen Himmel", gefolgt vom Mond, der aufgegangen ist und der Abendstille, die überall herrschte, schließlich "Ade, zur Guten Nacht".
"Schön habt ihr gesungen", sagte Esmiralda, als die anderen schon ihre Zimmer bezogen hatten und Monika noch einmal vor das Haus trat, bevor sie die Tür von innen zusperrte.

Als Monika am nächsten Morgen einen Brunch für ihre Gäste bereitete, waren Erich und Günter schon draußen am Steilhang mit der Sense zugange. Gerührt betrachtete sie die beiden überdimensionalen "Heinzelmännchen".
"Erst die Arbeit, dann das Spiel", sagten sie, als Monika sie lobte. Dieses kam nicht zu kurz.
Sie ließen die Boulekugeln klicken und trugen Federballmatches aus. Danach sonnten sie sich in der Wiese und unternahmen einen Spaziergang, der im Gasthaus in der Rosenau endete. Am Abend gingen sie in die Sauna.

Am Sonntag Nachmittag begleitete Monika die Gäste hinauf zu ihren Autos. Sie verabschiedeten sich herzlich und versprachen wiederzukommen, jetzt, wo sie das Paradies entdeckt hatten, das sich paradoxerweise "Unterhöll" nannte. Monika winkte ihnen nach und machte kehrt. Wie immer befiel sie ein Gefühl leichter Melancholie, wenn Menschen, mit denen sie eine angenehme Zeit verbracht hatte, sie verließen und sie wieder auf sich gestellt war. Ins Haus zurückgekehrt, suchte sie Ablenkung bei den Briefen.

St. Pölten, 26. 2. 1952

Liebe Gerda!

Was für eine Stunde mußt Du nun übernehmen? Ich kann es nicht einmal mit dem großen Leseglas entziffern. Du läßt dir schon wieder zuviel anhängen. Berufe Dich doch auf Deine Kinder und Deine häuslichen Verhältnisse. Andere sind in dieser Beziehung klüger als Du.

Monika sah sie vor sich, die arme Gerda: Neni hing an ihrer Mutter. Sie hatte die Arme um ihren Hals geschlungen und die Beine um ihre Taille. Auf dem Rücken der Frau Lehrerin saßen drei Schüler übereinander wie die Bremer Stadtmusikanten. In der linken Hand trug sie die Tasche mit den Schularbeitsheften, in der rechten die Einkaufstasche. Auf dem Kopf balancierte sie den Wäschekorb, der ihre schöne Frisur zerdrückte. Dabei hatte sie ihr letztes Geld für den Friseur ausgegeben, weil doch Sepp morgen kam.

Gerda war unterwegs zum Westbahnhof, um ihre Mutter abzuholen. Wie sollte sie ihren Koffer tragen, sie hatte ja keine Hand mehr frei. Ob sie die Schüler bitten sollte? Aber die Schüler schüttelten sich ab. "Auf Wiedersehen, Frau Lehrer" und weg waren sie. Dafür könnte sie jetzt den Inhalt der Einkaufstasche in Evas neuen Rucksack umpacken, um eine Hand frei zu bekommen, aber dazu war keine Zeit mehr. Hoffentlich hatte der Zug keine Verspätung, sonst kam sie noch zu spät zur Probe zu Ibaschitz. Nun fuhr ihr auch noch die Straßenbahn davon.

"Ach bitte könnten Sie mir das ein Stückchen tragen?" Eine wildfremde Frau schob ihr ein Paket unter den linken Arm. Ein freundlich blickender Mann klemmte ihr seine Aktentasche unter den rechten und eine alte Frau setzte ihren Schoßhund auf die frisch gebügelte Wäsche in dem Korb, der auf ihrem Kopf bedrohlich zu schwanken begann. Trotzdem würde sie die eine Station zum Bahnhof zu Fuß laufen, sonst käme sie zu spät, wenn sie auf die nächste Straßenbahn wartete.

Hinter ihr rannten die Leute: "Warten's Frau List, bleiben's stehen, könnten's uns nicht ein bisserl was abnehmen?"

Nur nicht einholen lassen. Sie lief die Treppe zu den Bahnsteigen hinauf. Da kam auch schon ihre Mutter, schüttelte den Kopf und sah sie vorwurfsvoll an:

„Du lässt dir immer zu viel anhängen!"

Am 16. Februar war Hochzeit im 1. Stock.

Neni ist bald lieb und bald wieder unausstehlich. Bald spielt sie den ganzen Tag mit Puppen und gibt ihnen alle Ermahnungen und gute Lehren, die sie selbst nicht befolgt, dann quält sie mich wieder den ganzen Tag mit ihren Launen, wie es halt kommt.

Monika belauschte Neni.

"Susi", sagte Neni zu einer ihrer Puppen, "du musst das Grießkoch aufessen. Mach den Mund auf, sei ein braves Kind! Wenn du nicht isst, hat dich die Neni nicht mehr lieb. Also komm! Einen Löffel für die Neni, einen Löffel für die Oma, einen für die Mama und noch einen für die Eva. Jetzt hast du dich angepatzt und ich muss dein Kleid wieder waschen. Immer machst du mir so viel Arbeit. Wenn du nicht isst, wirst du krank. Du bist viel zu dünn. Wenn du nicht isst, wirst du sterben und dann ist die Neni ganz traurig, wenn sie keine Susi mehr hat.

Und du Anni, hast du schon A-A gemacht? Was heißt, du kannst nicht? Jetzt sitzt du schon eine Stunde auf dem Topf. Wenn du nicht A-A machst, bekommst du Bauchweh. Dann musst du ins Spital und der Onkel Doktor muss deinen Bauch aufschneiden. Mit einem großen Messer. Ritsch-ratsch, ritsch-ratsch, ritsch-ratsch.

Susi, du hast schon wieder die Tuchentzipfel aufgebissen. Was fällt dir denn ein? Eine Tuchent ist doch nix zum Essen. Das Grießkoch willst du nicht aufessen, aber in die Zipfeln beißt du. Wenn du das noch einmal machst, dann nehme ich dir die Tuchent weg. Dann hast du nichts zum Zudecken in der Nacht. Dann kommt das Krokodil und beißt dir die Zehen ab."

St. Pölten, 21. März 1952

Liebe Gerda!

Du wirst schon auf meinen Brief gewartet haben, aber wenn ich mir mit dem Schreiben Zeit lasse, so hast ja auch Du länger Zeit zur Antwort.

Ganz schön schlau, die Oma. Umgekehrt wartete sie ja weniger gerne auf Post, wie Monika ihren Briefen immer wieder entnommen hatte.

Daß Du es mit der Neni schwer haben wirst, habe ich vorausgesehen. Ihren Trotz und ihre anderen Unarten beachtest Du am besten nicht, ich habe die Erfahrung gemacht, daß sie es nur um so ärger treibt, je mehr man sich darüber aufregt. Das ist ja alles in dem Moment zu Ende, wo Du eine eigene Wohnung hast und das Kind in geregelte Verhältnisse und in einen Kindergarten kommt. Ganz unbewußt entbehrt sie das eigene Heim. In den letzten eineinhalb Jahren hat sie 6 oder 7 Mal ihre Umgebung gewechselt. Ist sie bei mir, vermißt sie Dich und wenn sie bei Dir ist, fehle ich ihr. Und daß sie verlangt, daß man sich ununterbrochen mit ihr beschäftigt, das hört auf, wenn sie den Kindergarten besucht. Mir geht sie sehr ab, der Tag ist mindestens viermal so lang ohne sie. Ich liege jetzt immer lang im Bett. Mein Tag hat halt jetzt gar keinen Inhalt mehr.

Die arme Frau. Was tat man wirklich den ganzen Tag, wenn man nicht mehr berufstätig war und keine Familie hatte?

Du wirst ja inzwischen geheiratet haben. Du hättest mir den Tag schon schreiben können, daß ich wenigstens in Gedanken hätte bei Dir sein können. Ich vermute, daß es vergangenen Mittwoch war. Irre ich mich?

Der Evi werde ich nächstens einmal schreiben. Hast Du in der Zeitung gelesen, Donnerstag war's, eine Dreizehnjährige ist von der fahrenden Stadtbahn geschleudert worden. Wo sie auf der Plattform stand. Ich bitte Dich, sag Evi, sie soll nicht immer auf der Plattform stehen. Und gib Acht, daß Ihr Euch bei diesem Grippewetter nicht verkühlt.

Zum Frauentag nach Eisenstadt fahre ich heuer nicht mit.

Schade. Monika war der Meinung, dass sie das abgelenkt hätte und sie wäre unter Leute gekommen.

St. Pölten, 30. März 1952

Liebe Gerda!

Danke für Deine beiden Briefe, du schreibst jetzt recht fleißig. Mir tut das wohl in meiner niedergedrückten Stimmung.

Also siehst du, ich habe deinen Hochzeitstag doch erraten, wenn du ihn mir auch verheimlicht hast, ich habe es ja gefühlt.

Jetzt haben sie sich endlich gekriegt. Die Hochzeitsglocken haben geläutet. Happy End auf der Kinoleinwand. Wie es im wirklichen Leben weiterging, würde man - hoffentlich - sehen.

Monika bekam plötzlich Lust auf ein Glas Sekt. Wenn sie es richtig in Erinnerung hatte, dann lag im Keller eine Flasche Henkell trocken.

Bevor sie den ersten Schluck trank, erhob sie ihr Glas auf das Hochzeitspaar: Auf euch, Gerda und Sepp! Auf dich, liebe Oma!- Was hast du mir noch zu berichten?

Neni spricht also doch noch von mir? Vergiß nur ihren Namenstag nicht!

Ach Oma! Wie könnte dich deine Neni vergessen?

Was soll ich ihr denn zum Namenstag schenken? Einen Puppenwagen? Oder ein Tascherl zum Umbinden? Ihr Börserl mit den 2 Schilling hat sie hier vergessen.

Schaut Euch am Samstag den Fackelzug an, er ist ganz in eurer Nähe. Die Frauentagskundgebung ist in der Engelmannstraße in Hernals und nach dem Schluß geht der Fackelzug von dort weg. Er wird bestimmt großartig sein, aber nichts für Neni, weil ja wahrscheinlich ein großes Gedränge sein wird.

Ich werde nächste Woche Dienstag oder Mittwoch kommen. Schreibe mir gleich, wenn ich dir was mitnehmen soll, aber nichts zu Schweres. Ich freue mich schon sehr euch alle wiederzusehen, Es gäbe noch so manches zu erzählen, aber da ich ja bald komme, so ist dann auch noch Zeit.

Liebe Oma, du hast mir so viel erzählt, dachte Monika, auch wenn es nicht für mich bestimmt war, aber ich habe dir gern zugehört. Bald kommen wirst du allerdings nicht nach einem halben Jahrhundert, vielmehr kommst du nimmermehr und so manches, was es noch zu erzählen gäbe, werde ich nie erfahren.

Monika legte diesen letzten Brief auf den Stoß zu den anderen in die Schachtel und setzte sich mit ihrem Glas Sekt auf die Terrasse, die Stunde zu genießen, in der das satte Gold des späten Nachmittags in ein sanftes Blau überging und die langen Schatten das Tageslicht immer mehr zurückdrängten.

Esmeralda leistete ihr Gesellschaft. Sie schien jedoch bedrückt.

"Wie geht es Alfred?", fragte Monika.

"Keine Ahnung, ich hab schon eine Woche nichts von ihm gehört."

Das war es also. Sie wartete auf einen Brief von ihm. Vielleicht befürchtete sie einen Kurschatten.

"Die Post dauert manchmal so lange", versuchte Monika sie zu beruhigen.
"Wenn er nur auf keiner Krötenwanderung überfahren worden ist", sagte Esmeralda.
"Komm trink einen Schluck", sagte Monika.
"Mmh, das prickelt."
Nach ein paar Schlucken verfiel Esmeralda in einen erlösenden Schlummer und auch Monika fühlte eine angenehme Müdigkeit. Es war so wohltuend, auf der Gartenbank zurückgelehnt sich der Dämmerung zu überlassen.

Wind kam auf, der raschelnd durch die Blätter der Bäume fuhr. Monika hob die schweren Augenlider. Briefe wirbelten durch die Luft. Sie sprang auf, sie einzusammeln, sie durften nicht verlorengehen. Sie lief den schmalen Wiesenpfad entlang, den Hang bald hinauf, bald hinunter, doch sie konnte nicht überall sein. Manche Briefe verfingen sich in den Ästen der Bäume, wo sie unerreichbar waren, dann schüttelte sie kräftig am Stamm.

Tiere kamen ihr zu Hilfe. Nusshäher und Buntspechte brachten ihr die Briefe in den Schnäbeln, sodass sie sie in einen Sack stecken konnte, auch Eichhörnchen und die Siebenschläfer waren behilflich. Nachdem sie die Briefe eingesammelt hatte, setzte sie sich erhitzt und ermüdet wieder auf die Bank vor dem Haus, wo Esmeralda geräuschvoll schnarchte.

Von dort, wo der Bach die Grundstücksgrenze bildete, näherte sich eine Gestalt dem Haus, die Monika in der Dämmerung nicht gleich ausnehmen konnte. Als sie näher kam, sah sie einen Mann in blauer Uniform mit Kappe und Umhängtasche, einen Briefträger. Die Uniform schien jedoch dem Schnitt und dem Stoff nach aus einer früheren Zeit zu stammen. Die Kniebundhose aus blauem Rauleder mündete in blaue Wollstutzen, die in Haferlschuhen steckten und die Jacke glich einem Wams, wie es die mittelalterlichen Knappen getragen hatten. Die blaue Samtkappe war mit bunten Hahnenfedern geschmückt. Vor Monika blieb er ste-

hen, nahm mit einer weit ausholenden Geste die Kappe vom Haupt und verneigte sich. Nachdem er sich wieder aufgerichtet hatte, blies er in sein Posthorn. Esmeralda zuckte zusammen und blinzelnde. Dann wies der Postillion auf seine geöffnete Ledertasche, in der die Leere gähnte. "Alles fort", sagte er, "der räuberische Wind."
"Ich weiß", sagte Monika, "ich habe alles eingesammelt" und deutete auf den Sack.
"Was täten wir ohne die fleißige Christl von der Post", lobte sie der Briefträger.
"Bin weder Christl, noch von der Post".
"Gut gekontert", mischte sich Esmeralda ein "Ihre Unvorsicht grenzt an grobe Fahrlässigkeit", schalt sie den Postboten.
"Gnädige Frau sehen das zu einseitig, wenn ich mir die Bemerkung erlauben darf. So manche Nachricht bereitet Freude, eine andere wieder stürzt den Empfänger ins Unglück und hätte ihn besser nicht erreicht."
"Aber letztlich muss man doch Gewissheit haben, so schmerzlich sie auch sein mag", wandte Monika ein.
"Gewiss, gewiss", nickte der Briefträger, schulterte den Postsack und machte sich auf den Weg.
"Warten Sie!", Esmeralda hüpfte ihm mit einem kräftigen Satz auf die Schulter und verschwand kopfüber in dem Postsack, tauchte mit einem Brief wieder auf, mit dem sie sich auf die Terrasse zurückzog.
"Na also", sagte sie nach einer Weile hochzufrieden.
Monika holte die Sektflasche um nachzuschenken, aber als sie wieder vor das Haus trat, waren sowohl der Briefträger als auch die Kröte verschwunden.

7)

Eine strahlend lächelnde Frau, vielleicht Mitte Dreißig, mit einem Baby auf dem Arm. Die Frisur der Frau, dauergewelltes, aus der Stirn gekämmtes, seitlich gescheiteltes Haar, verwies auf die Vierziger Jahre des vergangenen Jahrhunderts. Hübsches Gesicht, hohe Stirn, mandelförmige Augen, die sich Monika veilchenblau vorstellte, ausgeprägte hohe Backenknochen, gerade Nase, geöffnete Lippen, die ebenmäßige Zähne freigaben. Das Baby mit Häubchen im Wolljäckchen den Arm um die Schulter der Frau gelegt, seine pausbäckige Wange an die ihre geschmiegt, hohe runde Stirn, hübsches Näschen, den Mund ganz leicht, die Augen weit geöffnet, schaute ungläubig staunend in eine dem Betrachter nicht einsichtige Welt, während die Frau in die Kamera lächelte. Vorsichtige Skepsis in dem einen, Zuversicht in dem anderen Gesicht.

Wie schnell die Skepsis doch gewichen war: Das Baby, immer noch behaubt in einem bauchigen Kinderwagen aus Korbgeflecht sitzend, auf einer Wiese mit Baumbestand. Nicht nur die Felldecke, unter der lediglich das Babygesicht an einen Polster gelehnt hervorschaute, auch die kahlen Äste der Bäume und Sträucher zeigten eine winterliche Jahreszeit, der zum Trotz das Baby, die Augen zu Schlitzen verengt, den Mund in die Breite gezogen, siegesgewiss lachte.

Auf der Suche nach weiteren Briefen war Monika auf ein Kuvert mit alten Schwarz-Weiß-Fotografien gestoßen, die, unschwer erkennbar, aus den Vierziger und Fünfziger Jahren des zwanzigsten Jahrhunderts stammten.

Drei Frauen, sitzend hintereinander gereiht, sodass ihre Köpfe ansteigend eine Diagonale durch das Längsformat bildeten. Links unten das kleine Mädchen mit dem ernsten Blick mochte zwei Jahre alt sein, die Frau in der Mitte, an die Sechzig, sah aus wie jemand, der gewohnt war, das Leben zu meistern und die Frau rechts oben, um die Dreißig, strahlte vorsichtige Zuversicht aus. Drei Generationen. Mutter, Tochter, Enkelin. Monika mochte das Bild. Es waren so schöne, sympathische Frauen.

So wie auf dem Generationen-Bild der drei Frauen waren auf dem nächsten Foto drei Kinder diagonal gestaffelt. Auf dem Schoß des Mädchens im Backfischalter, das eine zugeknöpfte Strickjacke und einen karierten Rock trug und dicke schwarze Haare hatte, deren Spitzen über den Ohren nach außen strebten, während sich der kurz geschnittene Pony am Stirnansatz nach innen ringelte, saß ein Mädchen im Vorschulalter in einem geblümten Kleid, das den Blick auf eine Wollstrumpfhose freigab und dessen kurze gerüschte Ärmel zu flattern schienen. Auf ihrem Schoß wiederum saß ein wenige Monate alter Bub in Strampelhose, mit seinem großen runden Kopf mit dem Babyflaum ganz dem Kindchenschema entsprechend. Das war es also, das Kind, das Gerda einst in einem Brief an Sepp herbeigeträumt hatte.

Auf dem nächsten Foto betrachtete Gerda, die kleinere ihrer beiden Töchter an ihrer Seite, glücklich den Buben auf ihrem Schoß. Sie hielt ein halbleeres Fläschchen in ihrer Hand, aber das Bübchen lutschte, offenbar bereits gesättigt, hingebungsvoll an seinem Daumen.

Das folgende Bild gewährte Einblick in die langersehnte Wohnung. Oma, Gerda, Neni und der nun schon etwas größere Bub waren um einen gedeckten Esstisch versammelt, der mit den Sesseln, der gemusterten Couch und dem Blumengestell aus Bambusrohr zu den typischen SW-Möbeln gehörte. Nach dem Krieg hatte die Soziale Wohnkultur mit ihren zweckmäßigen und gediegenen Einrichtungsgegenständen in die Innenräume der Gemeindebauten Einzug gehalten und so zur Modernisierung beigetragen.

Und hier der vom Fotografen - vermutlich war es immer Sepp gewesen, da er auf den Familienbildern nie aufschien - verewigte Sonntagsausflug, wie ihn Monika beim Lesen der Briefe phantasiert hatte. Gerda im hellen Sommerkleid, eine Perlmuttkette um den Hals, mit ihren drei Kindern auf einer Wiese. Eine heile Welt, zumindest in diesem einen festgehaltenen Augenblick, dachte Monika. Eine fünfköpfige Familie an einem Sommertag in den Fünfziger Jahren auf dem Himmelhof oder Satzberg oder im Hörndlwald. Wäre es keine Schwarzweiß-Fotografie gewesen, hätte es ein Werbeplakat für inländischen Blütenhonig oder Ringelblumenseife sein können. Je länger sie das Bild betrachtete, umso melancholischer wurde sie.
Sie stand auf und wusch sich die Hände. Der Duft der Seife spendete Wohlgefühl und ein Löffel Honig brachte ein wenig süßen Trost. Dann betrachtete sie die restlichen Fotos.

Sepp auf einer "Schulung in Groß-Hollenstein 1953" und bei einem "Freundschaftstreffen in Zwettl 1954", wie auf der Rückseite vermerkt war. Mit aufgekrempelten Hemdsärmeln in einer Reihe mit zwei jungen Frauen und einem Mann, dessen Hemd das Emblem der Sozialistischen Jugend trug.

Sepp schlaftrunken mit wirrem Haar und gesenktem Blick, einen Schlafsack umschlingend, auf einem Rasen, im Hintergrund Kegelzelte.
Dann mit einem anderen jungen Mann, beide mit nackten Beinen in Lederhosen und Sandalen vor einer schwarzen Limousine, die vor einem Haus geparkt war. Ihr Gesichtsausdruck zeigte weder Verachtung für den Klassenfeind, noch den Neid der besitzlosen Klasse, sondern einfach Sinn für Humor.

Sepps tatsächliches Fortbewegungsmittel war auf dem nächsten Foto zu sehen. Eine BMW-Maschine mit dem Kennzeichen W 29.921 mit Gerda, Neni und Puppe im Beiwagen.

Schließlich war da noch ein eindrucksvolles Bild von der mit 1948 datierten Feier des Ersten Mai. Das mit Fahnen geschmückte Wiener Rathaus. Die Rednerpulte zu beiden Seiten waren mit riesigen Emblemen der Sozialistischen Partei, den drei Pfeilen in einem Kreis, versehen. Auf der Tribüne konnte Monika Adolf Schärf, Theodor Körner und Karl Seitz ausmachen. Sepp in der letzten Reihe links außen hätte sie nicht erkannt, wären die Personen nicht auf der Rückseite der Fotografie angeschrieben gewesen. Schlecht sah er aus, aber kein Wunder, bei dem was er mitgemacht hatte. Dafür hatte er auf Fotos aus späteren Jahren Ähnlichkeit mit dem hübschen Mann in der ersten Reihe vor dem Rathaus, dem fünften von rechts, den Monika für Sepp gehalten hatte. Sein Leben schien sich zum Besseren gewendet zu haben.

Teil III

1)

Über die Geburt dieses mir unbekannten Großvaters erzählte mir meine Mutter wie folgt:
Die Mutter meines Großvaters Josef Schnofl, Maria Monscheer, war Wirtschafterin im Schlosse der Kodolitsch in Radkersburg. Sie soll nicht nur eine äußerst tüchtige Wirtschafterin gewesen sein, sondern auch die Geliebte des Schlossherrn.

Monika hatte begonnen, in der Familienchronik, die Gerda hinterlassen hatte, zu lesen. Sie hatte sie in ihrer „Sonntagsschrift“ geschrieben, die sie offenbar auch besessen hatte und ihre Aufzeichnungen mit Dokumenten und Fotos illustriert.

Als sich Folgen einstellten, verheiratete er sie mit dem Briefträger Johann Schnofl. Aus einem Brief meines Onkel Felix geht klar hervor, dass die Familie Bescheid wusste. Für diese Vaterschaft sprechen auch die Geschenke für Maria Monscheer, nämlich eine Wirtschaft verbunden mit einem Gasthaus. Mein Vater hatte auch noch zwei Ringe, die von dem Grafen stammten. Und eines Tages sah mein Vater ein Ölbild des Grafen bei Dr. Feldmann in St. Pölten. Mein Vater sowie dessen Vater sollen ihm wie ein Ei dem anderen geglichen haben.

Monika musste schmunzeln. Wie oft kam es vor, dass sich Familien (halb)adeliger Abkunft rühmten. Selbst für eine eingeschworene Sozialdemokratin, als die Monika Gerda in ihren Briefen kennengelernt hatte, schien es eine Bedeutung zu haben, da sie es nicht bei einer sachlichen Erwähnung bewenden ließ, sondern Beweise anführte.

Nach dem Besuch der Volks- und Bürgerschule in Radkersburg wollte mein Vater eigentlich Lehrer werden, doch die Eltern konnten ihm kein Studium finanzieren. So

absolvierte er eine Schmied- und Schlosserlehre, arbeitete in der Eisenbahnerwerkstätte Marburg, dann in Steyr und Graz. Anscheinend war meinem Papa dieses regelmäßige Leben zu langweilig und er begab sich nach alter Handwerkssitte auf die Walz nach Deutschland.

Monika konnte sich gut vorstellen, dass dem Jüngling Stock und Hut gut passten. Wie er kräftig ausschritt und das Leben in vollen Zügen einatmete. Das pralle Leben. Prall mochte für einen Handwerksburschen nicht die Bedeutung von materieller Üppigkeit gehabt haben, wo doch eine volle Schüssel und ein weiches Lager im Ungewissen lagen. Aber es gab auch eine andere Art von Fülle: der weit gespannte Himmel über Flur und Feld, der Dorfbrunnen nach etlichen Kilometern staubiger Landstraße und die Bank im Schatten der Linde um auszuruhen. Das Lächeln eines Mädchens, das mit einem Krug zum Brunnen kam.

Oder sah sie das alles zu romantisch? Zu viel Schubert gehört?

Jedenfalls stellte sie sich das Leben der Gesellen auf der Walz allemal lustvoller vor als das der Mädchen, die daheim erst ans elterliche, dann ans eheliche Heim gebunden waren. Mädchen, die runde Bäuche bekamen und schlaffe Brüste, falls sie die Geburten überlebten, Frauen in Schürzen am Herd, schwarze gußeiserne Pfannen schwenkend, über hölzerne Zuber mit ätzenden Laugen gebeugt, in denen sie mit roten, rissigen Händen die Wäsche an Blechrumpeln rieben. Die sich nach dem Plätten der Wäsche mit dem schweren, mit einem glühenden Kohlestück oder einem heißen Stein gefüllten Eisen nur noch danach sehnten ins Bett zu sinken.

In Amberg dürfte er in eine tiefgehendere Liebesgeschichte verwickelt gewesen sein, denn als er mit mir im Jahre 1930 anläßlich einer Internationalen Tagung nach Kopenhagen fuhr, machte er von Nürnberg einen Abstecher nach Amberg. Wir besuchten dort eine in meinen Augen alte Dame, eine

ehemalige Pianistin. Ich habe mir damals nichts dabei gedacht und bin erst viel später draufgekommen, was meinen Vater bewog, nach 40 Jahren diesen Besuch zu machen. Ich sehe noch jetzt die zierliche, in schwarze Seide gehüllte Dame vor mir, die meinen Vater fassungslos anblickte, welcher noch als Sechzigjähriger mit seinem Charme jedes weibliche Wesen bezauberte. Wir wurden in einen Salon geführt, dessen Glanzpunkt ein Bösendorfer Flügel war. Da ich selbst Klavier spielte, war natürlich sofort Gesprächsstoff da.

Ob mein Vater gefunden hatte, was er erwartete? Vielleicht wollte er seiner ehemaligen Geliebten zeigen, dass er es aus eigener Kraft zu einer ansehnlichen Stellung im Leben gebracht hatte, und mich zeigte er überall gerne her. Vielleicht war da auch ein kleiner Hintergedanke: Schau nur, was du versäumst hast, weil du zu feig warst. Papa war 1890 als Arbeiter in der königlichen Gewehrfabrik Amberg gewesen und sie aus gutbürgerlichem Haus. Die gesellschaftlichen Schranken dieser Zeit waren sehr streng und daß es nicht nur eine flüchtige Liebelei gewesen war, zeigte dieser Besuch nach vier Jahrzehnten. Ich habe jetzt noch drei Bände Beethoven-Sonaten, die sie mir schenkte.

Nach seiner Militärzeit in Liebenau arbeitete mein Vater erst in Graz, dann in Wien in verschiedenen Werkstätten als Schlosser und schließlich als Lokomotivführer. Durch seine Betätigung in der Gewerkschaft und in der sozialdemokratischen Partei handelte er sich zahlreiche Maßregelungen ein. Er war Sektionsleiter in Favoriten und Mitglied der Bezirksleitung, außerdem Funktionär im Vorwärts.

Seit 1908 war Papa in der Wiener Verbandszentrale der Metallarbeiter beschäftigt und wurde 1910 in der Funktion eines Sekretärs nach St. Pölten geschickt. 1911 wurde er beim großen Streik in Rohrbach und Loosdorf zu drei Wochen Arrest verurteilt.

In St. Pölten lernte mein Vater meine Mutter kennen. Sie war damals Verkäuferin im Konsum und ihr üppiges schwarzes Haar hatte es ihm angetan. Wie damals üblich, musste bei den Zusammenkünften der beiden immer eine Anstandsdame anwesend sein. Ihre neunzehnjährige Schwester Fini traf dieses Los. Sie erzählte mir, wie langweilig diese Rendezvous für sie waren.

Als mir meine Mutter einmal weismachen wollte, dass ein anständiges Mädchen den ersten Kuß erst ihren Ehemann gäbe, erboste sich meine Tante sehr und erzählte zu meiner heimlichen Freude, daß sie im Winter immer sehr gefroren habe, weil sie im 1. Stock des Wohnhauses warten mußte, während sich meine Mutter vor der Haustüre von meinem zukünftigen Vater nicht trennen konnte.

Sie heirateten am 23. 4. 1911. Es gab keine kirchliche Trauung. Beide waren seit diesem Jahr konfessionslos. Ein erstmaliges und viel betratschtes Ereignis in der Kleinstadt.

Monika konnte sich das lebhaft vorstellen: "Ham's scho g'hört? Der Zuagraste und die Verkäuferin aus'm Konsum? Extra austreten san's aus da Kirchen, damit's dort net heiraten miaßn. Kamma si vuastön, wia's denan ernst is. Dea oide Lüstling. Schnappt si a jungs Ding. Er soi jo scho g'sessn sein. Aufwiegelung gegen die Staatsgewalt. A Sozi. So wia sie. Ja gleich und gleich gesellt sich gern."

Aus dem Jahr 1911 stammt auch ein Brief meines Vaters an seine Marianne aus Innsbruck, wo am 30. Oktober ein Parteitag der Deutschen Sozialdemokratischen Arbeiterpartei in Österreich abgehalten wurde. Er zeigt, wie verliebt mein 43jähriger Vater war:

"Die Sehnsucht nach Dir läßt keine fröhliche Stimmung aufkommen. Wohl ist es hier sehr schön. Gewaltige Berge, dazu die Luft, die alte Stadt. Jedes einzelne Haus erinnert an das Mittelalter, an längst vergangene Zeiten. In Innsbruck kann man, wenn man dazu veranlagt ist, so recht träumen. Aber wie schön wäre es, an Deiner Seite das alles zu erleben. Eines ist sicher: Ich komme nochmals hierher, aber mit Dir. ...Wie ich mich schon freue Dich wiederzusehen, dich wieder umarmen zu können. Der Schnellzug wird sicher zu langsam fahren, wenn es heimwärts geht. Ja Marianne, Dein Hubert liebt Dich ganz unvernünftig..."

1913 kam ich auf die Welt. Ich dürfte das erste Kind in St.

Pölten gewesen sein, bei dessen Religionszugehörigkeit "konfessionslos" stand. Auch die besten und eifrigsten Genossen konnten sich nicht dazu entschließen, ihre Kinder religionslos aufwachsen zu lassen. Und ich blieb konfessionslos bis Oktober 1935. Im Ständestaat durfte ich nicht einmal als unbezahlte Probelehrerin arbeiten. Der damalige Bezirksschulinspektor Regierungsrat Handl redete mir sehr zu, mich taufen zu lassen, damit er mich als Probelehrerin verwenden und ich dann nach zwei Jahren die Befähigungsprüfung ablegen könne. Sehr ungern unterzog ich mich dieser Vorbereitung zur Taufe. Da Mama jedoch noch immer Schulden meines Vaters abzahlen musste (mein Vater hatte einige Male als Bürge draufgezahlt) und ich mich von ihr nicht länger erhalten lassen wollte, biß ich in den sauren Apfel. Mein Religionslehrer war ein außerordentlich hübscher Mann. Er bemühte sich lange Zeit um mein Seelenheil, aber meine Bekehrung schien nicht einsetzen zu wollen, bis endlich mein wohlmeinender Bezirksschulinspektor fast verzweifelte und mich zum Abschluß drängte. So wurde mir, in einer für mich Ungläubige mittelalterlichen Art der Teufel ausgetrieben und die Taufe mit Hilfe meiner Taufpatin, Tante Fini, vollzogen. Sie hat übrigens einige Wochen vorher eine ähnliche Prozedur mitmachen müssen. Ihre nur standesamtliche vollzogene Trauung hätte den Verlust der Stellung von Onkel Ladislaus bedeutet. Sie mußten sich, nach vielen Ehejahren, kirchlich trauen lassen.

Monika überlegte, wie so eine Teufelsaustreibung im Jahr 1935 wohl vor sich gegangen war.
"Gerda, lass ab von deinen sündigen Gedanken an Gleichmacherei!" Der Teufelsaustreiber verpasste ihr mit der Handkante ein Schlag in die Kniekehlen. "So ist es recht, meine Tochter", vor deinem Schöpfer sollst du knien!" Und nun merke die gottgewollte Rangordnung:

1. Gottvater
2. Der Heilige Geist
3. Gottes Sohn
4. Die Muttergottes
5. Der Papst.

6. Die Kardinäle
7. Der weiße katholische Edelmann
8. Die weiße katholische Adelige
9. Der weiße katholische Bürger
10. Die weiße katholische Bürgerin
11. Der weiße katholische Arbeiter
12. Die weiße katholische Arbeiterin

Der Rest ist Abschaum, sollte aber in unserer unendlichen christlichen Nächstenliebe bekehrt werden und unsere Missionare tun ihr Bestes."

Nun musste Gerda zur Ader gelassen werden. Der Exorzist setzte ihr Blutegeln an, die sie vom roten Gift des Sozialismus befreien sollten.

Kein Mensch glaubte, daß ich mich wirklich als Katholikin fühlte, aber ich wurde sofort als Probelehrerin - ohne Gehalt- angestellt. Einige Male teilte man mich zum Kirchgang mit den Schulkindern ein, dann gab man es auf. Mein Religionslehrer ist übrigens in der Nazizeit hingerichtet worden.

Der schöne Jünger Christi. Er hatte es so gut gemeint. Bis zum Schluss war er bei seiner Meinung geblieben. Das hob ihn heraus aus der Masse der Pharisäer, die es im Tausendjährigen Reich zu Tausenden gegeben hatte. Er hatte die Leiden Christi wiederholt. Monika verneigte sich im Geiste vor ihm.

Die ersten Jahre meines Lebens wohnten wir noch in meinem Geburtshaus in Wagram nach der Traisenbrücke. Als der Krieg ausbrach, übersiedelten wir in die Franz-Binder-Straße 40. Das Haus lag damals am Stadtrand bei den Kellergassen. Von dort habe ich auch meine ersten Erinnerungen: Es ist Winter und ich liege fest eingemummt auf einem Schlitten. Eine Abkürzung führt durch ein großes Feld zu unserem Haus. Meine Eltern ziehen mich und diskutieren eifrig miteinander. Ich schlafe darüber ein. Als sie beim Haus ankommen, finden die mich nicht mehr auf dem Schlitten. Entsetzt laufen sie zurück und entdecken mich, immer noch gut eingepackt, an der Böschung.

Es ist Sommer. In der Kellerwohnung unseres Hauses lebt

ein kleiner Bub, den ich mir zum Spielgefährten wähle. Er heißt Konrad und seine Nase läuft unentwegt. Das stört mich anscheinend nicht, denn ich brauche ihn, um nicht allein meine Ausreißerwege zu gehen. Die Straße nach dem oben erwähnten Feld führt zum Friedhof. Die vorbeikommenden Leichenzüge erregen meine Neugierde und so gehen Konrad und ich artig mit. In sehr unpassender Kleidung, verschmiert und Konrad rotzig wie immer, folgen wir begeistert den düsteren Klängen der voranschreitenden Musikkapelle. Manchmal werden wir erwischt, zuweilen jedoch bleibt unser Ausflug unbemerkt.
In diesen Jahren hatte ich immer aufgeschlagene Knie. Mein Bedürfnis aus dem faden Garten auszureißen führte mich nicht nur auf gebahnte Wege. Konrad schleppte ich überall mit, ob er wollte oder nicht. Der rotzige Konrad! Was wohl aus ihm geworden ist?

Konrad ist Trauergast geworden, vermutete Monika. Er verstand es, seine kindliche Vorliebe für Begräbnisse, die Gerda in ihm erweckt hatte, mit dem Nützlichen zu verbinden.

Nach einem Pflichtschulabschluss, der ihm schlechte Zeugnisse beschert hatte und angesichts des Lehrstellenmangels in der Zeit der beginnenden Wirtschaftskrise mischte sich Konrad bei Begräbnissen in gewohnter Weise unter die Trauergäste, allerdings nunmehr in angemessener Kleidung, nachdem es ihm gelungen war, in den Besitz eines schwarzen Anzuges zu kommen. Dass ihm dieser etwas zu groß war, verhalf ihm zu einer traurigen Gestalt, was ja für solche Anlässe durchaus passend war. Auch der ständige Gebrauch des Taschentuches - die Triefnase war ihm geblieben - erregte nicht weiter Aufsehen. Lediglich eine Übersiedlung von der Kleinstadt St. Pölten nach Wien war notwendig geworden, um beim Leichenschmaus unerkannt zu bleiben. Dort mochte er als entfernter Verwandter durchgehen, nach dessen Namen und Verwandtschaftsgrad zu fragen man sich geniert hätte, um sich keine Blöße zu geben. So bot die Sterblichkeit der Menschen Konrad eine ausreichende Existenzgrundlage.

2)

Monika lag auf der Terrasse auf dem Campingbett, den Papierstoß neben sich hatte sie mit einem Stein beschwert. Zwar war es windstill und die Sonne schien angenehm warm, aber man konnte nicht wissen, ob nicht ein Lüftchen aufkam, während sie ruhte und vielleicht in einen kurzen Schlummer verfiel.

Sie sah vom Bach eine Gestalt auf das Haus zukommen. Sie setzte sich auf. Ein Wanderer. Selten genug, dass Wanderer vorbeikamen, obwohl ein markierter Weg von Freyenstein der Donau entlang und dann durch den Wald ansteigend über ihr Grundstück auf die Neustadtler Platte führte. Es war kein so spektakuläres Wandergebiet, dass die liebevoll angelegten Wege häufig benutzt wurden. Zum Glück hatten noch nicht viele den Reiz dieser lieblichen Hügellandschaft an der Donau entdeckt. Hier gab es keine felsigen Berge zu erklimmen, die höchste Erhebung bildete der Brandstetter Kogel mit seinen knapp 600 Metern.

Der Wanderer machte halt vor ihr, grüßte und entschuldigte sich für die Störung.

„Sie stören mich keinesfalls. Erstens ist das ein öffentlicher Weg und zweitens freut man sich, anders als in einer überfüllten U-Bahn, in der Einschicht, wenn man gelegentlich auf ein menschliches Wesen trifft.“

Noch dazu, wenn dieses menschliche Wesen ein so gut aussehender, sympathisch wirkender Mann wie dieser hier war, fügte Monika in Gedanken hinzu. Jemand, der auf die Idee kam, er könnte stören, bewies eine gewisse Empathie, konnte zumindest kein kompletter Egozentriker sein.

Ja, einsam sei es hier tatsächlich, sagte er und blickte sich um. „So ein Knusperhäuschen!“ Er betrachtete das Haus lange, schien ganz in seinen Anblick versunken.

" Aber Sie wohnen doch sicher nicht ganz alleine hier", sagt er dann.

Monika zögerte mit der Antwort. Wie ein Räuber oder Vergewaltiger sah er nicht aus.

„Doch“, sagte sie, „vorrübergehend schon.“
Jetzt wollte er wissen, warum sie sich in diese Abgeschiedenheit zurückgezogen habe. Falls seine Frage nicht zu indiskret sei, fügte er hinzu.
Sie erzählte ihm, dass sie völlig überarbeitet gewesen sei, einen längeren Urlaub benötigte und dieser Ort sich für Ruhe und Erholung angeboten habe.

Bis jetzt hatte sie ihre Unterhaltung stehend geführt. Monika bot ihm an, Platz zu nehmen.
„Vielleicht wollen Sie sich ein bisschen ausruhen und etwas trinken?“
„Danke, das ist sehr liebenswürdig. Aber nur, wenn ich Sie wirklich nicht störe.“
Monika schüttelte den Kopf. „Was darf ich Ihnen anbieten? Quellwasser, Mineralwasser, Hollersaft? Oder ist Ihnen mehr nach einem Bier? Ich würde allerdings Most als lokale Spezialität empfehlen.“
„Wenn ich den Most mit Mineralwasser verdünnen könnte, wäre ich eventuell in der Lage, heute noch weiterzuwandern“, scherzte er.
Monika brachte mit dem Most auch Brot und Speck. „Das ist so üblich in der Gegend.“
Er bedankte sich. Seinem Durst und Appetit nach zu schließen war er schon länger unterwegs.
„Jetzt verraten Sie mir, woher Sie kommen und wohin Sie gehen“, sagte Monika.
„Das ist eine der existentiellen Fragen der Menschheit und nicht so leicht zu beantworten.“
Monika lachte. „Sie wollen es mir also nicht verraten und ein geheimnisvoller Fremder bleiben.“
„Keineswegs. Ich heiße Hubert und habe mir für eine mehrtägige Radwanderung Urlaub genommen.“
Er hieß Hubert wie Gerdas Vater. Was für ein seltsamer Zufall, dachte Monika, der Name war ja nicht gerade häufig.
„Aber wo haben Sie denn ihr Rad gelassen?“
Er erzählte, dass er es in Freyenstein abgestellt und be-

schlossen habe, seine Wanderung zu Fuß fortzusetzen, weil ihm sein Sitzfleisch schon weh tue und eine andere Art der Fortbewegung ein guter Ausgleich und eine nette Abwechslung seien. Außerdem wolle er auf den Brandstetter Kogel, von dem er sich eine schöne Aussicht verspreche, und der sei mit dem Rad wegen dem steilen Anstieg ohnehin nur beschwerlich zu erreichen. Ob Sie ihn begleiten wolle.

Monika überlegte. „Warum nicht“, sagte sie dann, „eine gute Idee.“ Sie servierte ab, klappte das Campingbett zusammen, brachte es mit dem Manuskript zusammen ins Haus und zog ihre Wanderschuhe an. Als sie wieder auf der Terrasse erschien, lobte er ihre rasche Entschlussfreudigkeit.

„Ich heiße übrigens Monika.“

„Sehr erfreut“. Er schüttelte ihr mit einer leichten Verbeugung die Hand. Es war eine winzige ironische Geste. „Und ich freue mich, dass Sie mich begleiten, zu zweit ist so eine Wanderung doch viel netter.“

„Wie hoch ist denn der Brandstetter Kogel?“, wollte er dann wissen.

„Ich weiß nicht genau, vielleicht an die 600 Meter.“

„Schade.“

„Wieso?“

„Weil man erst über tausend Meter automatisch per Du ist.“

„Wollen wir nicht so genau sein“, sagte Monika, aber ich bitte um Geduld, noch sind wir erst auf etwa vierhundert Meter.“

„Dann beeilen wir uns!“

„Immer mit der Ruhe“, sagte Monika.

Es wurde eine überaus unterhaltsame Wanderung. Monika fühlte sich so aufgekratzt wie schon lange nicht mehr. Aber wollte sie das? Was sie brauchte, war der allergrößte Seelenfrieden.

Als sich am Abend ihre Wege trennten – er begleitete sie zu ihrem Haus zurück und ging dann weiter nach Freyenstein, wo er ein Zimmer für eine Übernachtung bestellt hatte – fragte er sie, ob sie Lust hätte, an einem der nächsten Wochenenden wieder mit ihm zu wandern. Zum Beispiel könne man den Ötscher ins Auge fassen. Monika sagte weder zu noch ab. Sie wolle es sich noch überlegen. Er nickte verständnisvoll. Es gefiel ihr, dass er sie nicht drängte. Sie tauschten ihre Telefonnummern aus und verabschiedeten sich mit einem Händedruck, bei dem sie sich lange in die Augen blickten.

Wäre sie gläubig gewesen, hätte sie jetzt gebetet. Etwa "Heilige Mutter Gottes, lass mich nicht wieder in eine Geschichte hineinschlittern, die mir vielleicht nicht bekommt.“ Wie sie so da stand vor der Haustür, noch immer in Richtung Wald blickte, sah sie einen Vogel mit ausgebreiteten Schwingen kreisen. Er ging langsam tiefer. Jetzt bemerkte sie sein buntes Gefieder, so ein schöner Vogel war ihr noch nie untergekommen. Paradiesvogel, dachte sie. Sie streckte die Hand aus, als könnte sie erwarten, dass er sich dort niederließ, was tatsächlich geschah. Jetzt wusste sie, dass es ihr Schutzengel war. Sie dankte dem Himmel für seine Großzügigkeit, auch einer Ungläubigen beizustehen und alle Nervosität fiel von ihr ab. Es konnte ihr nichts Böses geschehen. Und diese Gewissheit blieb ihr, als der Vogel längst wieder weggeflogen war.

Vor dem Schlafengehen las Monika in Gerdas Chronik weiter.

Meine Mutter baute in jener Zeit die Frauenorganisation in der Sozialdemokratischen Partei in St. Pölten auf und im Jahr 1918 war sie mit 1000 Mitgliedern die stärkste Ortsgruppe Österreichs. Auch half sie bei Papas gewerkschaftlicher Arbeit mit. Sie hatte also neben ihrem Broterwerb keinen Abend und keinen Sonntag frei.

Da sie seit 1909 im Konsumverein tätig war, glaubte sie genügend Kenntnisse zu besitzen, um ein eigenes Geschäft führen zu können. Sie eröffnete in der Linzerstraße ein Zuckerlgeschäft. Als im Verlauf des Krieges immer weniger Ware zu bekommen war, ließ auch der Verdienst nach. Papa mußte von seinem Militärdienst hilflos zusehen, wie sich

Mama abplagte, mit Schulden zu kämpfen hatte und es am Nötigsten fehlte. Noch dazu litt meine Mutter an fürchterlichen Kopfschmerzen. Es war wohl eine Art Migräne. Allerdings konnte sie damals keine Rücksicht auf sich nehmen. Sie hatte mich, Poldi (einen Sohn aus Vaters 1. Ehe) und Vaters Mutter zu erhalten. Da blieb kein Geld für den Arzt.

Mama las schon als Kind leidenschaftlich gern. Da sie zu Büchern kaum Zutritt hatte, sammelte sie von der Straße jeden weggeworfenen Zeitungsfetzen auf und verschlang ihn, ob es nun Politik war oder etwas anderes. Dieser Hunger nach Gedrucktem ist ihr das ganze Leben geblieben.
Als sie verdiente, kaufte sie Billigstausgaben der Klassiker und später wurden diese Heftchen durch bibliophile Gesamtausgaben ersetzt. Während der Schwangerschaft las sie alle Werke Reuters, damit ich nur Heiteres mitbekam. Wenn sie ein Buch las, lag immer ein Atlas daneben. Sie wollte immer den Ort der Handlung genau kennen und so erwarb sie sich im Laufe der Zeit mit Hilfe der Literatur weitgehende geographische und geschichtliche Kenntnisse. Wenn irgendeine Jahreszahl, ein Winkel unsrer Erde nicht gleich zu orten war, sie wußte es.

Vier Tage vor ihrem Tode, in ihrem 86. Lebensjahr, als die Metastasen ihren Körper schon fast ganz zerstört hatten, las sie noch interessiert die Tageszeitung und eine Biographie Metternichs.

Eine Muster-Proletarierin, wie sie die Theoretiker des Sozialismus entworfen hatten, fand Monika. Die Emanzipation der Arbeiterschaft über Bildung, hier hatte sie statt gefunden, war Fleisch geworden. Marianne hatte "das Schwert des Geistes" ergriffen, wie es in der "Arbeiter-Marseillaise" beschworen wurde:

"Der Feind, den wir am meisten hassen,
der uns umlagert, schwarz und dicht,
das ist der Unverstand der Massen,
den nur des Geistes Schwert durchbricht".

Für die 30jährige Bestandsfeier des Verbandes der Chemischen Industrie der Ortsgruppe St. Pölten am 16. Sept. 1928 hatte Marianne eine Redeunterlage verfasst. Diese war als historisches Dokument in einer Klarsichthülle schonend aufbewahrt. Es handelte sich um eine Blaupause von der mit einer Schreibmaschine angefertigten Festrede:

Zur 30jährigen Bestandsfeier des Verbandes
der chemischen Industrie,
Ortsgruppe St. Pölten

Als Älteste von elf Geschwistern habe ich in frühester Kindheit Not und Sorge kennengelernt. Meine Eltern waren brave, fleißige Menschen, aber obwohl beide Tag und Nacht arbeiteten, konnten sie nur knapp das zum Leben Nötigste schaffen. Mein Vater verdiente als Brauhausarbeiter monatlich 60 Kronen, bei einer Arbeitszeit von fünf Uhr früh bis sieben Uhr abends.

Ich war schon ein erwachsenes Mädchen, als sich die Brauereiarbeiter in St. Pölten organisierten und sich kraft ihrer Organisation eine kürzere Arbeitszeit und höhere Löhne erkämpften. (Bei meinem Vater machte die Erhöhung ungefähr 40 Kronen monatlich aus).

Meine Mutter arbeitete, wo sie etwas fand. Sie ging waschen, reiben, bedienen, nähte für Geschäfte, eine zeitlang arbeitete sie auch bei Bauten mit. Dabei kamen in sechzehn Jahren elf Kinder. Jede Geburt brachte schwere Sorgen ins Haus. Damals gab es noch keinen Geburtszuschuss von der Krankenkasse, sondern die Hebamme musste von dem kargen Verdienst meines Vaters bezahlt werden. Ich erinnere mich noch sehr gut, wie in solchen Fällen die wenigen Habseligkeiten ins Versatzamt wanderten und wie lange es dauerte, bis wir das eine oder andere unentbehrliche Stück wieder auslösen konnten.

Als Älteste musste ich schon mit sechs Jahren die jüngeren Geschwister betreuen und kochen, wenn die Mutter auf Arbeit war.

Aber das alles war noch zu ertragen. Das Schrecklichste war die Obdachlosigkeit, die wir einmal ein ganzes Jahr durchmachen mussten, alle vierzehn Tage von einer Notunterkunft zur anderen wandern musste. In Waschküchen, auf Böden, in leeren Magazinen und Scheunen haben wir damals gewohnt, weil kein Hausherr einer kinderreichen Familie eine Wohnung vermieten wollte.

Als meine Schulzeit zu Ende war, führte ich zuhause die Wirtschaft, weil ich als vierzehnjähriges Mädchen weniger verdient hätte als meine Mutter. Ich hätte gerne etwas gelernt, aber das war bei unseren Verhältnissen ausgeschlossen.

Als meine Schwester Fini die Schule verließ, mußte sie den Haushalt führen und ich kam mit siebzehn Jahren in die Fabrik. Viel Auswahl war nicht vorhanden: die Schüller Fabrik, in der vierzehnjährige Mädchen als billige Arbeitskräfte bevorzugt wurden, die Kerzen- und Seifenfabrik, die im Herbst Arbeiterinnen aufnahm und zu Frühjahrsbeginn wieder entließ und die zwei Papierfabriken in Wagram und Stattersdorf. Die Spitzenfabrik in Viehofen und die Zwirnfabrik in Harland waren zu weit entfernt.

Ich arbeitete einige Wochen in der Seifen- und Kerzenfabrik bei elfstündiger Arbeitszeit und 1.20 Kronen Taglohn. Dann fand ich in einer Papierfabrik Arbeit. Arbeitszeit von sechs Uhr früh bis sechs Uhr abends, mit einer einstündigen Mittagspause. An Feiertagen sowie an den Samstagen vor Ostern, Weihnachten und Neujahr bis vier Uhr nachmittags. Je eine viertelstündige Pause zum Frühstück und zur Jause. Wir arbeiteten mit wenigen Ausnahmen im Akkord. Zweimal im Jahr wurden durch vier bis sechs Wochen täglich zwei Überstunden gemacht. Bei normaler Arbeitszeit (66 Stunden wöchentlich) verdiente ich zwölf bis vierzehn Kronen bei gewissenhafter Arbeitsleistung. Es gab nur wenige Spitzenverdienerinnen, die manchmal fünfzehn bis sechzehn Kronen verdienten. Bei Überstunden (76 Wochenstunden) verdiente ich 16 bis 17 Kronen.

Es gab auch Zeiten, wo sehr schlechtes Papier zu verarbeiten war. Jeder zweite Bogen Papier war Ausschuß und man mußte genau aufpassen, daß man nichts übersah. Dies war nicht nur anstrengend für die Augen, sondern wir verdienten auch nichts. In solchen Wochen gingen wir mit sieben, acht, höchstens neun Kronen heim. Wir haben dann zwar verlangt, im Taglohn ausbezahlt zu werden, aber meistens ohne Erfolg.

Die Arbeit war sehr anstrengend. Das Sortieren weniger, aber wir mußten uns das zu verarbeitende Papier selbst aus dem Maschinenraum holen, wenn wir es sortiert hatten, wieder zum Tisch der Nachsortiererin tragen, von dieser zum Tisch der Zählerin und von der Zählerin wieder zu den Packern. Wir mußten also täglich ein Gewicht von durchschnittlich 1000 Kilogramm viermal von einem Ort zum anderen tragen. Extra entlohnt wurden wir dafür nicht

Akkordlohn war für je ein Ries (1000 Bogen) Cellulosepapier 4 bis 10 Heller, Druck- und Konzeptpapier 10 bis 14 Heller, Doppelformat (90 x 120) 20 Heller. Dafür mußte das Papier Bogen für Bogen in die Hand genommen und nach Fehlern durchsucht werden. Auch das sogenannte Ausschußpapier mußten wir selbst wegtragen.

Über die Behandlung seitens der Vorgesetzten hatten wir uns nicht zu beklagen. Es waren auch die meisten Arbeiterinnen viele Jahre im Betrieb. Aber der Papierstaub war für die Lunge sehr schädlich und die meisten meiner damaligen Kolleginnen deckt schon lange der grüne Rasen.

Der Großteil meiner Mitarbeiterinnen waren verheiratete Frauen, deren Männer ebenfalls im Betrieb beschäftigt waren. Diese Frauen hatten es noch schwerer. Wenn sie abends nach Hause kamen, mußten sie erst kochen, aufräumen, die Kinder betreuen, denn die einstündige Mittagspause reichte kaum dazu, das kärgliche, am Abend vorgekochte Essen zu wärmen und die Kinder zu füttern, die meistens den ganzen Tag sich selbst überlassen waren. Morgens mußten diese armen Frauen ja schon sehr zeitig aufstehen, da die Arbeit um sechs Uhr begann. Am Sonntag wurde die Wäsche gewaschen, gebügelt und geflickt, und am Montag kamen sie unausgeruht und abgehetzt wieder in den Betrieb. So ging es jahraus, jahrein und es ist begreiflich, dass diese Frauen keinen größeren Wunsch hatten, als nur einmal nicht mehr in die Fabrik gehen zu müssen. Einige haben es ja erlebt, als die Kinder so weit waren um zu verdienen, dann konnten diese abgerackerten, früh gealterten Frauen endlich zuhause bleiben.

Aber auch die jungen Mädchen unter meinen Kolleginnen waren in ihren Lebensansprüchen sehr bescheiden. Ihr höchster Wunsch war ein Mann, der sie nicht schlug und der so viel verdiente, daß sie nicht in die Fabrik gehen mußten. Im Übrigen habe ich die Beobachtung gemacht, daß auch dort, wo Mann und Frau verdienten, das Einkommen nur knapp zum notdürftigsten Lebensunterhalt reichte und auf Kleidung und Schuhe fast nichts übrig blieb.

Ich selbst bin anfangs sehr ungern in die Fabrik gegangen. Ich hatte bis dahin keinen anderen Verkehr als den mit meinen jüngeren Geschwistern, und die etwas derben Umgangsformen in der Fabrik gefielen mir nicht. Dazu kam, dass ich die Jüngste im Papiersaal war und man sich über meine Unerfahrenheit gern lustig machte.

Bald trat ein Wendepunkt in meinem Leben ein. Ich wurde Gewerkschafterin. Wie ich es wurde, will ich hier erzählen. Eines Tages erhielt ich per Post ein rosa Briefchen in die Fabrik zugestellt. Ich öffnete es sehr erstaunt - es war der erste Brief in meinem Leben - und fand darin ein Billet mit einer Aufforderung in Versform, dem Verein der Papierarbeiter beizutreten. Ich habe diese Zeilen mit Interesse gelesen und war sofort entschlossen, diesem Verein der Papierarbeiter, dessen Existenz mir bisher gänzlich unbekannt war, beizutreten. Ich zeigte das Billet meinen Kolleginnen im Papiersaal, aber keine konnte oder wollte mir sagen, wohin ich mich wende sollte, um Mitglied zu werden. Es ließ mir aber keine Ruhe und nach einigen Wochen habe ich erfahren, daß der Papierarbeiterverband seinen Sitz in Meinolds Gasthaus in der Wienerstraße 45 habe.

Aber nun kam das Schwerste. An zwei Sonntagen ging ich vormittags vor dem Vereinslokal auf und ab, in der Hoffnung, jemand Bekannten zu sehen, der mich mit in das Vereinslokal nehmen würde. Leider kam niemand und allein hatte ich nicht den Mut.

Endlich am dritten Sonntag fragte ich beim Haustor einen Kellner, der mir das Lokal der Papierarbeiter zeigte. Als ich die Tür öffnete und eintrat, fand ich nur Männer anwesend, keine einzige Frau.

Heute habe ich es noch nicht vergessen, mit welcher Herzlichkeit man mich begrüßte und aufnahm. War ich doch, wie man mir erzählte, die erste Arbeiterin aus unserem Betrieb, die gekommen war, obwohl alle den Brief erhalten hatten. Die anwesenden Genossen waren zu mir wie alte Freunde und erzählten mir über die Organisation, zeigten mir die Bibliothek, die mich besonders interessierte, da ich, seit ich lesen konnte, einen unstillbaren Lesehunger hatte.

Mit besonderer Dankbarkeit erinnere ich mich an den Obmann Gen. Zaverl, der mir die ersten organisatorischen Ratschläge gab und der sich auch später mit meiner gewerkschaftlichen und politischen Erziehung viel Mühe gab.

Bei der vierzehn Tage später stattfindenden Generalversammlung wurde ich zur Bibliothekarin gewählt, und nun verbrachte ich vier Jahre jeden Sonntagvormittag im Vereinslokal.

Bald nach meinem Eintritt in die Gewerkschaft begann ich mit der Agitation im Papiersaal. Anfangs war es schwer, denn es handelte sich ja meist um ältere Frauen, die an den Erfolg der Organisation nicht glauben wollten oder obendrein noch fürchteten, beim Direktor schlecht angeschrieben oder gar entlassen zu werden. Ich aber, als noch junge, unerfahrene Gewerkschafterin, sah keine Gefahr. Wenn wir alle zusammenhielten, was konnte uns schon geschehen, kein Unternehmer und kein Direktor konnte uns etwas anhaben. So wußte ich ihnen in meiner jugendlichen Begeisterung alle Bedenken auszureden und ich freute mich, daß im Laufe eines Jahres alle bis auf drei oder vier der Gewerkschaft beitraten. Mir ist übrigens seitens der Direktion, der meine Agitation doch sicher nicht verborgen geblieben ist, kein Hindernis in den Weg gelegt worden. Wahrscheinlich hat man mich nicht ernst genommen, da ich noch sehr jung war.

Aber auch in den anderen Betrieben ging es vorwärts. Genosse Zaverl, unser Obmann, war ungemein rührig. Zahlreiche Betriebs- und Monatsversammlungen wurden abgehalten und so kam es, daß wir im Jahr 1906 über 300 Mitglieder hatten, dieselbe Zahl wie die Metallarbeiter.

Nun wollten wir uns eine Fahne anschaffen. Wir hatten zwar kein Geld, aber Gen. Zaverl fand einen Ausweg. Der Arbeitergesangsverein hatte schon mehrere Jahre beim "Goldenen Ochsen" ein Katharinenkränzchen abgehalten, welches immer gut besucht war. Im Jahre 1906 reservierte Gen. Zaverl schon im Frühjahr den Saal für das Katharinenkränzchen für die Papierarbeiter, und die Sänger hatten für dieses Jahr das Nachsehen. Das war gewiß nicht in Ordnung und die Sänger haben uns diesen Überfall lange nicht verziehen. Aber das Katharinenkränzchen war so gut besucht wie noch nie und der Reingewinn war so groß, daß damit die Fahne angeschafft werden konnte. Bei dem zehnjährigen Gründungsfest der Papierarbeiter zu Pfingsten 1907 konnte die Fahnenenthüllung stattfinden.

Ein schwerer Verlust war es für die Gewerkschaft der Papierarbeiter, als Gen. Zaverl im besten Mannesalter starb. Er war nicht nur für die Gewerkschaft unermüdlich tätig, er war auch im Vorstand der Krankenkasse, Mitbegründer des Konsumvereins gewesen und er hatte keine Gewerkschaftsversammlung vorübergehen lassen, ohne auf die Partei aufmerksam zu machen. Gen. Zaverl erkannte schon damals, dass die Frau nicht nur im gewerkschaftlichen Kampf ein entscheidender Faktor ist, sondern er war auch fest davon überzeugt, dass wir bei der Eroberung der politischen Macht unbedingt die Frauen hinter uns haben müssen. Er war, wie damals nur wenige Genossen, ein eifriger Kämpfer für die

Gleichberechtigung der Frau. Er war es auch, der mich schon im Jahre 1905 in die Plenarsitzung der Partei schickte, in der ich viele Jahre als einzige Frau vertreten war. Später wurde ich dort auch in den Lokalauschuß als Schriftführerin gewählt. Im Jahr 1907 wurde ich durch Gen. Zaverl veranlaßt, zwei politische Frauenversammlungen in Oberwagram und Stattersdorf einzuberufen, in denen die Genossin Therese Schlesinger aus Wien als Referentin sprach. Ich führte bei dieser Gelegenheit zum erstenmal den Vorsitz und erinnere mich, daß ich nach der ersten Versammlung bitterlich weinte, weil ich in meiner Aufregung vergessen hatte, über einen Antrag abzustimmen. Bei der zweiten Versammlung ging es aber schon ausgezeichnet. Bereits damals trugen wir uns mit der Absicht, eine freie politische Frauenorganisation zu gründen. Es kam aber vorläufig noch nicht dazu.

Anfangs 1909 kam ich als Verkäuferin in den Konsumverein. Zur selben Zeit trat ich über Anraten des Gen. Zaverl mit den Wiener Genossinnen in Fühlung, zwecks Gründung einer Ortsgruppe der freien politischen Frauenorganisation. Ich habe heute noch Briefe der Genossinnen Proft und Pölzer aus dieser Zeit. Sie schickten mir Statuten und gaben mir den Rat, Mitglieder zu werben und sobald wir eine genügende Anzahl beisammen haben würden, im Einvernehmen mit der Lokalorganisation eine konstituierende Versammlung einzuberufen. Nun fing ich an zu werben. Es war für mich leicht, da ich ja im Konsumverein Gelegenheit hatte, mit den Frauen zu sprechen. Im Mai 1909 konnte ich schon von 33 Mitgliedern die Beiträge einkassieren. Ende Juni wurde die konstituierende Versammlung einberufen, in der Gen. Gerdinits, der damalige Lokalvertrauensmann, referierte.

Als erste Obmännin wurde die Genossin Therese Gerdinits gewählt, als Stellvertreterin Gen. Jordan und ich als Kassierin. Nach dem baldigen Tod der Genossin Gerdinits wurde Genossin Jordan Obmännin, und später trat ich an ihre Stelle. Die Frauenorganisation wuchs langsam aber sicher und war im Jahre 1918 bei einem Mitgliederstand von 1000 die stärkste Ortsgruppe Österreichs, nicht einmal der Bezirk Floridsdorf hatte eine derartige Höhe erreicht.

24 Jahre sind es her, dass ich in der Papierfabrik zu arbeiten begann. Wenn wir die Zeit von damals mit der heutigen vergleichen, wird uns der Aufstieg der Arbeiterklasse bewußt. Die indifferenten Arbeiterinnen der damaligen Zeit waren gedrückte Wesen, zaghaft, geduldig und mit allem zufrieden. Sie mußten lange arbeiten und konnten bei ihrem unzureichenden Verdienst nur schwer ihr Leben fristen. Sie waren ärmlich gekleidet und ernährten sich in der Hauptsache von Kaffee und Brot. Ihre Kinder waren der Straße überlassen und hatten überhaupt keinen Anspruch auf die Freuden der Jugend. Niemand kümmerte sich um sie.

Die heutige Arbeiterin ist selbstbewußt und hat gelernt, Schulter an Schulter mit den Arbeitern um bessere Lebensbedingungen zu kämpfen. In zwei Dutzend Jahren hat die Organisation Großes vollbracht. Der kulturelle Aufstieg der Arbeiterschaft ist ungeheuer.

Mögen die Papierarbeiterinnen ihrer Organisation die Treue halten und ihrer Fahne folgen, so oft der Ruf an sie ergeht. Mögen sie aber nie vergessen, jener ersten Pioniere zu gedenken, die vor 30 Jahren unter schwierigsten Verhältnissen mit dem Aufbau der Organisation begonnen haben.

Die herzlichsten Glückwünsche sendet dem jubilierenden Verbande
die frühere Papierarbeiterin Marianne Schnofl.

Was für ein kostbares und berührendes historisches Dokument war Monika da in die Hände gefallen. Und sie hatte die ruhmreiche Vergangenheit der Oma kennengelernt, die ihr in den Briefen zunächst nur als alte Frau begegnet war.

Tapfere, tüchtige Marianne. Wie schnell hat sie sich vom unerfahrenen, schüchternen Mädchen zur mutigen Kämpferin und geschickten Agitatorin entwickelt. Und zur Frauenrechtlerin obendrein.

Wenn wir alle zusammenhielten, was konnte uns schon geschehen.

Manchmal waren mangelnde Menschenkenntnis und Lebenserfahrung auch ein Vorteil.

Marianne, wie Jeanne d'Arc an der Spitze der Arbeiterinnenheerscharen die rote Fahne schwingend, das lange schwarze Haar im Winde flatternd, das Gesicht vom Eifer gerötet, die Schmählieder der übervorteilten Arbeitersänger abschüttelnd, die Metallarbeitergewerkschaft und die Floridsdorfer Ortsgruppe überholend von Sieg zu Sieg eilend. Es war die Blütezeit der Sozialdemokratie gewesen.

Mit Ehrfurcht entzifferte Monika als nächstes ein Schreiben Adelheid Popps mit dem Briefkopf der Arbeiterinnen-Zeitung vom 23. 11. 1916 an Marianne:

"Werte Genossin!

Sie wissen schon, daß ich die Versammlung für Samstag übernommen habe, aber ich will damit noch einen anderen organisatorischen Zweck verbinden. Bitte würden Sie, wenn möglich, einige verläßliche und vertrauenswürdige Arbeiterinnen einladen, mit denen ich gerne über die Verhältnisse reden möchte: Arbeitszeit, Tag- und Nachtarbeit, Löhne, Akkord, Kinderarbeit, schwere oder leichte Arbeit,

Behandlung. Bitte, wenn es möglich ist, das zu machen, so komme ich eventuell früher..."
Monika verstaute diese beredten Zeitzeugnisse wieder behutsam in den Klarsichthüllen und teilte Gerdas Bedauern, daß ihre Mutter deren viele vernichtet hatte:

Mama sagte mir, sie habe sie, als sie ihre Wohnung aufgelassen habe und zu mir gezogen sei, alle verbrannt. Sämtliche Briefe von den damaligen Freunden wie Domes, Sever, Seitz, Körner, Adler usw. an meinen Vater, auch ihre Korrespondenz mit den damals führenden Frauen der Partei. Auf meine entsetzte Frage, warum sie so Interessantes zerstört habe, meinte sie, sie habe mir nur die Aufräumarbeiten nach ihrem Tod erleichtern wollen.

Aber wieder zurück zur Familie meiner Mutter. Ihre Eltern waren im Waldviertel in Reisert-Aichet zu Hause. Meine Großmutter Therese wollte anscheinend nicht ihr ganzes Leben auf dem Hof ihres Bruders als Magd unbezahlt arbeiten und so ging sie in die Stadt, nach Krems. Sie muß ausnehmend tüchtig gewesen sein, da sie schließlich bei einem Baron Seltmann Herrschaftsköchin wurde. Sie erzählte oft von dieser Zeit. Sie habe häufig für 20 – 30 Gäste zu kochen gehabt. Die Baronin sei sehr geizig gewesen und habe aus der versperrten Speisekammer alles abgewogen, was für den Tag für das Personal gebraucht wurde. Es gab aber sehr viel Besuch und da die Dame dann weniger Zeit hatte, mußte sie den Speisekammerschlüssel wohl oder übel der Köchin aushändigen. Diese sorgte dann dafür, daß auch das Personal nicht zu kurz kam. Sie muß eine exzellente Köchin gewesen sein. Das Rezept von meinem Mohnstrudel, den ich immer zur Weihnachts- und Osterzeit backe, stammt von ihr.
Später arbeitete sie dann als Köchin bei einem großen Fleischhauer. Im Geschäft arbeitete ein Schwabe, Wilhelm Lembeck, der auf seiner Walz nach Österreich gekommen war. Die beiden verliebten sich ineinander. 1887 heirateten die beiden, weil meine Mutter unterwegs war. Sie kam am 3. Juni 1887 zur Welt. Meine Tante Fini wurde 1891 noch in Krems geboren. Dann übersiedelte die Familie nach St.

Pölten. Der Großvater arbeitete in der Fleischerei am Riemerplatz, im gleichen Haus, in dem dann mein Vater, als er Bürgermeister wurde, eine schöne Wohnung im 1. Stock bezog.

Großvater arbeitete inzwischen in der Brauerei Winger und dann in der Hammerbrotfabrik als Brotführer. 1918 war er in der Torpedofabrik beschäftigt und schließlich bis zu seinem Tod in der Gießerei Witthead & Co. Er starb 1921 an Tuberkulose. Ein trauriges Leben, dabei hätte er es besser haben können. Als seine Großmutter starb, erbte er ein großes Haus und Weingärten in Schwaben. Da er aber Angst vor einer Militärstrafe hatte - er war von Österreich nicht mehr nach Deutschland zurückgekehrt, um dem Militärdienst zu entgehen – verzichtete er auf sein Erbe und blieb ein armer Teufel sein Leben lang .

Als junger Mann muß er sehr heiter gewesen sein. Er hatte eine schöne Stimme und sang seinen kleinen Kindern viele schwäbische Lieder vor. Einige davon brachte mir meine Mutter bei, als ich ein Kind war. Er erzählte gerne von seiner Heimat und dürfte wohl oft Heimweh gehabt haben.
Ich kann mich seiner nur auf dem Totenbett erinnern. Ein wächsernes, gelbliches Gesicht mit einem Schnurrbart, das ist alles, was ich vor mir sehe. Dabei war ich doch schon acht Jahre alt. Vielleicht hat man ein Beisammensein wegen seiner Krankheit verhindert. Es existiert auch kein Bild von ihm. Damit er nicht ganz ins Dunkle versinkt, habe ich ein wenig von ihm erzählt.

Monika rührte Gerdas Bemühen ihren Vorfahren ein Andenken zu bewahren und ihnen dadurch ihre Ehre zu erweisen. Und eine Information war aufgetaucht, die sie ganz besonders interessierte und der sie nachgehen wollte:
Der Großvater arbeitete in der Fleischerei am Riemerplatz. Im gleichen Haus, in dem dann mein Vater, als er Bürgermeister wurde, eine schöne Wohnung im 1. Stock bezog.

Monika beschloss, nach St. Pölten zu fahren und zu recherchieren. Über einen ehemaligen Bürgermeister musste ja einiges vorliegen.

3)

Sie nahm die Abfahrt St. Pölten Süd und fuhr Richtung Zentrum. Sie wollte schon den Weg zur Parkgarage am Rathausplatz einschlagen, als sie es sich anders überlegte und dem Schild zum Friedhof folgte, der leicht zu finden und rasch erreicht war. Sie klopfte bei der Friedhofsverwaltung, wo man ihr die Gräbergruppe nannte und den Weg erklärte. Bürgermeister Schnofl hatte ein Ehrengrab am Waldfriedhof.

Im Hintergrund eines mit Buchsbaumhecken eingefriedeten großen Ovals stand ein mannshoher, schlanker grauer Marmorquader, an dessen oberem Ende ein Relief den Kopf des Bürgermeisters im Profil zeigte. In roten Jugendstilbuchstaben waren sein Name, sein Geburts- und sein Sterbedatum eingemeißelt, darunter die Daten seiner Amtszeit als Bürgermeister und der Satz „ Ihn liebten, die ihn kannten“. Nach einigem Abstand war der Name Marianne Schnofl, geb. Lembeck mit ihrem Geburts- und Sterbedatum eingraviert. Das Oval des Rasens war mit Blumen bepflanzt. Im Vordergrund des eingefriedeten Grabplatzes stand ein niedriger Marmorstein mit zwei eingemeißelten Namen:
Gerda Tessar, geb. Schnofl, 1913 – 1994, darunter Sepp Tessar, 1928 – 2002.

Monika betrachtete lange das Grab, das in Sonnenlicht getaucht war. Es mochte an der Vormittagszeit liegen, dass der Friedhof fast menschenleer war. Sie ging zum Ausgang und über die Straße, kaufte in der Gärtnerei ein paar rote Rosen und eine Kerze. Damit kehrte sie zum Grab zurück. Sie brauchte sich für ihre Verrücktheit nicht zu genieren, hier sah sie niemand, keiner wusste davon. Und war es nicht auch schon ein wenig ihre Familie geworden? Dann verließ sie den Friedhof.

Nachdem Monika ihr Auto in der Tiefgarage geparkt hatte, betrat sie das Rathaus, ein schönes barockes Gebäude. Sie war gerade dabei sich anhand des Wegweisers zu orientieren, als ein Mann die Stiege herunter kam und sie fragte, ob er ihr behilflich sein könne. Sie fragte ihn nach dem Stadtarchiv, weil sie annahm, dass jede größere Stadt über eine derartige Einrichtung verfügte.

Was sie denn dort suche. Der Mann betrachtete sie neugierig. Monika zögerte sich einem Unbekannten anzuvertrauen. Aber irgendetwas an ihm war ihr sympathisch, vielleicht waren es seine warmen braunen Augen mit den dichten schwarzen Wimpern und möglicherweise konnte er ja tatsächlich hilfreich sein.

„Ich möchte Informationen über den Bürgermeister Schnofl einholen“.

Der freundliche Mann sah sie jetzt noch neugieriger an. „Da wenden Sie sich am besten an den Leiter der Öffentlichkeitsarbeit, Dr. Siegfried Nasko.“

„Öffentlichkeitsarbeit? Hubert Schnofl war in der Ersten Republik Bürgermeister!“

„Ich weiß", lachte der Mann, als hätte sie ihm gerade erklärt, dass die Erde eine Kugel sei, „aber Dr. Nasko hat sich als Historiker intensiv mit der Geschichte unserer Stadt auseinandergesetzt.“

Monika frohlockte innerlich. „Vielen Dank, da haben Sie mir sehr geholfen.“

„Gern. Und falls er keine Zeit hat, richten Sie ihm einen schönen Gruß von Kurt Lasslesberger aus, er möge Ihnen behilflich sein.“

„Sie sind wirklich sehr freundlich.“ Monika war so überrascht über diese Unterstützung, dass sie ganz vergaß sich ihrerseits vorzustellen. Als sie es nachholen wollte, war Herr Lasslesberger bereits mit einem Fuß zum Tor hinaus.

Entweder ein guter Bekannter von diesem Nasko oder jemand Wichtiger im Rathaus, kombinierte Monika. Förmlich hatte er aber nicht gewirkt, seine Wichtigkeit nicht betont, also wohl eher ein Freund. Wie auch immer, Hauptsache die Tür stand ihr offen.

Monika meldete der Vorzimmerdame, dass sie von Herrn Lasslesberger komme und Herrn Dr. Nasko um einige Informationen über Bürgermeister Schnofl ersuche. Nasko ließ ihr ausrichten, sie möge sich ein wenig gedulden und bat sie dann herein.

„Sie interessieren sich also für den Bürgermeister Schnofl", sagte er wohlwollend, als wolle er sie für dieses Interesse loben.

Monika war erleichtert. Sie erklärte dem Mann, dass sie ihren Neffen bei seiner Seminararbeit an der Uni unterstützen wolle. Dr. Nasko schien ganz begeistert, dass die Geschichtsforschung nun ihr Augenmerk auf diesen bedeutenden Volksbürgermeister richtete, der sich nicht nur außerordentlicher Beliebtheit erfreut habe, sondern dessen kommunalpolitisches Werk zumindest programmatisch dem des Roten Wien um nichts nachgestanden sei, wenn man davon absah, dass eine Provinzstadt natürlich nicht diese Bedeutung erlangen hatte können. Es sei hoch an der Zeit, dass Hubert Schnofl Gegenstand einer Doktorarbeit werde. Monika versprach ihrem Neffen zuzureden, seine Seminararbeit zu einer Dissertation auszubauen.

Nun wollte Nasko wissen, wer der Professor des Neffen im Seminar sei. Monika wurde heiß. Sie bedauerte, dass ihr der Name entfallen sei.

„Geht mir auch manchmal so", tröstete Nasko sie, „das Zahlengedächtnis funktioniert noch, aber die Namen!"

Er zog einen Band aus dem Bücherregal an der Wand und schlug treffsicher die richtige Seite auf, zeigte sie Monika: „Hubert Schnofl. Bürgermeister von St. Pölten", stand da. An den Anfang des kurzen biografischen Abrisses war ein Photo gestellt, das dem Relief am Grabstein glich, aber das Gesicht deutlicher erkennen ließ. Ein Feschak, dachte Monika und erinnerte sich an die Stelle in Gerdas Familienchronik, an der sie berichtet hatte, dass ihr Vater auch noch im fortgeschrittenen Alter die Frauen bezaubert hatte.

„Dass ich so rasch an einen Experten komme, habe ich nicht zu hoffen gewagt“, sagte Monika. Sie schenkte Dr. Nasko einen bewundernden Blick. „Darf ich die Seite kopieren?“
„Selbstverständlich. Aber wissen Sie was, ich borge Ihnen das Buch.“
Monika betrachtete nun den Cover: Siegfried Nasko: „Empor aus dumpfen Träumen.“ Auf der Schmutzseite innen war auch ein Untertitel angeführt: „Arbeiterbewegung und Sozialdemokratie im St. Pöltner Raum“.
„Oh, das Buch haben Sie geschrieben! Eine Information aus allererster Hand und so ausführlich. Mein Neffe wird begeistert sein.“
„Ihr Neffe kann sich glücklich schätzen, so eine interessierte und hilfsbereite Tante zu haben". Nasko strahlte. "Ich schenke Ihnen das Buch.“
„Das kann ich nicht annehmen, das ist ein viel zu großes Geschenk.“
„Nehmen Sie es, ich habe ja noch ein paar Exemplare und es ist schon alt.“
„Aber Geschichte hat doch kein Ablaufdatum. Also wenn Sie wirklich so großzügig sind, dann müssen Sie mir das Buch signieren.“
Jetzt strahlte der Buchautor noch mehr.
„Da fällt mir etwas ein.“ Er zog bereits eine Schublade auf und durchwühlte sie. „1993 haben wir den 125. Geburtstag von Hubert Schnofl gefeiert. Da sind natürlich allerlei Reden gehalten worden. Vom amtierenden Bürgermeister Willi Gruber und auch ich durfte als Stadtrat ein paar Worte der Würdigung sprechen. Sogar die Tochter Hubert Schnofls, die damals noch am Leben war, hat von ihren persönlichen Erinnerungen berichtet. Wie ich mich kenne, habe ich ihre Aufzeichnungen an mich genommen, ich bin ja ein Jäger und Sammler. Eine Berufskrankheit.“
„Das kenne ich von mir, ich habe auch Geschichte studiert.“
„Nein so was, dann sind wir ja Kollegen. Warum haben Sie das nicht gleich gesagt?“ Jetzt war Dr. Nasko vollends entzückt.

„Mein Studium liegt ja schon so lange zurück“, sagte Monika.
„Das kann doch gar nicht sein“, entfaltete der Kollege nun seinen Charme.
In der dritten Lade fand er tatsächlich die Unterlagen und ließ sie von seiner Sekretärin kopieren.
„Einstweilen darf ich Ihnen einen Tasse Kaffee anbieten.“
„Ich will ja nicht unbescheiden sein“, sagte Monika, „aber liegt über die Tochter des Bürgermeister Schnofl vielleicht auch Material vor?“
Dr. Nasko überlegte. „Wenn Sie sich mit einem kurzen Nachruf in St. Pölten konkret begnügen. Er griff zum Telefon und bat um die Jännernummer des Jahrganges 1995.
„Aber da fällt mir noch etwas ein. Bei ihrer Verabschiedung hat Bürgermeister Willi Gruber eine Rede gehalten, vielleicht gibt's dazu noch eine Unterlage.“
Er ließ sich mit dem Büro des Bürgermeisters verbinden und bat einen guten Geist sich auf die Suche zu machen. Monika hatte den Eindruck, mittlerweile schon das halbe Rathaus mit ihren Angelegenheiten zu beschäftigen.

Es klopfte. Herein kam der dunkeläugige Mann, der Monika im Stiegenhaus so trefflich den Weg zur Informationsquelle gewiesen hatte.
„Na, sind Sie fündig geworden?“
„Fündig ist ein Hilfsausdruck“, sagte Monika, „ich bin direkt beim Schatzmeister gelandet.“
„Aber die Finanzen sind einen Stock höher“, sagte Herr Lasslesberger, jetzt war Monika sein Name wieder eingefallen.
„Ich grabe mehr nach immateriellen Schätzen.“
„Wissen Sie, ich habe so oft beim Finanzamt zu tun, dass ich solche Menschen kaum antreffe. Siegfried, hast für mich auch einen Kaffee?“
Dr. Nasko orderte eine dritte Tasse.
„Weil Sie ja offenbar auch an der Verwandtschaft von Bürgermeister Schnofl interessiert sind", sagte Nasko zu

Monika, "Herr Lasslesberger ist sehr entfernt mit dieser Familie verwandt."
„Nein, also was ich heute für ein Glück habe! So ein Zufall. Und wie, wenn ich fragen darf?"
„Es ist etwas kompliziert: Meine Großmutter war in zweiter Ehe mit dem jüngsten Bruder der Frau von Hubert Schnofl verheiratet. Meine Mutter stammt allerdings aus der ersten Ehe meiner Großmutter, sodass wir mit der Frau des Bürgermeisters nicht blutsverwandt sind. Mit mehr Prominenz kann ich leider nicht aufwarten. Wenn Sie trotzdem etwas über die Familie in Erfahrung bringen wollen, ist meine Mutter das reinste Auskunftsbüro."
Das kam Monika gerade recht. Ob sie sich, falls Fragen auftauchten, denn an diese Dame wenden dürfe.
„Meine Mutter wird sich bestimmt freuen", sagte Herr Lasslesberger und schrieb auf seine Visitenkarte, die er Monika reichte, Adresse und Telefonnummer seiner Eltern. Jetzt erst sah Monika anhand der Karte, dass sie es mit dem Personalchef des St. Pöltner Magistrats zu tun hatte.
Seine Eltern seien zwar schon betagt, beide über achtzig, aber äußerst rüstig.

In der Zwischenzeit waren die von Dr. Nasko georderten Kopien und Zeitschriften in seinem Büro eingetroffen, die er Monika aushändigte. Sie bedankte sich überschwenglich und verabschiedete sich herzlich von den beiden Herren. Am liebsten wäre sie sofort in die Maria-Theresien-Straße aufgebrochen, die ihr Kurt Lasslesberger als Adresse seiner Eltern notiert hatte, aber zuvor wollte sie das ihr ausgehändigte Material durchforsten.

Als Monika mit ihrem Auto aus der Garage fuhr, fühlte sie sich wie nach einem erfolgreichen Beutefeldzug. Allerdings meldete sich ein Hungergefühl. Sie beschloss eine Raststätte auf der Autobahn aufzusuchen.

In Ybbs kehrte sie ein. Während sie auf ihre Bestellung wartete, nahm sie eine erste Sichtung der Unterlagen vor. Daheim würde sie sie genau lesen.

Wie schade, dass ihr Neffe nicht Geschichte studierte. Wie schade, dass keine Seminararbeit und erst recht keine Dissertation entstehen würde. So viel angehäuftes Material und keiner, der es aufbereitete.

Sie schlug sich mit der flachen Hand auf die Stirn. War sie denn völlig vernagelt? Wer sagte denn, dass dieses Material ausschließlich wissenschaftlichen Zwecken dienen musste? Gab es nicht auch den historischen Roman? Konnte das Schicksal deutlicher werden als sie an der Hand zu fassen und in ein Haus mit einer Schatztruhe zu führen und schließlich auch noch die Gestalt von Rathausbeamten anzunehmen, die ihr eine Draufgabe in den Schoß legten? Immer hatte sie ihre Freundin Edith um ihre literarische Ader beneidet und sich vorgestellt, wie großartig es sein musste Geschichten oder gar ein ganzes Buch zu schreiben. Vielleicht würde ihr das jetzt auch gelingen.

Sie trank ihren Kaffee erst gar nicht mehr aus, raffte die Schriften zusammen und stürzte zur Kassa. Nichts wie heim, es gab noch Einiges zu lesen, bevor sie an Werk ging.

4)

Daheim breitete Monika die aus St. Pölten mitgebrachten Schätze auf dem Küchentisch aus.

„Norbert Leser hat in seinem Film zum 100. Geburtstag des zweimaligen Republikgründers und Bundespräsidenten Dr. Karl Renner gemeint, die meisten überlieferten Fotos aus allen Lebensphasen würden trotz der Zeitdifferenzen nahezu dasselbe Gesicht zeigen. Ähnlich scheint es mir mit Hubert Schnofl zu sein, dessen charakteristisches Porträt mit dem wallenden Bart und der fliehenden Stirn von der Jahrhundertwende bis zu seinem Lebensende sich in die Erinnerung eingeprägt hat.“, hatte Stadtrat Nasko seine Rede zur Gedenkfeier anläßlich des 125. Geburtstages von Hubert Schnofl am 4. Oktober 1993 begonnen.

Monika blätterte in Gerdas Familienchronik, betrachtete die Fotos und gab dem Redner recht.

"Er übernahm in schwieriger Zeit, nach dem Zusammenbruch der Monarchie und Millionen Toten des Ersten Weltkrieges, die Verantwortung an der Spitze der Stadtverwaltung und machte St. Pölten zu einer bedeutenden Industriestadt“, lobte der amtierende Bürgermeister Willi Gruber seinen ersten frei gewählten Amtsvorgänger. „Er erarbeitete gemeinsam mit der sozialdemokratischen Fraktion ein Kommunalprogramm das für damalige Verhältnisse als revolutionär bezeichnet werden muß, das sich nicht an die Vorstellungen des Roten Wien anlehnte, sondern das dieses Rote Wien für die rote Traisenstadt St. Pölten vorausnahm... St. Pölten war damals trotz der Vorstellung von einem aus eigener Kraft lebensunfähigen ‚Restösterreich‘ ein aufstrebendes, in die Zukunft weisendes Gemeinwesen - ein Verdienst unseres Bürgermeisters Hubert Schnofl, der mit seinen Leistungen in einer Reihe steht mit den großen Sozialdemokraten und deren Sozial- und Aufbauwerk in der Ersten Republik wie Ferdinand Hanusch, Hugo Breitner, Otto Glöckel und vielen anderen.“

Das Rote Wien. Für Monika war es ein tröstliches Bild einer heilen Welt - als Modell jedenfalls - verbunden mit der Vorstellung, dass in der Finsternis des Alls, das seine Schatten auf die Welt warf, für kurze Zeit ein Sonnenfenster aufgegangen war. „Licht, Luft und Sonne“ waren eingedrungen, in denen die strapazierten Körper der Arbeitssklaven gesunden sollten.

„Der Jugend widmet dieses Stadion die Gemeinde Wien zur 10. Jahresfeier der Republik, 12. November 1928“, stand auf dem Monolith aus hellgrauem Marmor, den Monika im Blickfeld hatte, wenn sie nach dem Joggen in der Prater Hauptallee am Stadionparkplatz ihre Dehnungsübungen machte.

Aber auch für den Geist war gesorgt worden. Diese Nostalgie, die Monika befiel, wenn der Bäderbus ins Gänsehäufel auf der Schüttaustraße den Goethe-Hof passierte und sie an seiner Fassade die "Städtische Bücherei" sah. Sicher, auch heute gab es diese Einrichtung noch, aber architektonisch eingebettet in einen großen und schönen Gemeindebau der Ersten Republik, erinnerte sie an ihre Gründerzeit. Monika kannte die alten Bilder mit den Warteschlangen an den Entlehnstellen und die dicht gefüllten Säle der Volkshochschulen, an denen schon damals Hochschulprofessoren vorgetragen hatten.

Auch kam sie manchmal mitten im bebauten Gebiet an einem Städtischen Kinderfreibad vorbei, das nicht minder frequentiert war als seinerzeit. Sofort musste sie an die Mutterberatungsstellen denken und an die Säuglingspakete. Auch das gab es heute noch in anderer Form, aber damals war es etwas Neues, Einmaliges gewesen.

Für kurze Zeit auch hatte sich die Sozialdemokratie, statt der bürgerlichen Kultur nachzueifern, mit der Moderne in Wissenschaft und Kunst verbündet, war Teil der Avantgarde gewesen, die nicht nur einer kleinen Elite zugänglich sein sollte. Auch dafür stand das *Rote Wien*, nicht nur für soziale Errungenschaften.

Wenn Monika manchmal den Sandleitenhof durchquerte und sich für eine kurze Weile in der stillen Abgeschiedenheit einer seiner Innenhöfe auf einer Bank niederließ, kam Wehmut über sie, die Trauer über eine versunkene Welt, in der einst Aufbruchstimmung geherrscht hatte. Ein Aufbruch zu Ufern, die ihr als ein erstrebenswerter Ort erschienen.

In seiner Gedenkrede zitierte Stadtrat Nasko aus dem kommunalen Arbeitsprogramm, das Hubert Schnofl 1919 in den Gemeinderat eingebracht hatte. Mit diesem wollte er Richtlinien auf wirtschaftlichem und sozialpolitischem Gebiet geben. Arbeitsbeschaffung und Notlinderung standen dabei im Vordergrund. Erarbeitetes Einkommen müsse gefördert, arbeitsloses Einkommen jedoch entsprechend besteuert werden. Wirtschaftlich dürfte nicht das Angebot, sondern die Nachfrage den Markt regieren. Eine Gratisschulbuchaktion solle den Zugang zur Bildung erleichtern.

St. Pölten konkret entnahm Monika, dass Hubert Schnofl nach der Ausrufung der Republik 1918 in die provisorische Nationalversammlung entsandt wurde und dem St. Pöltner Gemeinderat angehörte, seit 1919 Mitglied des Niederösterreichischen Landtages war und im November 1920 in den Bundesrat gewählt wurde. Als Bürgermeister von St. Pölten wurde er erstmals 1921, dann dreimal wiedergewählt. Zu seinen wichtigsten Leistungen gehörte die Eingemeindung benachbarter Orte des Stadtgebietes und die deshalb sprunghafte Vergrößerung der Fläche sowie der Einwohnerzahl und die Erhebung zur Statutarstadt. In seiner Amtszeit erhielt St. Pölten eine Wasserleitung, 800 Wohnungen und 100 Siedlungshäuser wurden gebaut. Ein neues Gaswerk, eine verbesserte Stromversorgung, eine neue Volksschule und die Erweiterung des Krankenhauses und des Rathauses konnten verwirklicht werden. Auch ein Autobussystem wurde eingerichtet, das Straßennetz instand gesetzt und das Berufsschulwesen ausgebaut.

„Wenn die Bürgerlichen später das sozialdemokratische Aufbauwerk unter Hubert Schnofl als wirtschaftlich gescheitert zu denunzieren versuchten, ist es gut zu wissen, daß der Schuldenstand St. Pöltens Ende 1918 fünfzig Millionen Goldkronen betrug“, argumentierte Nasko in seiner Rede.

„Die Weltwirtschaftskrise im Frühjahr 1930 brachte auch für St. Pölten die katastrophale Wende. Nach den erfolgreichen Aufbaujahren kam die öffentliche Investitionstätigkeit völlig zum Erliegen. Die Papierfabrik Elbemühl wurde stillgelegt, ebenso die Spitzenfabrik in Viehhofen und das Gasserwerk, die Glanzstoff stellte den Betrieb vorübergehend ein, Voith baute verstärkt ab, eine Schließung der Bundesbahnwerkstätte konnte verhindert werden. Die Arbeitslosigkeit stieg stark an. Die Steuereinnahmen der Stadt und das Gemeindebudget gingen zurück. In dieser Zeit urgierte Hubert Schnofl ein Arbeitsbeschaffungsprogramm durch ein Bahnprojekt.

Nach den letzten Gemeinderatswahlen der Ersten Republik 1932 veränderte sich die Zusammensetzung des Gemeinderates. Die Sozialdemokraten blieben zwar stärkste Partei, verloren aber viele Mandate. Neben den Christlichsozialen und den Großdeutschen waren erstmals auch fünf Nationalsozialisten und ein Kommunist im Gemeinderat vertreten.

Die Aushöhlung der Demokratie, die Ausschaltung des Parlaments durch die Regierung Dollfuß im März 1933, die zunehmende Polarisierung, das Aufziehen der Ständestaat-Diktatur und die Schatten Hitler-Deutschlands wirkten sich auch auf St. Pölten unheilvoll aus.

Die nicht von ihm verschuldete finanzielle Schwierigkeit der ‚Volkswacht' war der Anlaß, daß Hubert Schnofl nach vierzehnjähriger Amtszeit am 27. April 1933 als Bürgermeister zurücktrat und aus dem Gemeinderat ausschied.

Auch nach seinem Rücktritt verfolgte Hubert Schnofl das politische Geschehen mit großer Anteilnahme, und als es im Februar 1934 zur Erhebung der Sozialdemokratie gegen das

Dollfuß-Regime kam, stellte er sich, knapp 66jährig, seiner Partei als Mitstreiter zur Verfügung. 'Schießen kann ich immer noch', meinte er, wurde aber von seinen Genossen mit dem Hinweis auf sein Alter vom Ort des drohenden Geschehens verwiesen.

Hubert Schnofl war damals weitgehend mittellos, von der früheren Wohnung in der Maria-Theresia-Straße mußte er in eine kleinere in der Daniel-Gran-Straße umziehen. Er ist arm gestorben. Seine letzten Lebensjahre verbrachte er in ökonomischen Verhältnissen wie ein einfacher Arbeiter, so wie tausend andere, für deren Aufstieg er gekämpft hat.

Er starb 1936 und wurde unter großer Anteilnahme der Bevölkerung zu Grabe getragen. Viele im Trauerzug trugen rote Nelken als letzten Gruß und gestalteten so das Begräbnis zu einer politischen Demonstration im Ständestaat.

Noch acht Jahre nach seinem Tod, als die Nationalsozialisten im ganzen Reich 1944 nach Mitwissern des Stauffenberg-Attentats auf Adolf Hitler suchten, stand Hubert Schnofl auf der Liste der Regime-Gegner. Die Gestapo erschien in der Ofnergasse und wollte den längst Verstorbenen noch verhaften."

Auch Gerda berichtete in den „Erinnerungen an meinen Vater Hubert Schnofl" anläßlich der Jubiläumsfeier über die materielle Not in den letzten Lebensjahren:

„In den Jahren der Arbeitslosigkeit klagte meine Mutter oft über ihr Budget. Ging mein Vater morgens aus dem Haus, stand an jeder Ecke ein Arbeitsloser oder Ausgesteuerter. Wenn mein Vater im Rathaus ankam, hatte er meist keinen Groschen mehr in der Tasche. Er war nicht imstande, seine Hilfe zu verweigern. Oft wurde seine Gutmütigkeit auch ausgenützt, und an diesen Bürgschaften zahlte meine Mutter noch Jahre nach seinem Tod. Nach 1934 blieb er mehrere Monate infolge der christlichsozialen Diktatur mittellos, da ihm seine Pension nicht ausgezahlt wurde. Viele Schrebergärtner halfen ihm in dieser Zeit mit täglichen Geschenken aus ihren Gärten. Ich selbst bekam keine

Anstellung als Lehrerin und konnte mit den wenigen Privatstunden auch nicht viel helfen. Kurz vor seinem Tod verfaßte mein Vater noch ein Arbeitsprogramm, das den Regionen im Traisental und im Waldviertel Hilfe hätte bringen können und das er der damaligen Regierung vorschlagen wollte. Bis zum Schluß Hilfe für die anderen, nichts für sich selbst.“

Ende der Geschichtsstunde. Auf dem Küchentisch türmten sich die Papiere: Kopien der Redeunterlagen und die Zettel, auf denen sich Monika Notizen gemacht hatte, als sie in „Empor aus dumpfen Träumen“ blätterte. Die Puzzle-Teile, private Aufzeichnungen und offizielle Geschichtsschreibung, begannen sich zu einem Bild zusammenzusetzen.

Nur ein Heft hatte sie aus dem Berg von Unterlagen noch nicht herangezogen: Eine Neujahrsnummer der Zeitschrift *St. Pölten konkret.*

Auf dem Titelblatt waren fünf Rauchfangkehrer auf dem Rathausplatz mit vom Schnee spärlich angezuckerten Dächern abgebildet. Ihre weißen Mützen und Halstücher stachen von ihrer schwarzen Arbeitskleidung ab. Sie blickten teils lachend, teils skeptisch in die Zukunft, welche mit "Prosit 1995" in dicken Lettern am unteren Rand der Zeitschrift begrüßt wurde.

Vom Leitartikel des Bürgermeisters Willi Gruber blätterte sich Monika bis zu einer schwarz umrandeten schmalen Spalte mit dem Nachruf auf Gerda Tessar vor.

Unter dem Porträt einer hübschen Frau wurde in fett gedruckten Lettern ihr Ableben am 27. Dezember 1994 mitgeteilt. Auch wenn das Foto der Verstorbenen aus einem früheren Lebensalter stammen mochte, wollte Monika dem Bürgermeister gerne glauben, dass sie mit ihren 81 Jahren unglaublich vital und engagiert war und aufgrund ihrer guten Verfassung und Weltoffenheit ihr niemand ihr Alter ansah. Also waren ihre anfänglichen Bedenken wegen des großen Altersunterschiedes zu Sepp bis zum Schluss überflüssig gewesen, dachte Monika.

Es folgte eine kurze Biografie der Verstorbenen:

„Gerda Tessar wurde am 11. Juni 1913 in St. Pölten geboren. Nach der Grund- und Bürgerschule absolvierte sie die Lehrerbildungsanstalt in Wien. Während ihrer Studienzeit war sie Mitwirkende des "Politischen Kabaretts". Im Ständestaat erhielt sie zunächst keine Anstellung als Lehrerin. Nach dem Verbot der Sozialdemokratischen Partei arbeitete sie im Büro der nun illegal agierenden Österreichschen Sozialdemokratie in der Tschechoslowakei. In dem von den deutschen Nationalsozialisten besetzten Österreich wurde sie als Lehrerin in kleinen Landgemeinden unter strenger politischer Aufsicht beschäftigt. Nach dem Krieg trat sie sofort wieder der SPÖ bei und arbeitete bei der Sozialistischen Jugend mit. Außerdem leitete sie die Laienbühne der "Roten Spieler". 1950 übersiedelte sie nach Wien, wo sie eine Anstellung als Hauptschullehrerin erhielt. Schließlich wurde sie Leiterin der Volksschule Felbigergasse und war damals die jüngste Schuldirektorin Wiens. Für ihre Verdienste um die Schulreform, vor allem in der Lese- und Musikerziehung, erhielt sie als erste den Glöckel-Orden, die höchste Auszeichnung für Pädagogen, verliehen. Während ihrer gesamten Wiener Schultätigkeit arbeitet sie eng mit den Kinderfreunden zusammen.“

Die Familie war nun mehr oder weniger erforscht, nichts stand ihrer Wiedergeburt im Roman im Wege. Einige offene Fragen ließen sich vielleicht noch mit Frau Lasslesberger klären.

5)

Monika hatte schon das halbe Haus nach ihrem Ring abgesucht. Das war kein leichtes Unterfangen bei der Größe des Hauses. Natürlich ging sie dabei systematisch vor. Badezimmer und Ablage neben dem Bett, schließlich die gesamte Schlafkammer hatte sie mehrmals vergeblich inspiziert.

Sie hatte die unglückselige Angewohnheit, den Ring manchmal gedankenverloren auf ihrem Finger auf- und abzuschieben – er saß nicht sehr fest – , manchmal auch ganz abzustreifen und ihn zwischen Zeigefinger und Daumen der anderen Hand hin- und herzurollen, besonders, wenn sie konzentriert über etwas nachdachte.

Hoffentlich hatte sie das nicht getan, als sie auf der Terrasse vor dem Haus gesessen war. Diese hatte sie zwar auch schon abgesucht und natürlich die Steinstufen, die hinunter auf den schmalen Wiesenweg führten. In der näheren Umgebung war sie schon mit dem Rechen durch das Gras gefahren, aber natürlich, wenn er den Hang hinunter gerollt war, war er verloren. Monika war bekümmert. Der fein zieselierte Silberring war ein typisches Jugendstilschmuckstück, der von der Großmutter über die Mutter an sie weitergegeben worden war. Sie überdachte den gestrigen Tag. An welchen Plätzen hatte sie sich aufgehalten, die für das unbewusste Spiel mit dem Ring in Frage kamen? Der Dachboden! Sie hatte wieder in der Truhe gekramt, in der sich noch einige Manuskripte von Sepp befanden, die sie nur überflogen, aber noch nicht wirklich gelesen hatte.

Sie lief die Treppe hinauf und wanderte mit ihren Augen über jeden Quadratzentimeter des Bodens. Vielleicht war er unter die Truhe gerollt. Zwischen den Beinen der Truhe und dem Boden waren einige Zentimeter Abstand. Sie kniete sich nieder und schaute unter die Truhe.

Ihren Ring sah sie nicht, aber ganz hinten an der Wand einen Gegenstand, der wie ein großer Buchband aussah.

Sie holte eine Taschenlampe. Es schien sich um ein Album zu handeln. Briefmarken? Fotos? Es konnte auch eine Dokumentenmappe sein. Auch mit ausgestreckten Armen war der Gegenstand nicht zu erreichen. Außerdem steckte da noch etwas zwischen Mauer und Truhenwand, von dem sie nur das unterste Stück sah. Sie stand auf und lugte mit der Taschenlampe in den Spalt. Hier stand fast aufrecht ein zweites Album mit dunkelbraunem Einschlag, wahrscheinlich Leder. Dass ihr das nie aufgefallen war! Aber die Truhe zwar ziemlich hoch und sie hatte ja immer gleich den Deckel hochgeklappt und den Kopf hineingesteckt.

Nun galt es die Truhe ein Stück wegzurücken. Monika musste sich anstrengen. Zentimeter für Zentimeter zog sie das schwere Möbel von der Wand weg, bis sie schließlich zu den beiden Alben Zugang hatte.

Sie waren mit einer dicken Staubschicht überzogen, die Monika ein schlechtes Gewissen verursachte. Sie sollte sich auch einmal um die Reinigung des Dachbodens kümmern. Sie klappte die Bände auf, um einen Blick hineinzuwerfen. Beide waren Fotoalben. Rasch holte Monika einen Lappen, wischte den Staub ab und verließ dann mit ihrer Beute aufgeregt den Dachboden. Als sie im Gartensessel vor dem Haus Platz nahm, war ihre Neugierde im Moment größer als der Kummer über den Verlust des Ringes. Sie klappte den Deckel des ersten Albums auf und erkannte die Handschrift Gerdas, die ein "Vorwort" verfasste hatte:
"Zurück zur Natur oder von der Schwierigkeit, auf der Wiese zu liegen und mit der Seele zu baumeln, wenn selbige zu mähen und ein Haus darauf zu bauen ist.“

In einem Vorspann, bestehend aus "Prolog" und 3 "Akten" - ihr Faible für das Theater, Monika erinnerte sich noch an das Kunstkomitee, war unverkennbar - erzählte Gerda, wie Sepp 1972 zum ersten Mal mit ihr einen Ausflug zur "Stätte seiner Jugendseligkeit" gemacht hatte und dass sie zu dieser Zeit ein kleines Bauernhaus abseits der Zivilisation, aber nicht zu weit weg von Wien suchten, das außerdem noch erschwinglich sein sollte. Wie sie sich in das "Unterhöll-häusel" verliebten, das zum Verkauf stand und wie lange es sich dann noch hinzog, bis sie es endlich in Besitz nehmen konnten, da die Bewohner mit dem Bau ihres neuen Hauses nur langsam vorankamen.

Wieder einmal kamen wir zu „unserem" Haus. Und das Wunder war eingetreten. Es stand leer. Das heißt, gar so leer war es nicht. Sämtliches Gerümpel seit der Erbauung der Keusche - ein Köhler hatte sie einst errichtet - war zurückgeblieben.

Sepp baute schleunigst eine Stützmauer aus Granitblöcken auf dem Hang hinter der Holzhütte. In dieses riesige Loch kamen Berge von alten Schuhen, rostige Reifen und Töpfe, Fahrräder und Kinderwägen, Matratzen und Lumpen. Dann wurden der Hang beim Bachbett und das Bachbett selbst gesäubert. Etliche Fuhren mit Gerümpel luden wir in diese Grube, bis sie voll war. Erde wurde darüber geschüttet und unser erstes ebenes Stück Grund war geschaffen.

Nun kam das Innere des Hauses an die Reihe. Die oberen zwei Kammern waren mit alten Bravos tapeziert, um die Löcher zu verdecken. Wir zogen mindestens 500 Nägel aus den Wänden. Unermüdlich vergipste Sepp alle Löcher. In der Stube kam eine Malschichte nach der anderen in den grauslichsten Mustern und Farben zum Vorschein. Alle Räume wurden weiß getüncht. Die verfaulten Bodenbretter der Stube, die auf der bloßen Erde lagen, wurden ausgebessert und mit einem rotbraunen Nadelfilzteppich bedeckt. Ich lakkierte inzwischen alle Türen dunkelgrün.

Dann wurde den Spinnen der Kampf angesagt. Im Keller hingen Hunderte von Spinneneiern in Beuteln von der Decke. Sepp saugte sie alle mit dem Staubsauger ab und leerte sie am Waldrand aus. Nur eine hat, nach seiner Aussage, das Massaker überlebt.

Zum Schluß führte Sepp die Möbel für die Bauernstube mit dem Schubkarren herunter.

Als wir die Vorhänge und unsere norwegischen Textilien in der Stube angebracht hatten, war der Raum mit seinem grü-

nen Kachelofen auf einmal urgemütlich. Nun begann unser erster Winter im neuen Haus.

Wir hatten während dieser Jahre unermüdlich Pläne gezeichnet, sie wieder verworfen und einen befreundeten Architekten um seine Meinung gefragt. Im September 1976 begannen wir mit dem endgültigen Umbau. Das Unterhöllhäusel sollte - so wünschten wir es uns - zu einem Familienzentrum werden.

Monika hielt inne beim Lesen. Ein Familienzentrum. Ob es das geworden war? - Wenn, dann allerdings nur für kurze Zeit. Monika rechnete: 1974 bis 2002, das waren knappe 30 Jahre. Gerda und Sepp waren tot, ihre Kinder weiß Gott wo und sie, eine Fremde, war die einzige Bewohnerin des geplanten Familienzentrums.

Plötzlich überfiel sie eine Traurigkeit. Bilder tauchten auf. Von hell erleuchteten Fenstern in der Dunkelheit, die sich über das Haus auf der Waldlichtung legte. Vom geschäftigen Treiben in der gemütlichen Wohnküche, wo die Familie das Abendessen zubereitete. Sepp schnitt Brot und Schinken, Neni wusch die Radieschen, höhlte die Paprika aus und viertelte die Paradeiser, Eva arrangierte eine Käseplatte, ihr Mann holte den Most aus dem Keller und füllte ihn in einen großen bauchigen Krug. Gerda deckte den Tisch.

Nach dem Essen würden sie Karten spielen. Oder es lief ein unterhaltsamer Film im Fernseher, um den sich alle scharten.

In der Zwischenzeit heizte Sepp die Sauna auf, wo man sich anschließend entspannt rekelte, bis man kräftig ins Schwitzen kam um danach Abkühlung unter der Dusche, draußen im Planschbecken oder einfach in der frischen Luft unter dem Sternenhimmel zu finden. Man wünschte sich Gute Nacht und sank ins Federbett. Kein Lärm störte die nächtliche Ruhe und man begegnete einander am nächsten Morgen - die einen früher, die anderen später, die einen noch wortkarg, die anderen bereits gesprächig - bei einem herzhaften Frühstück.

Man würde einen Ausflug machen. Vielleicht ins Mühlviertel oder ins Waldviertel oder ins Ötscherland. Vielleicht müsste man sich aber auch der Pflege des Anwesens widmen, Gras mähen und zusammenrechen, zuvor Fallobst vom Boden klauben, im Gartenbereich Unkraut jäten, den einen oder anderen Strauch zurückschneiden und einen morschen Ast absägen und zu Brennholz zerkleinern, eine lose Latte im Zaun ausbessern. Ja, es war viel zu tun, aber sie waren ja viele. „Fotos sollte ich auch wieder einkleben", sagte Gerda.

Ach ja, die Fotos. Monika war in eine heile Phantasiewelt versunken, aber hier gab es doch echte Fotos zu betrachten.

Das allererste Bild, der Hof der Krieners, war mit „Stammhaus und Stützpunkt der unteren Höllteufel" kommentiert. Dann war der „Weg zur Hölle" mit der Kamera festgehalten, den Gerda im Dirndl beschritt. Zartes Grün und blühende Bäume: „Der Weg zur Hölle ist mit Blüten gepflastert". Dann „Ein Blick auf den Hades".

„Das Unterhöllhäusel im Urzustand" machte Monika sofort klar, welche Arbeit die neuen Bewohner hier geleistet hatten. Alte Mauern wurden abgerissen, neue errichtet, Schutt in Scheibtruhen abtransportiert, die Betonmischmaschine gefüttert. „Unsere jüngste Bauarbeiterin" wurde ein etwa dreijähriges Mädchen tituliert, das einen Helm trug und eine Scheibtruhe führte. Neben Sepp und Gerda sah man junge Frauen und Männer, mochten sie Töchter und Söhne oder auch Schwiegerkinder sein, mit Krampen und Schaufeln bewaffnet.

„Fest gemauert in der Erde
stehn die Blöcke aus Granit.
Daraus soll a Kuchl werden,
drum hackeln alle mit",

lautete eine der Bildunterschriften. Tatsächlich wuchs heute noch an einer Wand in der Küche ein Granitstein aus dem Boden, der sich offenbar nicht entfernen hatte lassen und dem Raum eine höchst eigenwillige, urige Note gab.

Personen, die auf einer Schutthalde aufgefädelt in die Kamera blickten. Der Kommentar dazu lautete „Und neues Leben blüht auf den Ruinen“.

Der „Bauarbeiter-Report - Knuspriges für Emanzen“ zeigte einen splitternackten blondgelockten Jüngling unter einer Dusche, die mitten auf der Wiese aufgestellt war. Seinem entspannten Gesichtsaudruck nach zu schließen hatte sich das Wasser auf seinem langen Weg durch den Plastikschlauch in der Sonne gut erwärmt.

Aber nicht nur Menschen, auch Tiere bevölkerten die Fotos. „The Maunzer on the Roof“ war eine semmelblonde Katze, die später als „Minka“ und als „Selbstversorger während der Woche“ beschrieben wurde.“Die Sphinx von Nabegg“ war ein Schaf in eben dieser Haltung mit stoischem Blick. Sepp, bärtig, mit Brotstücken in der Hand von einer Schafherde umringt, ganz Josef, der gute Hirte.

Und dann kam eine „stille Zeit“ mit tief verschneiter Landschaft. Äste beugten sich unter der Last des Schnees, das Dach des Hauses trug eine dicke Haube, eine Katze lief im Schnee.

Eine junge Frau rutschte vergnügt auf einem Bob den Hang hinunter. Der nackte Jüngling stand jetzt nicht mehr auf der grünen Wiese unter der Dusche, sondern unter einem von Rauhreif überzogenen Baum, war mit Anorak und Pelzmütze bekleidet und legte seinen Arm um die junge Frau, die davor noch auf dem Bob gefahren war. Neben ihr unverkennbar Gerda in einem rauhledernen Lammfellmantel mit Pelzbesatz am weit schwingenden Saum und am Kragen - eine russische Schönheit aus *Dr. Schiwago.*

Ein Fenster mit Strohsternen geschmückt. Ein Christbaum in der Stube vor dem Kachelofen. Gerda und Sepp auf der Ofenbank. Daneben das junge Paar. Vor dem Haus die Sternsinger. Kaspar, Melchior und Balthasar.

Eine Seite später schon der Osterspaziergang. Grüne Wiesen, vom Eise befreit.

Der junge Mann jetzt wieder mit nacktem Oberkörper, neben ihm ein anderer in Badehose, beide am Steilhang die Sensen schwingend. „Viele Sensenmänner ergeben a g'mahte Wiesen", stand darunter geschrieben.

Der zweite Sensenmann mit einer jungen blonden Frau aus dem Fenster im ersten Stock des Hauses in die Kamera lachend.

„Wir kommen unter Dach und Fach". Die Dachdeckerarbeiten sahen schwindelerregend aus. Die Fotos, die die Bauarbeiten dokumentierten, wurden seltener und das Haus wurde von Bild zu Bild seinem heutigen Zustand immer ähnlicher.

Der sich wiederholende Zyklus der Jahreszeiten. Winterwald, erstes Grün, Blütenfülle, satte Sommerwiesen, Herbstlaub, Kahlheit, erster Schnee, Winterwald... Das „alle Jahre wieder". Der Weihnachtsschmuck, der Tannenbaum und die handelnden Personen. Gerda for ever young, nur rundlicher. Sepp gleichbleibend schlank, ein attraktiver Mann mit grau meliertem Haupt- und Barthaar, schließlich weiß.

Die neuen Shooting-Stars im Fotoalbum waren zwei kleine Katzen. Eine Handvoll. Jeder wollte mit ihnen ins Bild kommen. Die eine getigert, die andere mit elegantem grauem Angorafell, im Gras schleichend, auf Bäume kletternd, auf der Ofenbank beide in friedlicher Umarmung schlummernd.

Gelegentlich bevölkerten Gäste das Haus zu festlichen Anlässen. Zu Nenis 30. Geburtstag lagerten hochsommerlich spärlich bekleidete junge Menschen schmausend, trinkend, schwatzend oder sich träge sonnend auf der Wiese vor dem Haus. Ein Mini-Woodstock. Entspannte bis übermütige Fröhlichkeit. Niemand schien sich Gedanken über die Zukunft zu machen. Campingbetten in freier Natur, Hängematten, zwischen den Dachbalken gespannt, oder Matratzenlager dienten als Schlafplätze. „Dolce vita in Nabegg" war eine durchaus zutreffende Überschrift. Eine

Süße, die noch nicht den bitteren Geschmack der Vergänglichkeit in sich barg. Ein Übermut, vor dem sprichwörtlich gewarnt wurde und der doch so gut tat.

Gerdas 70. Geburtstag. Auf der Wiese hatte man Heurigenbänke und -tische aufgestellt, wo sich die Gastgeberin und ihre Gäste bei strahlendem Sonnenschein vergnügten. Entspannte, fröhliche Bilder.

Aber weil die Zeit trotzdem nicht stehen blieb, Gerdas 80. Geburtstag. Diesmal hatte das rauhere Wetter die Festgesellschaft auf den geräumigen Dachboden mit seinem herrlichen Gebälk gezwungen, wo wiederum Heurigenbänke und –tische aufgestellt waren. Lampions, Blumenschmuck und Mengen an Leckerbissen, die aufgetischt waren. Ein Chorkonzert, das die Geburtstagsgesellschaft der Jubilarin darbot. Fröhliche Gesichter, angeregte Unterhaltung, das pralle Leben. Eineinhalb Jahre später war Gerda tot.

Monika griff wieder nach dem Band mit den Liebesgedichten, die Sepp für Gerda verfasst hatte, blätterte. Einige waren offenbar nach Gerdas Tod entstanden.

Morgens ,
nach nächtlicher Ruh'
möchte ich manchmal
der aufsteigenden Sonne folgen,
unentwegt
in ihrem hellen Tag gehen;
möchte ich unentwegt
der Sonne folgen,
bis sie versinkt
im Schleier des Abends
und ich mich verliere
mit Dir,
in der Unendlichkeit
der Sternenstraßen

Mein schönster Traum

Nach Jahren des Abschieds
träumte ich heute,
wie schon oft
von Dir.
Wir saßen beisammen,
erzählten vom Leben -
und als ich erwachte,
warst Du bei mir.

Schwermut
begleitet mich
auf sonnigen Wegen
über Wiesen, durch Wälder,
über Berge und Täler,
an Seen und Meeresstränden.
Sehnsucht
führt mich durch vertraute Gassen,
bedrängt mich im Konzertsaal,-
beginn ich zu träumen,
bist Du bei mir.
Der Traum
verdrängt die Sehnsucht,
er ist stärker
als das Leben:

so kehrt die Freude wieder,
erlebe ich Augenblicke und Stunden,
das Glück aller Tage.

6)

Frau und Herr Lasslesberger empfingen sie freundlich und baten sie in die Wohnküche. Ob sie hungrig sei. Monika verneinte und gab vor, Mittag gegessen zu haben. Sie hatte den Termin extra so gewählt, dass sie sich nicht bemüßigt fühlen sollten sie zu bewirten.
„Aber doch wenigstens einen Kaffee?“
„Oder ein Glas Wein?“, setzte Herr Lasslesberger nach. Die Glutaugen hatte sein Sohn von ihm.
„Lieber einen Kaffee, bitte.“
Frau Lasslesberger tischte einen Gugelhupf dazu auf. Richtig gemütlich war es hier auf der Eckbank. Monika fühlte sich ganz familiär.
Die beiden betrachteten sie neugierig. Frau Lasslesberger stellte ihr viele Fragen. Es war ganz klar, dass ihre Wissbegierde die Quelle ihres Kenntnisreichtums war, auf den ihr Sohn hingewiesen hatte. „Aber Lotte, w i r sollen doch Auskunft geben“, wies sie ihr Mann zurecht.

Monika fand durch die Antworten, die sie auf ihre Fragen bekam, vieles bestätigt, das sie bereits vermutet hatte. Als sie das Thema auf die Tochter von Hubert Schnofl lenkte, erkundigte sie sich vorsichtig nach dem Scheitern ihrer ersten Ehe.
„Ihr erster Mann war Lehrer wie sie, ein hübscher Mann, nicht sehr groß, aber eben hübsch und äußerst charmant und liebenswürdig“, berichtete Frau Lasslesberger. „Aber er ist dann im Krieg völlig verroht. Als er zurückkam, war er gänzlich verändert.“
„Wie so viele. Der Krieg hat so viele Menschen kaputt gemacht“, sagte Monika.
„Ja und dann trank er auch so viel. Er war sprachbegabt und konnte gut Russisch, sodass ihn die Russen gern als Dolmetscher heranzogen. Dafür entlohnten sie ihn mit Wodka“, erzählte Herr Lasslesberger.

„Ich glaube auch“, sagte seine Frau, „dass die Gerda und ihre Mutter sich gewünscht hätten, dass er sich politisch engagiere, eine politische Karriere einschlage. Sie müssen sich vorstellen, dass nach dem Krieg nahezu alle politischen Ämter vakant waren. Und wenn man aus einer politischen Familie kam... Nur der Herr List hat sich so gar nicht für Politik interessiert, er war ein Genussmensch.“
„Seine Frau ist ja dann nach der Scheidung nach Wien übersiedelt, wenn meine Recherchen stimmen?“
„Zunächst ist sie, - eine Scheidung hat sich damals länger hingezogen als heute - aus der ehelichen Wohnung aus - und mit den Kindern zu ihrer Mutter gezogen. Die hat aber im gleichen Haus gewohnt, einen Stock höher, in einer sehr großen Wohnung.“
Das also erklärte das „unten“ in den Briefen (Eva war bei ihrem Vater „unten“ gewesen. Oder „Letzte Woche war Hochzeit im ersten Stock“) Und darum hatte der Exmann auch den Abtransport von Möbeln nach Wien beobachten können.

Von einem Liebhaber erzählte Frau Lasslesberger nichts. Nur, dass Gerda dann in Wien noch einmal geheiratet habe, auch einen St. Pöltner, viel jünger als sie. Ein reizender Kerl, mit dem sie eine gute Ehe geführt habe. Er sei nach Gerdas Tod öfter zu ihnen gekommen, meist im Anschluss an einen Friedhofsbesuch, und es sei ihnen eine Freude gewesen, ihn zu bewirten. Er habe immer so herzhaft gegessen, vor allem Mehlspeisen habe er gemocht, dabei sei er so dünn gewesen, sagte Frau Lasslesberger, die nicht fett, aber wohlbeleibt war, ohne dass es neidisch klang. Sie gehört einer Generation an, dachte Monika, die noch nicht dem Fitness- und Schlankheitsterror unterlag.

Ob sie nicht auch noch ein Stück Gugelhupf essen wolle. Monika lehnte dankend ab. Sie machte sich nichts aus Süßigkeiten.
„Übrigens hat Herr Tessar bis zu letzt einen sehr guten Freund in St. Pölten gehabt, Herrn Josef Schmied. Vielleicht

wollen Sie sich auch einmal mit ihm unterhalten. Er wohnt ganz in der Nähe. Aber bitte verstehen Sie mich jetzt nicht falsch. Es ist nicht, dass wir Sie loswerden wollen."
Monika bedankte sich für den wertvollen Hinweis und notierte Namen und Adresse. Die unglaublich praktisch veranlagte und resolute Frau Lasslesberger schlug vor, Josef Schmied doch gleich anzurufen, vielleicht sei er daheim und habe Zeit.
„Ja, wenn Sie so nett wären..."
Frau Lasslesberger war so nett, telefonierte und Herr Schmied hatte Zeit.

Ein stattlicher Herr mit hübschem, rosigem Gesicht, von dichtem weißem Haar umrahmt, mit lustigen, fast schelmischen blauen Augen öffnete ihr die Tür:
„Guten Tag, ich bin Monika."
„Willkommen bei mir daheim. Darf ich Sie weiterbitten. Es ist mir eine außerordentliche Freude, mich mit Ihnen über meinen Jugendfreund Sepp, der mich leider vor einigen Jahren verlassen musste, unterhalten zu können. Ich sage 'Jugendfreund', aber er war einer meiner besten Freunde bis zu seinem Tod."
„Ich freue mich meinerseits, seinen Weggefährten kennenzulernen", passte sich Monika der gehobenen Diktion an. Ein Kavalier der alten Schule, dachte sie, aber auch ein Genosse. Sepps Genosse der ersten Stunde nach der Stunde Null. Als nach dem Krieg der große Diktator klein beigeben musste und die Demokratie wieder auf die Beine kam.
„Wir haben uns in den Anfängen der ‚Sozialistischen Jugend' kennengelernt."
Herr Schmied drückte Monika die Broschüre „Rote Rebellen. Der Werdegang der Sozialistischen Jugend Niederösterreichs in den Nachkriegsjahren 1945 – 1960" in die Hand. Monika musste über die Bezeichnung „Rote Rebellen" ein wenig schmunzeln, die ihr als Versuch erschien, der Sozialdemokratischen Bewegung auch in der

Geschichte der Zweiten Republik eine revolutionäre Rolle zuzuschreiben.
„Dieses Werk versucht in Zeitzeugenberichten, Auszügen aus Protokollen und Tagebüchern und Interviews einen Teil der Zeitgeschichte der SPÖ festzuhalten, die in den wenigen Jahren bzw. Jahrzehnten danach auf diese Art nicht mehr nachvollzogen werden kann“, vermerkte einer der beiden Herausgeber, Matthias Stadler.
„Mit viel Engagement und Zukunftsoptimismus gingen wir jungen Sozialdemokraten damals ans Werk. Die Sozialdemokratie und eine starke Jugendbewegung waren für uns der Garant, daß diktatorische Regime, wie sie sich in den Ländern Osteuropas nach dem Zweiten Weltkrieg etabliert hatten, keine Chance hatten.“ Illustriert war dieser Artikel des Bürgermeisters Willi Gruber mit einem Bild des St. Pöltner Rathausplatzes mit folgendem Kommentar: „Vom März 1938 bis 1945 hat dieser Platz amtlich Adolf-Hitler-Platz und von April 1945 bis April 1955 offiziell Marschallplatz geheißen. Die St. Pöltner sagten aber in den Gesprächen weiterhin: ‚Gehen wir zum Rathausplatz!'“

„Das Landestreffen der Sozialdemokratischen Jugend in Zwettl war ein durchschlagender Erfolg“. Eine Illustration zu diesem Bericht zeigte den „Wanderlehrer“ Karl Kraus auf dem Motorrad und Sepp Tessar in der Beiwagenmaschine stehend auf einer Inspektionsfahrt durch das Zeltlager. Sepp war auf einer anderen Seite auch als Vorsitzender der Landeskonferenz in Niederösterreich 1958, am Podium stehend, abgebildet.

Dann entdeckte Monika ein Bild ihres Gastgebers, der als Mitglied der „Roten Spieler“ mit Mütze und dunkler Brille auf der Ziehharmonika spielte und ein paar Seiten weiter ein Bild mit dem Text "Unsere Rote Spielergruppe" mit Gerda List an der Spitze beim Maiaufmarsch 1948 zum St. Pöltner Rathaus. Herr Schmied erzählte ihr, dass die "Roten Spieler" eine Laienbühne, bespielt von MittelschülerInnen, StudentInnen und Angehörigen der Sozialistischen Jugend waren,

Gerda zu den Gründungsmitgliedern gehört hatte und Sepp oft den Hauptdarsteller gegeben hatte, so z. B. in Jura Soyfas Stück „Der Lechner Edi schaut ins Paradies."
Herr Schmied zog treffsicher aus seinem Bücherregal den entsprechenden Band und reichte ihn Monika, die ihn aufschlug.
„Wissen Sie übrigens auch, dass sich Sepp literarisch betätigt hat?" Er ging wieder zum Bücherregal und reichte Monika einen Band mit türkis broschürtem Umschlag: Sepp Tessar: „Umgestaltung". Das Titelbild zierten Karikaturen. „Sensen-Verlag, Wien 1990" stand im Impressum.
„Kennen Sie es?"
„Nein."
Monika überflog das Vorwort.
„Eine politische Satire, ein Märchen, eine Utopie."
„Ein Schlüsselroman", sagte Herr Schmied, „Sie werden vieles und viele wiedererkennen."
„Da bin ich ja neugierig. Sepp ist wohl immer ein roter Rebell geblieben."
„Er ist seiner Überzeugung treu geblieben. Dem Klub 45 ist er nie bei-, dafür aus der Partei ausgetreten."
„Ein schlechter Networker."
"Er war Arbeitnehmervertreter und kein 'Networker'"
„War seiner Karriere sicher nicht förderlich."
„Er hat es trotzdem relativ weit gebracht. Er hatte einen hochrangigen Verbündeten, ein Rufer in der Wüste allerdings, bevor er mit dem Flugzeug in den Bodensee stürzte. Dann wurde Sepp von seinem Chef allerdings hinausgeekelt, gemobbt, würde man heute sagen."
Herr Schmied zog noch einen schmalen Lyrikband aus seinem Bücherregal: Sepp Tessar: "Wahr wie das Leben", ebenfalls im Sensen-Verlag erschienen. Vor ewigen Zeiten: 1964. Monika warf einen Blick hinein, blätterte. Zum Großteil waren die Gedichte von einem Pathos getragen, die der Jahreszahl und dem Titel entsprachen.

„Sepp hat schon seit frühester Zeit Gedichte geschrieben, von denen viele in Zeitungen veröffentlicht wurden, meist in der 'Frau', die sie lange vor der ‚Arbeiter-Zeitung' eingestellt haben, später dann in der 'Mitbestimmung'. Ich habe fast alle Gedichte gesammelt und kann sie Ihnen leihweise zur Verfügung stellen. In der 'Mitbestimmung' befindet sich übrigens auch ein Nachruf auf den Verstorbenen."
Monika bedankte sich herzlich und Herr Schmied wünschte ihr viel Erfolg. Er brenne schon darauf das Werk zu lesen und freue sich, seinem Freund, den er so sehr vermisse, darin wieder zu begegnen.

Im St. Pöltner Kulturbezirk setzte sich Monika auf eine Bank am Traisenstrand und las zunächst im Nachruf auf Sepp, was sie über seinen beuflichen Werdegang noch nicht lückenlos wusste:

1950 nach seiner Übersiedlung nach Wien Bundessekretär der Sozialistischen Jugend Österreichs. Nach Absolvierung der Sozialakademie der Wiener Arbeiterkammer 1956 in der niederösterreichischen Landesleitung in der Gewerkschaft der Privatangestellten, Sektion Industrie, für die Schulung von Betriebsräten und die Rechtsvertretung vor dem Arbeits- und Sozialgericht verantwortlich. 1984 - 1987 stellvertretender Direktor der Niederösterreichischen Arbeiterkammer.

"Er verkörperte Unerschrockenheit, Unbestechlichkeit und Solidarität. Seine Einstellungen kamen auch in seinem literarischen Schaffen zum Ausdruck."

Monika blätterte nun in den Lyriksammlungen, die ihr Sepps Freund ausgehändigt hatte.

12. Februar 1934

Weil der Stimmzettel
die Regierung bedrohte,

ließ die Regierung
Polizei und Militär
gegen Arbeiterstimmen
aufmarschieren,
schießen.
Die Herrschaft der Gewehre
begann mit Brudermord,
mit Standgerichten,
Galgen und Kerker -
und niemand mehr konnte
ungefährdet, unbedroht
seine Stimme erheben,
denn auch der Stimmzettel,
die Freiheit des Volkes,
die Demokratie
lag bei den toten Brüdern.

Das war zu einer Zeit gewesen, als Sepp als Bub durch die Auen an der Traisen gestreift war. Als eines Tages bewaffnete Heimwehrmänner in der Barackensiedlung erschienen waren und seinen Vater verhaftet hatten.

Monika sah die Leichen der Stimmzettel auf der Traisen treiben. Andere wieder flatterten an Galgen im Wind. Weil so viele Stimmzettel zum Schweigen gebracht worden waren, herrschte beklemmende Stille. Totenstille.

Und da dieser Berg von Stimmzetteln, der sich vor ihr auftürmte, was begrub er? Monika entfernte sie vorsichtig, mit stockendem Atem, Schicht um Schicht, bis eine schöne Frau zum Vorschein kam. Schön, aber bleich, reglos, starr wie ihre toten Brüder. Monika betrachtete sie betrübt.

Allmählich jedoch strömte die Farbe in ihr Gesicht zurück, ihr Brustkorb hob und senkte sich, sie seufzte und blinzelte, lächelte, als sie Monika erblickte. Sie erhob sich und ging leichtfüßig in Richtung Landhaus.

Monika nahm wieder auf ihrer Bank Platz. Ein sanfter Wind trug ihr Menschen- und Vogelstimmen zu, von irgendwo Gelächter und von ferne brandenden Verkehrslärm.

Sehet

diese Hand
der alten Frau,
die eine Kinderhand umklammert,
hält alles,
was ein Mensch erfassen kann.

Kaum gehen
kann die Alte,
kaum trippeln
kann das Kindchen,
und wer wen hält,
wer wen hier stützt,
ist fast nicht zu erkennen.

Verdreckt,
in Fetzen gehüllt,
das Kind mit nackten Waden,
in Fragmenten von Schuhen;
frierend
humpeln beide,
wehrloseste,
unschuldigste Generationen,
die eine noch nicht verstehend,
die andere nimmer begreifend
der Gaskammer entgegen.

Ob sie
das Gas tötet,
oder der Schreck
ihre Herzen lähmt,
die Hände
lösen sich nicht.

Monika blickte auf, weil ein Schatten auf das Buch fiel. Eine alte Frau mit einem kleinen Kind an der Hand ging vorüber. Monika erschrak. Aber die Frau war noch gut zu Fuß und das kleine Mädchen trug ein buntes Sommerkleid und hüpfte vergnügt von einem Bein aufs andere. Die alte Frau blieb stehen und holte eine Semmel aus ihrer Handtasche. Das Mädchen durfte die Enten füttern.

Wie viele Jahre mochten verstrichen sein zwischen dem Moment, als Sepp als Sechzehnjähriger das erste Mal von seinem Onkel von den Gaskammern erfahren hatte und dem Zeitpunkt, als er dieses Gedicht schrieb? Erschienen war es 1964. Dazwischen hatte Sepp den Krieg überlebt, war der Sozialistischen Jugend beigetreten, war heimlicher Geliebter, Ehemann, Familienvater, Gewerkschafter und Schriftsteller geworden.

Monika blickte auf das Wasser der Traisen, das an ihr vorüber zog. Der Name des Flusses ging auf das keltische Wort Tragisama zurück, was so viel bedeutet wie „der schnell laufende Fluss“.

Auch Sepp hatte sich Gedanken über die Vergänglichkeit gemacht:

Die Zeit

Du kannst sie nicht fassen,
sie bleibt nicht stehn;
lauf ihr nicht nach, sie läuft dir davon.

Woher
sie unentwegt kommt
und stets vergeht – wohin?

7)

Das Telefon klingelte. Es war Hubert. Monika war so erfreut, dass sie sich Mühe geben musssste, ihre Stimme nicht zu überschwenglich klingen zu lassen.
Wie es ihr gehe. Ob sie inzwischen wieder gewandert sei.
Sie erzählte ihm, dass sie in St. Pölten gewesen war, um eine Familiengeschichte, auf die sie in diesem Haus durch alte Schriftstücke und Fotos gestoßen sei, weiter zu recherchieren. Die Spuren hätten sie dorthin geführt und ihre Nachforschungen seien äußerst ergiebig gewesen.
Ihr sei die Idee gekommen, ihren Fund als Stoff für einen Roman heranzuziehen.
Hubert fand das großartig. Thomas Mann habe mit den „Buddenbrooks" ziemlich réussiert. Monika lachte und wollte dann wissen, wie es Hubert gehe.
Mit dem Gehen sei das so ein Problem gewesen, seufzte er. Er müsse gestehen, dass er einen Fehltritt begangen habe und dabei sei ein Stück vom Knochen am Fußgelenk abgesplittert, das jetzt wieder anwachsen müsse. Aber immerhin brauche er den Knöchel nicht mehr zu schienen und könne jetzt wieder ganz normal gehen. Nur laufen solle er noch nicht und auch von Bergtouren habe der Arzt noch abgeraten.
Monika bedauerte Hubert für den erlittenen Unfall und sah vor ihrem inneren Auge den Ötscher, den man doch schon ein Stück weiter oben, beim Kriener, gut sehen konnte, in ganz weite Ferne rücken, bis er als winziger Punkt hinter dem Horizont verschwand. Und mit ihm Hubert? Nein, das musste nicht sein. Ob er Lust hätte, sie am Land zu besuchen, hier könne man ja ganz gemächliche Spaziergänge machen.
Ja, wenn ihr das nicht zu langweilig sei, fand er, das sei eine äußerst reizvolle Perspektive.
Dann könne man doch gleich das schöne Wetter nützen und dieses Wochenende ins Auge fassen, falls er Zeit habe.

Monika sprach bewusst langsam, um diesem Satz das Drängende zu nehmen.
Er habe auf jeden Fall Zeit. Das klang so erfreut, dass sich Monika einen Ruck gab und fragte, ob er nicht übers Wochenende bleiben wolle. Für einen Tag zahle sich die Fahrerei ja kaum aus und Gästezimmer sei mehr als eines vorhanden.
Er nehme das Angebot gerne an, wolle ihr aber nicht zu viel Zeit stehlen, wo sie doch Großes vorhabe.
Machte er sich über sie lustig? Es hatte aber eher fürsorglich als spöttisch geklungen.
Er sei schon ein ganz großer Bub, versicherte er, und könne sich sehr gut still beschäftigen. Für den Fall, dass sie die Schreibwut überkäme, nehme er sich Lesestoff mit.
Sie vereinbarten einen Treffpunkt für Samstagvormittag zehn Uhr in Freyenstein beim Gasthaus Ziseritsch. Von dort wollten sie den Treppelweg an der Donau entlang wandern.

Nachdem sie das Telefongespräch beendet hatten, begann Monika eine Einkaufsliste für ein Abendessen am Samstag und einen Brunch am Sonntag zusammenzustellen. Doch halt, sie sollte nichts übertreiben! Andererseits war es ganz normal, dass man sich auf einen Besuch vorbereitete. Und heute war ja immerhin schon Donnerstagabend.

Wie um sich zu beweisen, dass sie sich nicht so schnell aus dem Konzept bringen ließ, – sie hatte nicht vor sich Hals über Kopf in ein amouröses Abenteuer zu stürzen und ihr Romanprojekt fallen zu lassen – beschloss sie noch literarisch zu Werke zu gehen.

Sie wollte sich zunächst Gerda zuwenden, dieser Frau, die so innig geliebt und ihr Leben doch so gut gemeistert hatte. Sie könnte eine biografische Skizze von ihr anfertigen.

Gerda, 11. 6. 1913.

Ihre ersten Tage. Junikäfer im Stadtwald von St. Pölten. Kühles Rauschen des Mühlbachs in der Hitze des Sommers.

Lange lichtvolle Tage vor der großen Dunkelheit, den "letzten Tagen der Menschheit".

11. Juni.: Zweimal die Eins. Zwillingsgeborenes Einzelkind. Vielseitig begabt. Tänzerin, Eiskunstläuferin, Schauspielerin, Regisseurin. Erst einmal aber Vorzugsschülerin, dann die Karriere als Lehrerin und Direktorin. Glöckel-Orden.

13 ist eine Glückszahl. Ihr zweiter Mann ist ein Toto-Zwölfer - in jeder Hinsicht.

Glücklich auch ihre Kindheit, wenn man davon absieht, dass sie es hasst, wenn ihr ihre Mutter die Haare zu Schnecken um die Ohren flicht. Später dann, mit Vierzehn allein in Wien, wo sie die Lehrerbildungsanstalt besuchen wird um einen "Brotberuf" zu lernen, statt an der Ballettstange zu üben, wird sie ihr Essensgeld sparen um in den Friseursalon zu gehen und ihn mit einer Greta Garbo-Frisur zu verlassen.

Zunächst aber sitzt sie auf dem Topf zwischen Jugendstilmöbeln auf dem Perserteppich, nein sie thront. Papas kleine Prinzessin. Die Tochter der Bürgermeisters. Die rote Prinzessin. Es ist wohl ihrer sozialaristokratischen Herkunft zu verdanken, dass aus ihr eine Königin wurde. Die Leute sind Spalier gestanden, wenn sie auf der Straße gegangen, nein geschritten ist. Sie war eine Respektsperson. Ihr Vater liebt sie abgöttisch und verwöhnt sie. Schenkt ihr schöne Kleider und beauftragt einen Maler, ein Porträt von ihr anzufertigen. Zum Dank spielt Gerda ihrem Vater auf dem Klavier vor.

Hoffentlich genießt sie es, denn die Zeiten werden nicht immer so bleiben! Der Ständestaat mit Berufsverbot, die Nazizeit und der Krieg, die unglückliche Ehe, der Kampf um die Scheidung. Sie wird mit ihrem zweiten Mann und ihren zwei Töchtern in einem Untermietzimmer, einem Kabinett, hausen, mit einer Heizdecke im Bett wegen ihrer Eierstockentzündung. Und gegen Ende der Woche alle Häferl umdrehen, ob vielleicht noch in dem einen oder ande-

ren eine Münze zu finden ist, um damit den Straßenbahnfahrschein für den Weg zur Arbeit kaufen zu können. Aber auch wenn die Zeiten wieder etwas besser sind, wird ihr prunkvoll gerahmtes Porträt etwas deplaciert wirken in der Gemeindewohnung.

In ihrem grünen pelzverbrämten Kleid mit dem kurzen weiten Röckchen sieht sie nach Eisrevue aus, wenn sie ihre Pirouetten dreht, die hübschen Beine in den Seidenstrümpfen von der Kälte gerötet. Von ihrer chronischen Eierstockentzündung ahnt sie noch nichts. Ihre Hände wärmt sie an einem heißen Teeglas.

Noch viele Jahre später schwärmt sie von der Köstlichkeit des heißen Tees auf dem Eislaufplatz. Und von den Maulbeeren auf der Insel Raab, wohin sie ihre Eltern auf eine Reise begleiten durfte. Wo das Meer glasklar war, der Strand einsam, die Damen Strohhüte trugen und Opatija noch Abbazia hieß.

Am 24. Dezember putzt immer ihr Vater den Christbaum auf. Die Tage davor sind mit Hausputz ausgefüllt. Großputz. Ihre Mutter ist eine Frau von Gründlichkeit. Teppiche klopfen, Teppiche bürsten, den Parkettboden mit Wachs einlassen, mit dem Bodentuch glänzend reiben. Die Möbel polieren, die Türklinken mit Sidol putzen. Bücher entstauben. Hunderte Bücher in die Hand nehmen, aufklappen, zuklappen, mit dem Staubtuch über Falz und Rücken wischen. Bücher sind Schätze, die ihre Mutter, welche als Arme-Leute-Kind jeden bedruckten Papierfetzen als Lesestoff aufklaubte, hortet. Die Bücher zu berühren ist auch für Gerda Liebkosung. Andere Kinder haben zwei, drei Geschwister, sie hat hunderte. Wahrscheinlich hat sie schon gelesen, bevor sie noch sprechen konnte. Niemand kann die Augäpfel schneller hin und her bewegen beim Lesen als sie.

Und gebacken wird in der Adventzeit. Lebkuchen, Butterkekse, Haselnussstangerl, Witwenküsse und Vanillekipferl. Naschen ist streng verboten. Als ihr Vater spät abends nach Hause kommt und sich einen Witwenkuss erbittet, verweigert sie ihn ihm und vertröstet ihn auf den Heiligen Abend. Am 10. Dezember erliegt er jedoch einem Schlaganfall. So hatten Gerdas Kinder es ihrem Großvater zu verdanken, dass sie immer naschen durften.

An ihrem vorletzten Lebenstag am 26. Dezember 1994 saß sie am Abend in ihrem Haus am Land neben ihrer Tochter auf dem Sofa vor dem Schwedenofen und schaute den Flammen zu, wie sie die Holzscheiter niederbrannten. Sie legte den Arm um sie, die an diesem letzten Weihnachtsfeiertag kurz vor dem Aufbruch war.

Gerda stand auf und füllte für sie noch eine große Dose mit Weihnachtsbäckerei an, die sie ihr mitgab.

Sie begleitete sie zur Haustür. Sepp führte die Tochter mit dem Geländewagen hinauf. Sie sah ihnen noch lange nach, auch als der Geländewagen schon im Wald verschwunden und nur mehr zu hören war.

Als sie sich wieder zum Ofen setzte, war das Feuer erloschen. Regungslos blickte sie in die Asche.

Monika setzte ab und las die Zeilen, die sie verfasst hatte. Es waren ein paar Blitzlichter, die sie auf Gerdas Leben geworfen hatte. Die sie für eine Skizze heranziehen konnte, um sie schließlich zu einem Lebensbild auszumalen, wie konkret oder abstrakt, wie real oder fiktiv auch immer.

Auf ähnliche Weise wollte sie sich Sepp literarisch annähern:

Warum ist der Himmel blau und die Wiese grün? Wieso haben die Tannen Nadeln und die Eichen Blätter? Wozu haben Kastanienschalen Stacheln? Woher kommt die Traisen und wohin fließt sie? Wieso münden alle Flüsse ins Meer? Wieso sind die Fragen dumm, Onkel Franz? Warum muss ich jeden Tag in die Schule gehen, auch wenn die Sonne scheint? Wieso müssen Simon und Ruth nicht mehr in die Schule gehen? Was heißt, sie DÜRFEN nicht mehr? Warum hat

Herr Kohn sein Geschäft zugesperrt? Wo wohnt Frau Grünbaum jetzt? Onkel Franz, was ist ein Jude? Wieso sprichst du so leise?

* * * * *

Heute hab ich ein Bild gemalt in der Zeichenstunde mit grünem Himmel und blauer Wiese, Tannenbäume mit Eichenblättern und Eichen mit Nadeln. Den Kastanienschalen hab ich Locken gemacht und die Traisen hab ich bergauf fließen lassen. Der Herr Lehrer hat geschimpft und von der unartigen Kunst erzählt. Ich hab in der Ecke stehen müssen, damit ich nie wieder unartige Bilder male. Auch hab ich dem Lehrer nachsprechen müssen:
Der Himmel ist blau.
Die Wiese ist grün.
Die Tannen haben Nadeln.
Die Eichen haben Blätter.
Die Kastanienschalen haben Stacheln.
Ein Fluß fließt niemals bergauf.

* * * * *

Ich will kein Pimpf sein, das klingt so blöd! Unser Scharführer hat gesagt, man muß ein Pimpf sein um ein Hitlerjunge werden zu können. Ich muß ein Hitlerjunge werden, weil alle Buben Hitlerjungen sind, bevor sie Soldaten werden wie mein Vater und mein großer Bruder. Man muß Soldat sein um ein Held werden zu können, hat der Scharführer gesagt. Die Helden kommen auf den Heldenfriedhof, hat meine Mutter gesagt und so komisch geschaut dabei und ist in die Küche gegangen und hat geweint. Ich will lieber Robin Hood werden, der ist auch ein Held. Oder ich geh zum BDM. Die Elfie ist auch beim BDM und ihre Freundin, die Marie. Sie stricken Socken für die Soldaten. Ich will auch stricken. Wahrscheinlich geht das nicht. Burschen dürfen nicht stricken und zum BDM dürfen sie auch nicht. Man darf so wenig. Wer bestimmt eigentlich, was man darf und was man nicht darf? Ich muß Mama fragen. Hoffentlich weint sie nicht wieder.

* * * * *

Heute haben wir einen Aufsatz über die Germanen schreiben müssen:
"Die Germanen marschieren in Zweierreihen über einen Feldweg. Sie zertrampeln die Blumen und zertreten die Käfer. Sie grölen ein Lied vom Teutoburger Wald. An einer Lichtung machen sie halt und stellen sich im Kreis auf. Sie fassen sich an den Händen und brüllen 'Heila, heila!' Das Wild flüchtet. Ein Vogel fällt tot vom Baum. Die Germanen trinken Met und rülpsen. Einer nach dem anderen fällt betrunken zu Boden. Die Germanen schnarchen. Ihre weiße Haut wird rot von der Sonne. Der Wind verfilzt ihre strohblonden Haare. Wenn sie getrocknet und gegerbt sind, kommen sie ins Germanische Museum.

* * * * *

Ein Krieg ist eine Sirene,
ist ein Rennen,
ein Sitzen im Luftschutzkeller,
ein Hoffen, daß die Bombe wo anders einschlägt.

Ein Krieg ist kein Vater,
ein Krieg ist kein Bruder,
ist ein Warten auf eine Feldpostkarte
und auf den Fronturlaub.

Ein Krieg ist eine schnarrende Stimme
aus dem Volksempfänger.
Ein Krieg ist ein Sieg
und eine feindliche Niederlage.

Ein Krieg ist eine Nachricht,
daß Herr Tessar auf dem Feld der Ehre
oder bestenfalls ein einbeiniger Heimkehrer.

* * * * *

Die Holzpritsche riecht nach Sonne. Helga neben mir riecht nach Erdbeeren. Sie hat sich zu mir gelegt, obwohl die Pritsche daneben frei war. Ich bin rot geworden und hab mein Gesicht in den Armen versteckt. Das geht leicht, wenn man auf dem Bauch liegt. Helga liegt auf dem Rücken. Es ist so eng auf der Pritsche und in meiner Badehose. Hoffentlich ist niemand aus unserer Klasse im Bad. "Verliebt verlobt verheiratet", haben der Karl und der Kurt gespottet, wie sie uns zusammen an der Traisen gesehen haben. Ich hab mich so geniert. Helga hat nur gelacht. Jetzt dreh ich mich auch auf den Rücken. Ich möchte Helga mit einem Grashalm am Bauch kitzeln, aber ich trau mich nicht. Ich hab Durst. Helga hat Brause in ihrer Badetasche. Ob sie mir das Pulver wieder in die Hand streut, draufspuckt und mit der Zunge ableckt? Das war so angenehm. Morgen ist der letzte Schultag und dann fährt Helga zu ihrer Großmutter aufs Land. Ob ich sie zum Abschied küssen soll? Ich hab noch nie ein Mädchen geküßt. Hoffentlich kann ich das. Was ist denn jetzt? Ihre Lippen auf meinen Lippen. Ihre Zunge in meinem Mund. Kann die Helga Gedanken lesen? Wie das schäumt und nach Brausepulver schmeckt! Herrlich, das Küssen...

8)

Als sie ihr Auto beim vereinbarten Treffpunkt vor dem Gasthaus Zieseritsch in Freyenstein parkte, saß er schon an einem der Gartentische und winkte ihr zu, als sie ausstieg.
„Hast du schon lange gewartet?“
„Nein. Höchstens eine Viertelstunde. Es war so wenig Verkehr, dass ich schneller war, als ich gedacht habe.“ Er deutete auf seine halbleere Kaffeetasse. „Möchtest du auch noch etwas bestellen, bevor wir losmarschieren?“
„Ja, ich mag auch noch etwas trinken.“
„Schön dich wiederzusehen“, sagte Hubert.
„Ich hab mich auch schon auf deinen Besuch gefreut.“
Ein Entenpärchen watschelte durch den Gastgarten auf ihren Tisch zu.
„Ja, was macht denn ihr da?“, sagte Monika, „Ihr gehört doch ins Wasser. Habt ihr denn keine Angst in der Küche im Backrohr zu landen?“
Die Enten schnatterten.
„Ich kann euch leider nicht verstehen“, sagte Monika.
„Sie sagen, dass sie hier nichts zu befürchten haben, weil Entenbraten nicht auf der Speisekarte steht. Nur um das Chinarestaurant in Ybbs würden sie einen Bogen machen.“
„Bist du bei Konrad Lorenz in die Schule gegangen?“
„Nein, der sprach doch nur mit Graugänsen.“
„Verstehst du alle Tiersprachen?“
„Die meisten. Nur die Nasenbären nicht, die nuscheln so.“
„Was zwitschert der Spatz auf unserem Tisch?“
„Er sagt, wenn du für ihn eine Semmel bestellst, dann ruft er die Kellnerin.“
„Gut“, sagte Monika.
Die Kellnerin kam und Monika bestellte einen gespritzten Apfelsaft und eine Semmel.
„Eine trockene Semmel?“
„Ja bitte.“
Der Spatz wippte zufrieden mit dem Köpfchen.

Ein Schleppkahn schob seine Fracht stromaufwärts. Das Entenpärchen war inzwischen zum Ufer gewatschelt und ließ sich auf den Wellen schaukeln. Monika und Hubert sahen dem Schiff nach, bis es ihren Blicken entschwunden war. Langsam glättete sich das Wasser wieder und der in die Hügelketten eingebettete Strom ähnelte einem Fjord.

Sie brachen auf und marschierten auf dem Treppelweg Richtung Hößgang. Als sie bei dem Felsen mit der Tafel "Teufelsbettstein" vorbeikamen, machte Monika Hubert darauf aufmerksam.

„Kennst du die Sage?“, fragte Hubert.

„Nein, aber ich habe mir selbst eine Geschichte dazu ausgedacht.“

„Jöh! Bitte erzähl!“

„Es war einmal“, begann Monika, „eine jung vermählte Burgfrau, die hieß Liebgard. Ihr Gemahl, Gunther, war kurz nach der Hochzeit ins Heilige Land aufgebrochen, ich glaube, es war im 3. Kreuzzug. Sie langweilte sich entsetzlich. Die Burg mit ihren dicken Mauern erschien ihr wie ein Gefängnis. In den eisigen Wintern fror sie. Stundenlang saß sie vor dem Kamin, und starrte in die Flammen, bis ihr die Augen tränten. Sogar im Sommer fröstelte sie stets, als wäre die Kälte in den innersten Winkel ihres Leibes gekrochen und hätte sich dort festgefressen. Am schlimmsten aber war diese trostlose Langeweile. Die Zofen und die Pagen waren zwar allerliebste, aber nicht sonderlich gebildete Geschöpfe, mit denen eine gehobenere Unterhaltung nicht zu führen war. Die Karten- und die Würfelspiele waren reizlos, weil die anderen Liebgard immer gewinnen ließen. Und seit der Fuß des kleinen Eckhards nach dem unheilvollen Sturz über die Treppe steif geblieben war, wollte niemand mehr mit ihr Blinde Kuh spielen.

Auch wußte sie nicht recht, wie sie sich nützlich machen könnte. Web- und Stickarbeiten hatte sie stets gehasst. Aus der Küche verbannte sie Edeltraud, sobald sie sie betrat. Sie verteidigte ihr Reich, in dem sie nur ihre Mägde duldete,

hartnäckig. Dabei kochte Liebgard viel besser als Edeltraud. Deren gebeizten Frischlingsschwänzchen in Wurzelsauce kamen an ihre nicht heran. Sie nahm immer eine Wacholderbeere zu viel und einen Spritzer Rotwein zu wenig."
„Du scheinst ja eine sehr raffinierte Köchin zu sein", unterbrach Hubert Monika.
„Nein, nur eine anspruchsvolle Esserin. Dass sich diese niedrigen Tätigkeiten für eine Burgherrin nicht ziemten", setzte Monika fort, „hätte keine Rolle gespielt in dieser Zeit, in der das gesellschaftliche Leben nahezu zum Erliegen gekommen war. Mit Wehmut dachte Liebgard an die Zeit zurück, als am elterlichen Hof der Geselligkeit gepflegt worden war. Turniere und Ritterspiele, Sängerwettbewerbe, große Gelage mit zahlreichen Gästen. Da war musiziert und getanzt worden bis in die Nacht hinein, auch Geschichten wurden erzählt, bis sie eingeschlafen waren. Stets war Liebgard von Jünglingen und auch reiferen Herren umringt gewesen, die ihr schöne Augen gemacht und sie begehrt hatten."
„Wie hat sie denn ausgesehen?", wollte Hubert nun wissen.
„Sie hatte rote Haare, blaue Augen und eine helle Haut wie eine Irin."
„Mit Sommersprossen?"
„Nein."
„Schade."
Das war ein verstecktes Kompliment. Monika hatte Sommersprossen.
"Seit Gunthers Aufbruch mit all seinen Rittern und Knappen", nahm Monika ihre Erzählung wieder auf, "herrschte tote Hose auf der Burg."
„Hat er Liebgard denn einen Keuschheitsgürtel verpasst?"
„Natürlich. Aber dessen hatte sie sich mit Hilfe des alten Schmiedes Wieland, der zu gebrechlich war, um sich am Kreuzzug zu beteiligen, rasch entledigt.

Liebgard konnte sich nicht einmal ihrer liebsten Beschäftigung, dem Leierspiel hingeben, denn auf ihrer Leier war eine Saite gerissen. Und ihre einzige stille Freude, den

Kräuter- und Blumengarten, den sie im Burghof angelegt hatte, fraßen die Heuschrecken ab."
„Ich kann mir vorstellen, dass die arme Liebgard trübsinnig wurde."
Monika nickte. "Da halfen auch die Egel nichts, die ihr der Medicus ansetzte, um ihr das Blut zu verdünnen. Ihre Melancholie rühre vom zu dicken Blute, behauptete er.
„Ein Schulmediziner", sagte Hubert, „keine Ahnung von Psychosomatik!"
„Was willst du 700 Jahre vor Freud? - Jedenfalls machte sich Liebgard Vorwürfe, dass sie nicht auf Hildegard gehört hatte und ihr nicht ins Kloster gefolgt war, statt einen Mann zu nehmen. Die Freundin fehlte ihr so sehr. Was hatten sie zusammen geredet und gelacht. Hildegard war so klug und so tüchtig, bestimmt würde sie es eines Tages bis zur Äbtissin bringen. Liebgard dachte nach, was Hildegard wohl an ihrer Stelle tun würde. - Sie würde davonlaufen. Auf und davon. Der Gedanke ließ sie nicht mehr los. Aber wohin sollte sie sich wenden? Wo Unterschlupf und Speis und Trank finden?

Ihr Kindheitstraum fiel ihr ein: Troubadoura. Dieser Wunsch hatte bei den Erwachsenen stets Heiterkeit ausgelöst. Man hatte sie ausgelacht. Ihr erklärt, dass nur Männer Minnesänger sein könnten und es sich für eine Frau nicht zieme, Männer minniglich zu besingen. Damals hatte Liebgard sehr bedauert, ohne elften Finger zur Welt gekommen zu sein."
Hubert lachte. „Der elfte Finger. Das muss einem einfallen."
Monika erklärte ihm, dass diese Umschreibung in der mittelhochdeutschen Dichtung tatsächlich existierte.

„Jedenfalls fand Liebgard, dass es hoch an der Zeit sei, die fehlende Saite an ihrer Leier durch eine neue zu ersetzen, um sich sodann ihren Kindheitstraum zu erfüllen. Sie lief in Gunthers Gemächer, stöberte in seinen Gewandtruhen, probierte seine Leinenhemden und Wämser, Beinkleider, Strümpfe und Kappen. Dabei wurde sie ganz fröhlich, denn seine Kleider passten ihr vortrefflich. In dieser Verkleidung würde es ihr möglich sein von Burg zu Burg zu ziehen, um unter den Söllern ihren Liedschatz auszubreiten. Ihre dunkle Stimme würde ihr bei dieser Verstellung zu Hilfe kommen. Die Damen würden hoch erfreut sein über die seltene Abwechslung in diesen männerlosen Zeiten und ihr bereitwillig ihr Ohr leihen. Sie würden ihr die schmeichelnden Gesänge reichlich lohnen, das Burgtor öffnen und ihr Kost und Quartier geben. Ein Wanderleben in Hülle und Fülle stand ihr bevor. Sie durfte allerdings überall nur kurz verweilen und keine allzu große Nähe zu den Damen aufkommen lassen. Liebgard besiegelte ihren Entschlusss, indem sie ihr Haar ein gutes Stück abschnittt.

In der Nacht schlich sie sich, nicht ohne Vorräte, Decken und Geschmeide zusammengepackt zu haben, mit ihrem Pferd Rollo davon um in angemessener Entfernung von der Burg einen wilden Ritt zu starten, bis sie bei jener Stelle vorbeikam. ‚Steinwändhäusl mit Teufelsbettstein' Sie erschrak. Aber ihre Müdigkeit war größer als der Impuls davonzureiten."

„Klar", sagte Hubert, „bei 'Haus' und ‚Bett' ist ihr bewusst geworden, wie müde sie schon war, Stein hin, Teufel her, diese Teile hat sie blitzschnell ausgeblendet."

„Ja, sie hat ihre Decke ausgebreitet und sich hingelegt, dabei hat sie etwas Zotteliges gestreift."

„Da haben wir schon den Salat".

„Der Teufel hat sich furchtbar aufgeregt, dass sie ihm sein Bett streitig macht und ihn aufgeweckt hat, noch dazu, wo er so an Schlafstörungen litt. Liebgard wiederum war ganz entsetzt, dass er sie trotz ihrer perfekten Verkleidung als „frowe" angesprochen hat und versuchte es abzustreiten.

Nachdem sie sich eine Weile gezankt haben, hat sie gemeint, sie könnte ihn in den Schlaf singen, aber leider fehle ihrer Leier eine Saite und a capella sei das halb so schön. Hierauf riss sich der Teufel ein Haar aus, zog es in die Länge und drehte es zwischen den Fingern, bis es zu einer

Saite wurde, die er in das Musikinstrument einspannte."
„Und jetzt ging die Party richtig los", sagte Hubert.
„Genau, mit 'Tanderadei' und so."

„Under der linden an der heide,
dâ unser zweier bette was,
dâ mugt ir vinden schône beide
gebrochen bluomen unde gras."

sang Hubert. Er hatte eine schöne Stimme.
„Der Teufel ist auch wirklich eingeschlafen und auch sie hat an seiner Seite geschlummert."
„Und sonst ist nichts passiert?" Sie sah Hubert die Enttäuschung an.
„Der Teufel hat so gut geschlafen wie schon lange nicht mehr. Liebgard hat von der Walpurgisnacht geträumt und als sie erwachte, war der Teufel weg. Sie stieg auf ihr Pferd und als sie in der Hitze des Tages die Ärmel aufkrempelte, sah sie den Saugfleck auf ihrem linken Oberarm, der sie ein bisschen nachdenklich machte."
„Gott sei Dank", sagte Hubert, „ich hab schon befürchtet, dass du den Teufel kastrierst in deiner Geschichte."
Sie kamen an einer kleinen Sandbucht vorbei.
„Lass uns ein wenig hier rasten, es ist so ein romantisches Plätzchen", schlug Monika vor.
Sie zogen ihre Schuhe aus und ließen die Füße ins Wasser hängen. Monika packte Jausenbrote und Äpfel aus ihrem Rucksack aus und Hubert steuerte einen Schokoriegel bei. Das lockte die Schwäne an. Vorsichtshalber zogen Monika und Hubert ihre Füße wieder an Land.

Als sie aufbrachen, kamen sie nach einer Weile an einem Fischteich vorbei, an dem Männer auf Klappsesseln saßen und Angeln ausgeworfen hatten. Bald darauf erreichten sie die Badeteiche im Hößgang, die dem schönen Wetter entsprechend recht bevölkert waren. Auf Decken und Badetüchern lagerten Menschen, deren Haut von Sonnenschutzmitteln speckig glänzte. Frisby-Scheiben und Federbälle schwirrten durch die Luft, Kinder mit Schwimmflügeln standen planschend und kreischend am Uferrand, Luftmatratzen trieben mit ihrer Fracht im Wasser.

Sie ließen den Trubel hinter sich und überquerten nach etwa zwei Kilometer die Donaubrücke um nach Grein zu gelangen.

„Kennst du Grein?“

„Ja, aber es ist schon länger her, dass ich das letzte Mal hier war“, sagte Hubert, „ich finde es ganz, ganz schön.“

Sie gingen hinauf zur Greinburg, die eigentlich ein Schloss war, in den Innenhof mit den Arkaden, durchstreiften den Schlossgarten, bis sie Aussicht auf die Donau und das Mühlviertel hatten.

Am Hauptplatz warfen sie einen Blick auf den Spielplan des Alten Stadttheaters und im Rathaus gab es eine Ausstellung "Das war einst so Sitte... Sommerfrische im Strudengau."

„Bestimmt interessant“, sagte Monika und musste an Sepp denken, der seine Sommerferien im Strudengau bei seinem Onkel verbracht hatte. Aber dann beschlossen sie, dass das Wetter zu schön für einen Ausstellungsbesuch sei und setzten sich in den Schanigarten des Cafés *Blumensträußel,* obwohl man sich eigentlich hinein setzen müsste, sagte Hubert, „es ist ein echtes Biedermeier-Café.“

Hubert bestellte einen Espresso und Monika einen Capuccino.

„Du rührst genauso lange den Zucker im Kaffee um, wie Renate es immer getan hat.“

„Renate?“

„Renate war meine Freundin. Und ihren Eltern gehörte einmal das Haus in Nabegg, das jetzt dir gehört. Ist das nicht verrückt?“

Monika umklammerte mit ihren Händen die Sessellehnen. Ihr Herz klopfte unnatürlich stark. Ihre Gedanken überschlugen sich. Eine gebräuchliche Verkleinerungsform für Renate

war Reni. Aber Neni? Klar! Ein R war für ein Kleinkind schwierig auszusprechen. Vermutlich hatte sie sich selbst als Neni bezeichnet und die Familie hatte es dann übernommen.
„Und was ist jetzt mit Renate? Entschuldige, ich will ja nicht indiskret sein, aber weißt du, es ist so, die Schriften und Fotos, die ich in diesem Haus gefunden habe, sie stammen von Renates Eltern und Großeltern und auf manchen Fotos ist sie auch selbst oben."
„Ich habe es vermutet, als du mir von deinem Fund erzählt hast. So eine Verkettung von Zufällen. Das muss ich Fritz erzählen."
„Fritz? Warum? Wer ist das?"
„Mein Freund. Er ist Spezialist für Wahrscheinlichkeitsrechnungen."
„Und was ist jetzt mit Renate?"
Hubert antwortete nicht sofort. Er blickte zu Boden. „Sie ist entschlafen."
„Du meinst, sie ist tot?"
„Ja."
„Warum? Ich meine, wie ist das passiert und wann?"
„Sie hat immer unter Schlafstörungen gelitten. Nach dem Tod ihres Vaters, den sie sehr geliebt hat, ging es ihr furchtbar schlecht und auch die Schlafstörungen wurden schlimmer. So schlimm, dass sie am Ende kaum mehr geschlafen hat.
"Hat sie sich mit Schlaftabletten umgebracht?"
„Nein, sie wollte nicht sterben, sie wollte gesund werden. Aber als der Schlafmangel schließlich zu Konzentrationsstörungen führte und sie, die immer so tüchtig und erfolgreich war, um ihre Arbeitsfähigkeit bangte, beschloss sie sich einer Schlafkur zu unterziehen und ließ sich in einen künstlichen Tiefschlaf versetzen, aus dem sie nie mehr aufgewacht ist."
„Wie furchtbar! Ich meine, es gibt ja keine bessere Art zu sterben, aber vor der Zeit..."

Hubert nickte. „Ich habe lange gebraucht um darüber hinwegzukommen."
Monika wusste nicht, was sie darauf sagen sollte, verfiel in hilfloses Schweigen. Wie trösten, wo es keinen Trost gab? Es stimmte zwar, dass die Zeit alle Wunden heilte, aber diese Zeit musste erst einmal durchlitten werden.

Sie wollte Hubert fragen, warum er ihr das nicht gleich erzählt habe, aber sie bemerkte noch rechtzeitig, dass es eine dumme Frage wäre. Man fiel bei einer Fremden nicht gleich mit der Tür ins Haus und erzählte ihr schicksalsschwere Ereignisse.

Wenn er Renates Freund gewesen war, dann hatte er wahrscheinlich auch das Haus schon gekannt.
„Bist du mit ihr in diesem Haus gewesen?"
„Ja, einige Male. Ich habe diesen Ausflug damals unternommen, weil ich wissen wollte, was daraus geworden ist, nachdem ihr Bruder es verkauft hat. Als ich dann davor stand, war es mir so vertraut wie damals."
„Du hast wohl auch die Eltern von Renate gekannt, Gerda und Sepp?"
„Die Mutter nicht mehr, wohl aber den Vater. Ein lieber Kerl. Einer der hilfsbereitesten Menschen, denen ich je begegnet bin. Und lustig und sehr gesellig. Obwohl Renate sagte, dass er über den Tod von Gerda nie ganz hinweggekommen ist und er immer wieder auch von Schwermut geplagt war."
„Kein Wunder. Die beiden waren ja fast ein Leben lang zusammen. Fast fünfzig Jahre. Unvorstellbar nach so langer Zeit plötzlich allein übrig zu bleiben."
Wenigstens das wird mir erspart bleiben, dachte Monika. So lange war sie nie mit einem Mann zusammen gewesen und könnte es, rein arithmetisch gesehen, auch wohl kaum mehr sein.
„Und er war ein unverbesserlicher Idealist", sagte Hubert, „ein politisch unglaublich engagierter, aber auch frustrierter Mensch. Was konnte der sich aufregen über die Politiker, vor allem auch aus seiner Partei."

„Klar“, sagte Monika, „nichts tut so weh wie enttäuschte Liebe. Hast du die 'Umgestaltung' von ihm gelesen?“
„Ja. Du also auch. Dann weißt du ja Bescheid. Ein Schlüsselroman. Renate wollte nach dem Tod ihres Vaters seinen literarischen Nachlass sichten und hat überlegt, eine Art ‚Best of' herauszugeben und ihre Familiengeschichte niederzuschreiben, aber in ihrem Zustand war zunächst nicht daran zu denken, sie hat sich mit Müh und Not ins Büro geschleppt. Ist das nicht tröstlich, dass du das jetzt übernimmst? Renate würde sich freuen, wenn sie es wüsste.“
„Ich freue mich auch, dass ich einen Stoff gefunden habe. Aber ich mache ihn jetzt zu meinem eigenen.“
„Ich bin sicher, dass das seine Richtigkeit hat.“
Sie brachen auf um sich wieder auf den Rückweg zu machen. Die Grein-Brücke überquerten sie schweigend, ihren eigenen Gedanken nachhängend.

Als sie den Hößgang erreichten, waren die Badenden verschwunden, still lagen die Teiche in der Abendstimmung da und luden zum Schwimmen ein.
„Hättest du Lust auf einen Biatlon?“
Monika nickte. Sie streiften ihre Kleider ab, fassten sich an den Händen. Wie Adam und Eva standen sie da und gingen ins Wasser. Jetzt war Monika in ihrem Element. Ein Element, das ihre Haut weich unspülte und es ihr ermöglichte scheinbar zu schweben.
„Du bist schön und du schwimmst wie eine Nixe.“
„Die Nixen auf dem Gruhund, die tun es flüsternd kuhund“, sang Monika. Dabei bekam sie ein wenig Wasser zu schlukken.
„Kannst du Walzer tanzen?“, fragte Hubert.
„Eher mäßig.“
„Dann werden wir es trainieren“.
„Wieso? Bist du Turniertänzer?“
„Nein, aber der nächste Sylvester kommt bestimmt.“
„Aber bevor es zu schneien beginnt, sollten wir uns auf den Heimweg machen.“

Sie schwammen an Land, streiften das Wasser von der Haut ab und schlüpften in ihre Kleider.

„Sollen wir hier zu Abend essen?“, fragte Norbert, als sie beim Parkplatz vor dem Gasthaus Ziseritsch angelangt waren.

„Nein, ich habe schon etwas vorbereitet. Saibling auf Wurzelsud.“

„Klingt gut.“

„Der Wurzelsud ist schon fertig, ich muss nur noch die Saiblinge darin blanchieren. Und ein Riesling aus der Wachau ist auch eingekühlt.“

Sie fuhren, Monika voraus, im Konvoi hinauf. Als sie die Autos am Waldrand parkten, saß die Eule wieder auf ihrem Ast und sah sie mit großen Augen an. Glühwürmchen geleiteten sie auf ihrem Weg zum Haus.

Trotz nächtlicher Stunde war es noch so warm, dass sie auf der Terrasse essen konnten.

„Schau ein Fuchs“, flüsterte Hubert und deutete auf den Weg in Richtung Bach.

„Was für ein schönes Fell er hat.“

Ein Hase kam den Hang herunter gehoppelt und bremste sich vor dem Fuchs ein.

„Gute Nacht.“

„Gute Nacht.“

Dann setzte jedes der Tiere seinen Weg fort.

Hubert erhob sich plötzlich von seinem Sessel, machte ein Paar Schritte in Richtung Holztrog, bückte sich und hob einen Gegenstand auf.

„Augen zu“, sagte er zu Monika und streifte ihr etwas über den Ringfinger.

„Du hast ihn gefunden. Ich habe ihn so schmerzlich vermisst“, sagte Monika. „Ein Familienerbstück. Ich habe ihn überall gesucht.“

„Ein schöner Ring“, sagte Hubert und nahm ihre Hand in die seine. „Und eine schöne Hand.“

Elfen traten aus dem Wald, näherten sich leichtfüßig dem Haus und schenkten aus einer Kristallkaraffe eine schimmernde Flüssigkeit in Monikas und Huberts Gläser. Die beiden prosteten sich und den Elfen zu und tranken.

Am Himmel begannen die Sterne zu tanzen, sie sprangen und purzelten durcheinander wie ein Haufen goldener Flöhe. Sternschnuppen entfachten ein lautloses Feuerwerk. Die Elfen ergriffen ihre Geigen und spielten den Donauwalzer. Hubert stand auf, verbeugte sich vor Monika und bat sie zum Tanz. Sie drehten sich im Walzer, immer schneller und wilder spielten die Elfen. Monika wurde schwindlig, aber Hubert hatte sie fest im Griff.

9)

Vorüber der Sommernachtstraum. Vorbei auch der Sonntag. Aber die Tage zwischen Abschied und Wiedersehen konnten sie an den Fingern einer Hand abzählen. Dazwischen lag nur eine Arbeitswoche. Die allerdings wollte Monika nützen. Von ihrem Schwebezustand wieder sanft auf dem Boden landen, die alten Schriften umkreisen, mit dem Stift einkreisen: den Mitgliedsausweis der Fabriksarbeiterin für den Verein der Papierarbeiter. Die Vereinsfahne. Den wallenden Bart des gedankenvollen Bürgermeisters und seine immer leere Geldbörse. Seine Antrittsrede. Die Gewehre der Hahnenschwanzler. Die braunen Uniformen und das Hakenkreuz. Die Bomben und die einstürzenden Mauern, die Sterbenden und die Toten. Die am Leben Gebliebenen. Die roten Rebellen in den blauen Hemden. Die Klavierspielerin. Das Postschließfach mit den Liebesbriefen. Die Bank im Russenpark für geheime Stunden. Das Eis von Fredrizzi. Die Lebensmittelkarten und das defekte Backrohr. Das Carepaket und die Weihnachtsgans. Das verpfuschte Kleid aus der Stafa. Die zerbissenen Polsterzipfeln. Das Vergrößerungsglas der Oma zum Entziffern schwer leserlicher Briefe. Das Untermietzimmer und die Zuweisung in die neue Gemeindewohnung. Die Dachziegel, die das Haus neu deckten, in dem Monika jetzt saß mit ihrem Schreibblock und ihrem Stift und einen Anfang suchte.

Quellenverzeichnis

Sepp Tessar: Ein junges Volk steht auf, zum Sturm bereit.
Unveröffentlichtes Manuskript

Sepp Tessar: Gedichte:
Eilt Minuten.- In: Die Frau. Sozialdem. Monatsschrift für Politik, Wirtschaft, Frauenfragen und Literatur, Nr. 29, 18. Jg., 21. 7. 1962
Kontinente und Länder.-In: Sepp Tessar: Wahr wie das Leben.- Sensenverlag, Wien 1964
Ich singe ein Lied.-In: Wahr wie das Leben, a.a.O.
Ein Blatt, beschrieben von deiner Hand, unveröffentlicht
Ich kann's dir nicht verbergen.- In: Die Frau, Nr. 50. 18. Jg, 15. 12. 1962
Jedes Wort, das du mir schreibst, unveröffentlicht
Morgens, nach nächtlicher Ruh, unveröffentlicht
Mein schönster Traum.- In: Die Frau. Nr. 47, 20. Jg., 21. 11. 1964
Schwermut begleitet mich, unveröffentlicht
12. Februar 1934.- In: Die Frau, Nr. 7, 20. Jg, 15. 2. 1964
Sehet die Hand der alten Frau.- In: Wahr wie das Leben, a.a.O.
Die Zeit, unveröffentlicht

Biografische Hinweise aus:
Siegfried Nasko: Empor aus dumpfen Träumen. Arbeiterbewegung und Sozialdemokratie im St. Pöltner Raum.- Wien - St. Pölten 1986
Karl Gruber/Matthias Stadler: Rote Rebellen. Der Werdegang der Sozialistischen Jugend Niederösterreich in den Nachkriegsjahren 1945 - 1960.- St. Pölten 2001
St. Pölten Konkret. Monatszeitschrift mit amtlichen Mitteilungen. Hrsg. Magistrat der Landeshauptstadt St. Pölten: Oktober 1993, Jänner 1995, Nr. 11/2002
Mitbestimmung. Zeitschrift für Demokratisierung der Arbeitswelt. Hrsg. AG zur Demokratisierung der Arbeitswelt, 31. Jg., Heft 6/2002

Zitate aus unveröffentlichten Reden:
Willi Gruber, Siegfried Nasko und Gerda Tessar anlässlich der Gedenkfeier zum 125. Geburtstag von Bürgermeister Hubert Schnofl am 4. Oktober 1993 in St. Pölten

Zitate aus:
Josephine Van Dolzen Pease: Das ist die Welt. Illustriert von Ruth Kalmar.- Wien: Büchergilde Gutenberg 1949

Danksagung

Zuallererst danke ich meiner Verlegerin Ruth Aspöck für die Anregung zu diesem Roman, selbstredend auch dafür, dass es nicht dabei geblieben, sondern zur Veröffentlichung gekommen ist.

Im Ringen um die passende Form für den Inhalt stand mir in erster Linie Petra Ganglbauer durch ihr professionelles Feedback bei, das mir auch die von ihr geleitete AutorInnengruppe, bestehend aus Peter Bisovsky, Gabriele Buch, Gabriele Folz-Friedl, Barbara Holpfer, Brita Kerbl-Aschermann, Sonja Kohlbacher, Angelica Löwe, Roswitha Schmit und Gerda Sengstbratl zuteil werden ließ.

Auch Christine Reiterlechner danke ich für die kritische Durchsicht des Manuskripts und die damit verbundenen Anregungen.

Schließlich danke ich Arthur Ficzko, Astrid Holzinger und Richard Meisel, die mir dazu verhalfen, für fast ein halbes Jahr die zeitlichen Rahmenbedingungen herzustellen.

Selbstverständlich bin ich auch allen dankbar, die mich ermuntert haben, mich auf das Romanprojekt einzulassen und es zu Ende zu führen.

Den Personen, die mir die Zustimmung gaben, namentlich als literarische Figuren erwähnt zu werden, möchte ich ebenfalls danken.

IRENE WONDRATSCH

Foto: Peter Bisovsky

ist 1948 in St. Pölten, Niederösterreich, geboren und lebt seit ihrer Kindheit in Wien. Sie studierte Germanistik und Geschichte. Beruflich ist sie in der Kammer für Arbeiter und Angestellte für Wien im Bildungsbereich tätig und leitet darüber hinaus Schreibwerkstätten.

Sie schreibt Kurzgeschichten und Erzählungen, von denen einige in Anthologien, Literaturzeitschriften sowie im Österreichischen Rundfunk veröffentlicht wurden.
1997 kam sie beim Anton-Kuh-Preis für Kürzestgeschichten in die Endauswahl.
2002 erschien ihr Roman „Paris im Fieber wäre mir lieber" in der Edition Die Donau hinunter.
Zuletzt veröffentlichte sie Beiträge in der Anthologie „Flüsse, Brücken, Ufer", w. o. 2004 und in der Zeitschrift für Literatur, Kunst und Kulturpolitik Sterz, Nr. 97/98, 2005.
Seit 2004 ist sie Mitglied der Grazer AutorInnenversammlung.

Weitere Informationen unter **www.wondratsch.at**